JN013579
王子と女官の同居生活
Living together with a prince & a court lady
意識を失ったら魔王が夢に居座るようになりました

王子と女官の同居生活

意識を失ったら魔王が夢に居座るようになりました

駿木 優

illustration 白谷ゆう

ICHIJINSHA IRIS NEO

CONTENTS

序章　王太子暗殺未遂事件
P.006

第一章　女官、奮闘する
P.013

第二章　子爵令嬢の平和な日常
P.124

第三章　子爵令嬢、戦う
P.185

終章　子爵令嬢は未来へ向かう
P.297

あとがき
P.314

この作品はフィクションです。
実際の人物・団体・事件などには関係ありません。

王子と女官の同居生活　意識を失ったら魔王が夢に居座るようになりました

序章　王太子暗殺未遂事件

「メリッサ大変！　クザン公爵、夫人とご令嬢を同伴してきたわ！」

「ええ！　同伴は夫人だけって申請だったじゃない！　もう、この忙しい時に仕事増やして！」

「メリッサ、言葉遣いに気を付けて！」


皆様ご機嫌よう。

ただいま修羅場の真っ最中の私は、レイファ王国王宮にて王太子殿下の住まう『東の宮』の女官をしております、メリッサ・グレイと申します。

本日は、我が国のパトリック王太子殿下の結婚披露宴という、国を挙げての吉日。

国中はお祭りムード、新婚の王太子御夫妻は幸せ一杯という実に善き日ではございますが、私たち王宮で働く者たちは、もう何日も寝る間もなく走り回っております。

各国の賓客(ひんきゃく)ごとに合わせた対応、食事がどうとかベッドが合わないだとか注文の多い貴人、予定にない客人の来訪。更には、花嫁修業で王宮勤めをしている貴族令嬢達はドレスに身を包み来賓側に回ってしまい、人手が足りなくなる始末。

私？　借金まみれの貧乏子爵家出身の私には、浮かれる暇なんてない。パーティーに出る暇があれば、その分働き、ドレスを買うお金があれば仕送りに回しますよ。全く。

おっと、言葉遣いが乱れてしまった。おほほほほ。……もう令嬢言葉は無理。

更に想定外の事態は続く。

「王太子殿下、一旦東の宮にお戻りになるとのこと。全員お迎えいたせ！」

女官長の声が響き渡る。敵は外部だけかと思ったら、一番の中心人物まで計画を乱す始末。

「だ～か～ら～、予定にない行動をとるなぁ！」

「メリッサ、不敬罪になるわよ」

同僚に宥められながら、王太子が居住する東の宮前のアプローチに並ぶ。

「お帰りなさいませ」

女官が一斉に挨拶する中、誰もが見惚れる美貌の王太子殿下は、どことなく焦った様子で宮に入っていった。

「忘れ物でもしたのかしら？」

「いくらなんでもないでしょう。さあ、早くクザン公爵令嬢の控室を用意しなきゃ」

「そうだった！」

バタバタと駆け出した時だった。

「おい、そこの女」

(もう！　急いでいるのに何なの!?)

とは口に出さず、完璧な作り笑顔で振り返る。

「……はい、ご用でございますか？」

うわっ、と声を上げなかった自分をさすがプロの女官だと褒めてあげたい。

そこにいたのは『レイファの魔王』こと、我がレイファ王国第二王子、アイザック殿下だった。

アイザック殿下は御年二十一歳。王位継承順位第二位にして、王家に五十年ぶりに生まれた魔法使いである。スラッと高い身長と、深い藍色の切れ長の目、通った鼻筋という整った顔立ちを持ち、短めに切り揃えられた王家特有の白銀の髪は、陽の光にキラキラと輝いている。

容姿端麗、文武両道と、超ハイスペックな彼だが、残念なことに性格に難が多すぎることで名を馳せていた。

気に入らない貴族をカエルに変えるとかは、まだ可愛いほう。戦場で敵兵数百人を焼き殺したとか、色仕掛けをしてきた令嬢を湖に沈めたとか、とにかく物騒な噂が飛び交う。

品行方正、人格者と名高い兄の王太子殿下と真逆な、まさに『魔王』なのだ。

(東の宮にアイザック殿下が来られるなんて珍しい)

まあいきなり殺されることはないだろうと、丁寧に御用をお聞きする。

「王太子殿下が来なかったか？」

「はい、今しがた東の宮に戻られましたが」

チッと盛大な舌打ちをすると、アイザック殿下は私の手首を力任せに掴んだ。

「すぐ案内しろ！」

(痛い痛い！)

手首にアイザック殿下の堅い手が食い込んでいる。優しさの欠片もない扱いに心の中で悲鳴を上げつつ、東の宮に走る。アイザック殿下に引きずられるように、東の宮に一歩足を踏み入れた時だった。

アイザック殿下が突然足を止める。

「この魔力……王太子殿下が危ない……」

アイザック殿下の顔が青ざめ、次の瞬間には護衛騎士を置いてけぼりにして、階段を三段飛ばしで駆け上る。私の手首を掴んだまま。

(えええええ!!)

一般女性たる私が、このスピードに付いていける訳がない。なのに、アイザック殿下は手を放すのを忘れているとしか思えない。もはや、私はカバンの如くアイザック殿下に振り回され、ほぼ地に足が着かないまま、東の宮の奥まで連れていかれた。

目の前には王太子殿下の私室に繋がる、重厚な扉が閉じられている。私の身分では、ここまで立ち入ることは許されていない。

が、私の事情など知ったことではないアイザック殿下は、蹴破るようにドアを開ける。

「兄上!!」

アイザック殿下の怒鳴り声が響く。

まず目に入ったのは、バルコニー側の窓に追い詰められた王太子殿下。

王太子殿下の前には、頭まで黒のフードを被った人物が立っている。こちらに背を向けており、顔どころか性別すらも判然としない。その人物が、今まさに手を振り下ろそうとしている。

魔法は全くの素人の私でも、その人物が王太子殿下を害そうとしていることは、直感で分かった。

分かったところで、私の脳の処理能力を超えた事態に、声も出ずただただフリーズする。アイザック殿下はやっと私から手を放し、王太子殿下の前に走り込む。

ここまで私には酷くゆっくり見えたが、実際には一瞬の出来事だったようだ。

目の眩むほどの光の束が、アイザック殿下を直撃する。

その瞬間、風の塊が吹き付けてきたかのような猛烈な圧力が私の体に降りかかり、廊下の壁まで吹き飛ばされ、背中から叩きつけられた。

衝撃で私はそのまま意識を失った。

気が付くと、とても綺麗な場所にいた。花が溢れ、小川がサラサラと流れている。周りを見渡しても人の気配は一切なく、何の音も聞こえない。

ふと川の向こう側が気になり、足を向ける。

「そっちに行くと死ぬぞ」

無音の空間だったのにいきなり声をかけられ、心臓が飛び上がる。

さっきまで誰もいなかったはずなのに、三メートルくらい横に男が立っている。

「……アイザック殿下？」

そういえば……と、私は意識を失う前のことを思い返す。そうだ、王太子殿下の部屋でとんでもな

い事件を見てしまったんだ。アイザック殿下が何か魔法のようなものを受けていた。そして、私も吹っ飛ばされたような。……ということは。

「私、死んだの……？」

ここが死後の世界なら辻褄が合う。確かに典型的な『あの世』のイメージだ。

つまり、私もアイザック殿下も死んだということか。

（嘘でしょ……）

あまりのことに、その場に崩れ落ちる。

この国では嫁き遅れと呼ばれる年齢に差しかかっているが、私はまだ二十歳。死ぬつもりなんて欠片もなかった。だって、実家の借金はまだまだ終わりが見えないし、体の弱い弟の医療費もかかる。父はとっくの昔に亡くなっているし、母一人で潰れかけの子爵家を支えていくなんて不可能だ。それに、やり残したことはたくさんある。

パニック状態になり、頭を抱え込んだ私を見下ろし、アイザック殿下がぶっきらぼうに呟いた。

「まだ死んでねぇよ。……お前はな」

そう言うと、襟元を掴まれて乱暴に立たされる。死後の世界でも、アイザック殿下は横暴だ。

「ほら、とりあえず起きろ。一回状況を確認してこい」

抗議する間もなく、周囲が急速に明るくなる。目が眩みそうになるほどの光に包まれ、すぐにアイザック殿下の姿も見えなくなった。

第一章　女官、奮闘する

目を開けると、そこは全く知らない部屋だった。

(……どこだろう、ここ)

なんだか背中全面がズキズキと痛む。

(王太子殿下が誰かに襲われていて、アイザック殿下が……。私も吹っ飛ばされて)

少しずつ記憶が戻る。どうやら生きてるようだ。寝たまま顔だけ動かし、辺りを確認する。

女官に与えられている部屋より広く、シンプルながら高そうな調度品が置かれていた。全く見覚えがない。少し顔を上げてみると、部屋の隅に立つ、近衛騎士の制服を着た女性と目が合った。

「お気付きですか？」

キビキビと近寄ってくる女性騎士に、コクリと頷く。

「あの……何があったんでしょう」

聞いてみるが、女性騎士は、

「私からは言えません。今報告を上げてきます」

と取りつく島もなく、部屋を出ていってしまった。

誰もいない部屋でしばらくぼんやりしていると、部屋の外が騒がしくなる。

何事だろうと思った途端、ドアが開き、眩いばかりの麗しい男性が二人入ってきた。その姿を見た瞬間、卒倒しそうになる。

「お、お、王太子殿下、大変ご無礼を!!」

まず入室してきたのは、白銀の長髪を束ね、垂れ目がちの優しい瞳が特徴のパトリック王太子殿下。そしてその後ろに続くのは対照的に鮮やかな金髪の持ち主。鋭い眼光の怜悧な彼は、宰相の子息で王太子殿下の側近である、エドガー・クロフォード侯爵子息だった。

王太子宮勤めとはいえ口を利く機会すらない主に、あろうことか寝たまま、何の身支度もしていない姿を晒してしまうとは。慌ててベッドから降りようとするが、当の王太子殿下に止められる。

「メリッサ嬢、そのままで。怪我に障る」

ベッドから転げ落ちそうになっている私に手まで添えてくださるとは、さすがは人格者と名高い王太子殿下。ただ、いつも通りの穏やかな話しぶりだが、どことなく緊張感が漂っている。背後に控えるエドガー様に至っては、眉間に深いシワを刻み、あからさまにピリピリした空気を醸し出している。

そう、この二人が直接、私如きの前に現れるほどの一大事が起きているのだ。

「メリッサ嬢、目覚めたばかりで申し訳ないが、少し話を聞かせてもらえないだろうか？　女性の寝所で大変失礼だが……」

「私は全く構いません」

当たり前だが、私の立場で王太子殿下に「否」を言うことなどあり得ない。

張り詰めた空気の中、意識を失うまでに見たことを、一言一句慎重に話し始める。

私が見たことなんてそこまで多くはないと思うが、私が話すたびに、エドガー様のペンが動く音だけが不思議と室内に響く。

「わ、私が見たことは以上になります」

私の話が終わると、王太子殿下は大きな溜め息を吐いた。エドガー様の呟きが、静かな部屋に漏れる。

「やはりアイザック殿下ですか……」

苦悩に満ちた顔で天を仰ぐ王太子殿下と、難しい顔をして黙り込むエドガー様。単なる王宮女官であり、遥か格下の子爵家出身の私が、許可なく話しかけることは不敬にあたる。

分かってはいるが、どうしても気になっていることがあり、恐る恐る話しかける。

「大変畏れ入りますが、いくつかお伺いしてもよろしいでしょうか……？」

王太子殿下は無礼を咎めることなく、しかしながらきっぱりとした声色で答えた。

「答えられる範囲ならば、答えよう」

私も国家機密まで聞こうとは思わない。どこまでが許される範囲かは、ちょっと分からないけど。

「畏れながら、王太子殿下におかれましては、お怪我はございませんか？　それと、第二王子殿下は？」

少し間があいた後、王太子殿下ではなく、エドガー様が口を開いた。

「王太子殿下は見ての通り、お怪我一つなくご健勝だ。第二王子殿下もご無事である」

エドガー様の言葉を受け、王太子殿下も静かに頷かれた。その様子を見て「良かった」と心から安堵した。一応、私も王家に雇ってもらっている身だ。目の前で雇い主が襲われて心配しないほど、ドライな女ではない。

そしてもう一つ聞きたいことはあったが、こちらの質問は軽々に聞いてよいものか躊躇われ、一瞬口ごもった。すると、私の心を読んだかのように、今度は王太子殿下が口を開いた。

「もう一つ、気になっているだろう、私を襲った相手のことだが……」

「殿下！　それは……」

「良いだろう。彼女も被害者だ。知る権利はある」

止めようとするエドガー様を、王太子殿下は制された。確かに知りたいが、国家の重大事を聞いてしまって良いものか。逡巡する私に、王太子殿下はそのまま、淡々と続けられた。

「犯人は不明。逃亡しており、現在も捕まっていない」

「えっ……」

シンプルながら私の想像を遥かに超える答えに、思わず絶句した。

言うまでもなく、王宮の警備は厳重だ。警備の人数も尋常ではないし、私には分からないが魔法による守護とやらもかけられているらしい。その中で、この国で最重要人物であるはずの王太子殿下と第二王子殿下が襲われた挙げ句、犯人が捕まっていない？　政治にも軍事にも魔法にも疎い私でも、それがあまりにも異常な事態だということは分かる。

「さて、メリッサ嬢。今回の件に関してですが」

未だに衝撃から立ち直れていない私の事情には構わず、エドガー様が話を変えた。私もベッドの上ではあるが、慌てて姿勢を整え、王太子殿下とエドガー様の方に体を向ける。

「貴女が目撃したことは、決して外に漏らしてはならない国家の一大事です。当事者である王太子殿下と国王王妃両陛下、私達一部の上層部しか知らされていない上、その場にいた近衛騎士たちにも箝口令が敷かれています。そして現状、このことを公表する予定はありません。意味は分かりますね？」

丁寧な態度だが、物凄い圧力がかけられている。

「口外したらどうなるか分かってるんだろうな？」という、エドガー様の心の声が聞こえる気もする。

「もし不用意に情報を漏らせば、貴女のご実家のグレイ子爵家も、この国から消えることになりかねませんので」

……言外じゃなくて、ストレートに脅された。

「勿論、誓って口外いたしません」

心から誓う。私はそんなことで死にたくないし、家族を巻き込むつもりもない。私をじっと見つめていた王太子殿下は、納得したように頷き、立ち上がった。

「病み上がりのところ長々と済まなかった。怪我が癒えるまでここで休むと良い」

「は、はい……」

「今後のことについては、改めてエドガーから指示を出す」

慌ただしく言い残すと、王太子殿下とエドガー様は去っていった。

その後、宮廷医師の診察を受ける。

私の怪我は背中の打撲と右手首のアザだけで、二〜三日で仕事に戻れるとのことだった。ちなみに手首のアザは、アイザック殿下の強烈な握力によるものだが、それはさすがに言えなかった。

部屋には女性騎士が一人残された。護衛ではなく見張りだろうなと薄々感じる。職務に忠実な騎士は、話しかけてもほとんど返してくれない。

事件のことを考え続けるが、ただの女官に過ぎない私には何が起こっているのか想像もつかない。ぼんやりと天井を見つめていると、次第に眠気が襲ってきた。そういえばこの数日、王太子殿下の結婚式準備でほとんど眠れていなかったな……と考えていると、いつの間にか意識が薄れていった。

「よお、どうだった？」

なんでまた、夢にアイザック殿下が出てくるのだろう？

前回と同じ風景の中、レイファの魔王は仁王立ちしている。お花と小川の背景が全く似合わない。

「なんでまたアイザック殿下が？」

夢の中の殿下に、思ったことをそのまま問いかける。

「不本意だが、俺もどうすれば良いのか分からん。とりあえず外の状況を教えろ」

やたらとリアルな夢だ。アイザック殿下と会話したことなんてあの時が初めてだったのに、言葉遣いの悪さや横柄な態度まで完全再現されている。私の想像力は随分たくましいようだ。

まあ、夢なんだから怖くはない。現実世界で話す人がいなくてちょっと寂しかったこともあり、魔王だろうが王子だろうが、お喋りに付き合ってくれるなら大歓迎だ。

「私は生きていました」

「……そりゃ良かったな。で、王太子殿下は？」

「王太子殿下はご無事でしたよ。お怪我もない御様子で、いつもとお変わりありませんでした」

「そうか、良かった」

ホッと肩の力を抜くアイザック殿下には、先程までの威圧感がない。兄の無事に心底安心している様子が伝わり、初めて好感をもった。

「アイザック殿下もご無事だそうですよ」

「はあ!?」

本人に向かって付け足すと、物凄い凶悪顔になった。さっき上がった好感度が一気に下がった。

「あいつら、そういうことにしたわけか」

「無事じゃないんですか？」

「無事だったらこんなところにいねーよ」

吐き捨てるアイザック殿下は、頭を抱えてそのまま力なくしゃがみ込む。その様子が、なんだか少し気の毒になって、そっと頭を撫でる。子供の頃、落ち込んでいる弟によくしていた仕草が思わず出てしまった。現実では考えるだけで恐ろしいが、夢だと思うと可愛いものだ。

アイザック殿下は信じられないものを見る目で私を凝視しているが、嫌そうな様子ではない。

「殿下、きっと大丈夫ですよ」

何だか大型犬みたいで可愛い、と思ってしまったことは、私の心の中に留めておく。

（リアルだったな……夢なのに前回と続いてたし）

目覚めても、夢の中の出来事はかなり明確に覚えていた。アイザック殿下の白銀の髪が見た目の割に案外硬く、クセが強めだった感触まで、掌に残っている。

今までこんな夢はなかったので、少し不安になってきた。

（あの事件で、私も魔法か何か受けておかしくなってるのかな？　エドガー様か、誰かに相談する？）

考えてみて、やっぱり頭を振る。

（駄目だ……。「毎日夢にアイザック殿下が出てくるんです」なんて、ただの猛烈なファンじゃない。そんな恥ずかしいこと真面目に相談するなんて、痛い子すぎる）

そう、きっとあの時、衝撃的すぎる光景を見てしまったせいで、アイザック殿下の印象が強く心に残ってしまったんだ。そのせいに違いない。自分の中で結論付ける。

相変わらず無口な女騎士に見張られ、外出も許されない軟禁状態の中、ベッドから起き上がってぼんやり窓の外を見る。背中は痛むが、他に問題はなさそうだ。

一人静かな昼食を終えると、再びエドガー様の来訪があった。今度は王太子殿下はおられず、代わりに十三〜四歳くらいの、まだ幼さの残る少年を連れている。

ニコニコと愛嬌のある微笑みを浮かべる少年と私は、面識はない。だがその特徴的な黒いローブ姿で、どのような立場の人かは、聞かなくてもすぐに察しがついた。

「な、なんで王宮魔法使い様が……」

「メリッサ嬢、緊張なさらなくても大丈夫ですよ」

「そうですよ。僕のことはお気になさらず」

いや、無理です。心の底からそう言いたい。なにせ王宮魔法使いは、数少ない魔法使いの中でも更にずば抜けた能力を持ち、国の宝として、国王陛下から数々の特権を与えられている方々だ。私のような一般の女官が接点を持つことは、まずあり得ない。

「リオです。よろしくお願いします」

ただ、リオと名乗ったこの魔法使いは全く偉ぶる様子もなく、まだまだ可愛らしいどこにでもいる少年にしか見えない。とはいえ、王宮魔法使いに年齢は関係なく、彼も私より遥かに身分は上だ。次から次へと訪れる貴人たちに、そろそろ現実逃避したいと思っている私を放置して、エドガー様は本題に入った。

「メリッサ嬢の今後のことですが……」

「はい」

いよいよ来たか、と身構える。王太子殿下の暗殺未遂事件、しかも未解決という状況で、巻き込まれてしまった女官に、一体どんな処置がとられるのか、想像もつかない。このまま軟禁か、追放か、それとも口封じか……。それは本当にやめて欲しい。

「貴女には、王太子殿下の執務室付きに配属を変更していただくことになりました」

「……ええ？」

言われたことが飲み込めず、思わず聞き返してしまう。

王太子執務室といえば、国家の中枢も中枢。聡明(そうめい)な王太子殿下は、既(すで)に国王陛下以上に政務を取り仕切っている。そのため、王太子執務室はごく一部の官僚だけが入室を許され、侍女や女官も、身元の確かな高位貴族の令嬢や上級学校をトップクラスの成績で卒業した才媛のみで構成されるという、まさにエリートの職場。貧乏子爵家の生まれで、最低限の貴族教育しか受けていない私が入るような場所ではない。

「あの、大変光栄なお話ではありますが、私は元のまま東の宮担当では駄目でしょうか？」

「駄目です」

恐る恐る聞いてみるが、エドガー様はバッサリと切り捨ててくれた。

「貴女が見たことは、城の中であっても絶対に漏れてはいけないのです。女性は集まると何でも話してしまいますから、東の宮の気心の知れた女官の中で、口を滑らせてしまわれては困るのです」

女性に対してどうやら偏見がある気がするし、お喋りな女だと思われているのかと思うと、正直不愉快な気持ちになる。

（自分が女性に持て囃されているからって、ちょっと女を馬鹿にしてるんじゃない？）

「それから、このリオをしばらく貴女の傍に付けますので、ご了承ください」

貴重な王宮魔法使いを単なる女官の傍に置くとは。私の身を案じて……なんて訳はない。明らかに監視だろう。

「かしこまりました。では明日から出仕いたしますのでよろしくお願いします」

「明日からで良いのですか？　もう数日休まれてからでも……」

「問題ございません」

不敬にならない程度に冷たく返答すると、エドガー様は何だか驚いた顔をした。恐らく女に冷たくされたことがないとか、そんなところだろう。後ろのリオ様は、変わらず楽しそうに笑っている。

「……では、そのようにしておきます。何か他にお聞きになりたいことは？」

この男に聞いていいものかと一瞬考えたが、どうしても気になっていることを聞いてみる。

「第二王子殿下は、本当にご無事なんですか？」

「……昨日も申し上げた通り、殿下はご無事ですが。なぜそのようなことを？」

エドガー様は平静を装っているようだが、警戒心が隠しきれていない。

「いいえ、差し出がましいことをお聞きいたしました。ご容赦くださいませ」

ここは一旦引くことにしよう。エドガー様は、何か言いたげな目をしていたが、「では、また明日」と言って去っていった。

「ご無事だ」と答えるまでの間が、やけに長い気がしたのは、私の気のせいだろうか。

明日に備えて早めに就寝したのに、目の前にはまたあの男がいた。

「なんで⁉　なんで毎日アイザック殿下が出てくるの？　私の深層心理はどうなってるのよ？」

「知らん！」

さすがにおかしい。夢だ夢だと言い聞かせてきたが、これは夢ではないのかもしれないと、呑気な私でも、薄々気付き始めている。

「まさか、本当に夢じゃないの……？」

「……少なくとも俺にとっては夢ではない」

アイザック殿下がポツリと呟いた。いつもの魔王っぷりがナリを潜めてしまっている。

「あの魔術を食らってから、気付くとこの空間にいた。たまにお前が来るだけで、他の人間とも会わないし、出る方法も分からない。自分が外の世界でどうなっているのかもさっぱりだ」

いつになく弱気な口調で、しょんぼりしている殿下は、やっぱり大型犬のようだなと、空気を読まずに考えてしまった。

「やっぱり魔法のせいということですか？　どうしてこんなことに……」

「……いくつか考えられるが。一つ目は、もう俺は死んでいて思念だけ残っている場合。二つ目は、生きているが精神だけなぜかお前と繋がっている場合。三つ目は、魂が丸ごと抜けてお前の中に吸収されている場合。いずれにせよ、外での俺がどうなっているのか分からないと何とも言えん」

つらつらと仮説を述べているが、どれも理解不能だ。

「思念だとか魂だとか……。そんなことあり得るんですか？」

「魔法使いには時々、魂だけで動いたり、精神だけ遠くに飛ばしたりする術を使える奴もいる。俺はやったことないが」

魔法使いの世界、奥が深いな。なにせ近年は魔法使いの数はどんどん減っており、滅多にお目にかかることはない。一般人には、火を出すとか水を出すとか、そういう単純なイメージしかなかった。

しかし、尋常ではない事態が自分の身に降りかかっていることだけは少しずつ飲み込めてきた。

「とにかく、誰かに伝えないと……」

「……どうやって？　俺はここから出られないんだが」

魔王から随分後ろ向きな返答が返ってきた。

「あの、王太子殿下に相談するとか。私、王太子執務室付きになりましたし……」

「一介の女官が、個人的に王太子に話しかけられるわけがないだろう」

こちらが一生懸命何とかしようとしているのに、一刀両断してくる。誰のためだと思っているんだ。

「だいたい、俺だって今の状況が分からないんだ。説明しようがないだろう」

挙げ句、追い打ちをかけてきた。どうやらこの魔王、見た目の割に性格は相当ネガティブだと気付く。

「とにかく、私は現実世界で殿下の状況を探ります。殿下もウジウジしていないで、魔法使いなんだから、少しは自分で考えてください」

弱気な魔王にきっぱり言い放った。魔王を叱咤するなんて、よく考えればとても恐ろしいことをしてしまったが、自然と口から出ていた。

魔王……ないし殿下は穴が開くほど私の顔を見つめている。そして、一言問いかけてきた。

「そういえばお前、名前は何という？」

「今更ですか!?」

「メリッサ・グレイと申します。ご指導ご鞭撻のほど、よろしくお願い申し上げます」

王太子執務室の隣にある、女官の控室。初出仕の挨拶を行い、深々と頭を下げる。

……沈黙が続く。誰も何も言ってくれないので、頭を上げることもできない。

「まあ？　上級学校も出ていない子爵令嬢風情が来るなんて。どんな手を使ったのかしらね？」

どなたかの皮肉たっぷりな言葉に、沈黙に包まれていた室内にクスクス笑いが広がる。この時点で、私の新たな職場生活は、前途多難であることを察した。

こういった時は言い返すこともせず、ただやり過ごすしかないことは、経験上よく分かっている。

彼女たちの嫌味をひとしきり聞き終わると、最も身分が上と思われる女性が、付いてこいと言わんばかりに、顎で指図してきた。それが御令嬢のする仕草か。言わないけれども。

彼女に連れられ、王太子執務室に入室する。中には王太子殿下、エドガー様、リオ様の他、三人の補佐官がいた。彼らに対しても、先程と同様に挨拶を行う。

「よろしく頼むよ、メリッサ嬢」

王太子執務室内では、女官控室と比べて遥かに人間味のある対応をしてもらえた。王太子殿下は少しお疲れの顔をしている気がしたが、実に穏やかに声をかけてくださる。

他の補佐官の方々も挨拶を返してくれ、皆常識的な人ばかりのようだ……後ろで睨んでいる先輩女官を除けば。部屋を出ると早速、王太子執務室付き女官の皆様に囲まれ、釘を刺される。

「いいですか。王太子殿下は大変お優しい方。ゆめゆめ勘違いなさらないように。間違っても王太子殿下や補佐官の方々にお近づきになろうなどとは、考えないように。立場を弁えなさい」

おっしゃっていることは何一つ当てはまらないのだが、私には、おとなしく聞き流す以外の言動は許されない。早速与えられた仕事は、大量の廃棄書類の焼却作業だった。

（これ、絶対女官の仕事じゃないよね）

王宮の片隅にある焼却炉まで書類の箱を運び、少しずつ放り込んで焼け落ちるまで見守る。

「機密書類が入っている可能性もあるのだから、決して他の人間に手伝わせてはいけません」

と、丁寧に逃げ道も塞がれた。身分も低く、学もない女官がいきなり配属され、面白くない気持ちは重々分かる。が、それにしても、勝手に敵視して、子供みたいな嫌がらせをして、それでも選ばれしエリート女官かと、次第に腹が立ってきた。

「……あの、手伝いましょうか？」

「結構です」

気配を感じさせず私の近くにいたらしいリオ様が、先輩女官が立ち去った後、恐る恐る話しかけてきた。その申し出を即座に断る。

（王宮魔法使い様に手伝わせるなんて、もっとできないでしょ。言われなくてもやったるわよ）

焼却炉の炎と共に私のやる気も燃え盛り、一日中炎に向き合った。

「……なんか疲れてんな？」

やっと勤務が終わり、ベッドに飛び込んだと思ったら、今宵も魔王とのお喋りタイムがスタートした。私に休息はないのか。

「さては、王太子執務室の女狐軍団だな？」

「……よくご存じで」

アイザック殿下は大層ニヤニヤしている。人の不幸を喜んでいる感じが滲み出ていて、殴りたい。

「あそこの泥沼は有名だからな。おかげで王太子執務室は新人が長続きしない」

「分かっていて、何でクビにしないんですか……」

「そりゃあ、あの女官連中の家柄は抜群だ。下手に扱えば、実家がうるさい。それに、あの連中も性格はアレだが、王太子にだけは忠実だし、仕事自体は優秀らしいからな」

「左様でございますか……」

もうどっと疲れて、夢の中だけど、王子殿下の前だけど、堂々と横たわる。私の夢の中なんだから、不敬罪は適用されないと決めた。私が。

呆(あき)れたように私を見下ろしていたアイザック殿下だが、しばらくすると、横に座る気配がする。話す気力も出なかったので、とりあえず放っておくと、いきなり話しかけられた。

「おい、その手どうした？」

「手？」

自分の手を顔の前に翳(かざ)してみる。右手の指先から甲にかけて、赤く爛(ただ)れた部分があった。

「ああ、今日火傷(やけど)しまして」

焼却炉の入り口辺りで引っかかっていた紙があり、奥に入れようと不用意に手を出してしまった。水で冷やしたが、少々爛れてきたので、医務室で軟膏(なんこう)を塗ってもらったのだった。

夢の中でもそのまま反映されるんだなあ、と、まじまじ自分の手を見ていると、横からいきなりその手を取られた。

（え、え、え）

私の右手をアイザック殿下の左手が握っている。男性の手の硬い感触や、温かい体温をはっきり感じ、動揺する私をよそに、殿下は何かを呟く。どうやら古代語のようだけど、意味はさっぱり分からない。流れる水の中に手を差し入れたような、ヒヤリとした感覚が右手を通り過ぎた。

時間にして数秒だったと思う。殿下はパッと手を離した。

「ここで魔法を使って意味があるかは分からんが、とりあえず明日起きたら確認しておけ」

何か魔法を試したらしい。ただそれだけのことだと言い聞かせたが、顔に熱が集まっているのを感じた。

翌日、目覚めてすぐに右手を翳す。右手にあったはずの火傷は、痕一つなく綺麗になっていた。

(やっぱり、夢じゃないんだ)

理由は分からないが、確かに、アイザック殿下は私の夢の中にいる。

口は悪いし、横暴な俺様だけど、決して私を傷つけることは言わないし、何より根は優しいと思う。少なくとも、私にとっては魔王なんかじゃない。

まだ殿下の感触が残っている気がする右手を、ギュッと握りしめた。

絶対に助けなければ、と初めて心から思った。


とはいえ、こんな非現実的な状況で、お助けする方法なんて、想像すらできない。

(さて、これからどうしようか……)

王太子執務室勤務二日目の今日も、黙々と炎に書類を放り込みながら、これからのことを考える。

アイザック殿下が私の夢の中にいるというわけの分からない状況は、間違いなく魔法によるものだろう。魔法とは無縁の私では、解決は絶対無理だ。

誰か知識を持つ人の助けが必要だが、不用意に他人に話せば、私の首が物理的に飛びかねない。事情を知る王太子殿下やエドガー様、リオ様に話すべきだと思うが、こんな頓珍漢（とんちんかん）な話、信じてくれるのだろうか。そもそも身分の壁が高すぎて、話す機会を作ることも難しい。

「あー、もう!!」

「ひぃ、すみません！」

思いの丈を書類にぶつけ、焼却炉に叩（たた）きつけると、後ろから声が聞こえた。

……謝られてしまった。そういえばリオ様がいることをすっかり忘れていた。

「申し訳ございません。お見苦しいところをお見せしました」

だいぶ手遅れな感じはするが、一応取り繕（つくろ）う。監視役のリオ様は気配を消し、余計な口出しをしないようにしているようだが、私の奇行に思わず声を出してしまったらしい。

「だ、大丈夫ですか？　やっぱり担当の使用人を呼びましょうか？」

「……担当？」

「はい。いつも機密書類は、担当の者がまとめて焼却していますので」

(やっぱりな。絶対女官の仕事ではないと思っていたよ!!)

とは思ったが、王宮女官たるもの、表情は常に平常心だ。

「左様でしたか。しかし、私が責任を持って行うよう厳に命じられておりますので、このまま続けさせていただきます」

笑顔で話しているつもりなのに、リオ様の顔が青ざめていくのは何故だろう……？

後ずさりしそうなリオ様だが、意を決したように口を開いた。

「あの、ところで、メリッサさんは魔法を使えるんですか？」

予想もしない質問に目が点になる。

「え？　全くできませんけど……」

「そうですよね……でもうっすら気配がするような……うーん」

ひとりブツブツ呟いているリオ様。忙しいので書類の焼却を続けていると、突然パッと顔を輝かせて私の持つ書類を掴んだ。

「そうだ！　ちょっと貸してください！」

「えっ!?」

「まあ見ていてくださいよ」

満面の笑みで私から書類の束を奪い取ったリオ様は、そのまま書類を宙へ向かって放り投げた。

何をする気!?　と抗議する前に、書類はそのまま地面から二メートルほどの高さにフワフワ浮いた。

呆然とする私が見つめる中、リオ様が一言呟くと、青い炎が上がり、一瞬で燃え尽きる。地面には灰すら残っていない。

「凄い……これが魔法ですか……」

「ものすご～く初歩の魔法ですから、そんな感心しないでください」

リオ様は少し恥ずかしそうだが、魔法を実際に見たのは初めてだ。どうしても興奮してしまう。

「魔法使い様は、全員このようなことができるんですか？」

「全員ではありませんね。人それぞれ『属性』があるので」

「属性？」

初めて聞く言葉に首をかしげると、リオ様は丁寧に教えてくれた。

「『属性』は、魔法使いが生まれ持った使える魔法の種類です。僕は『火』なので、燃やすとか爆破するとか、そういったことが得意です」

「へえ〜。皆、火が使えるわけじゃないんですね」

「そうですね。持っていない属性の魔法は使えません。ちなみに僕は、『火』だけじゃなくて、『風』も多少使えるんですよ。凄いでしょう？」

魔法の話を心底楽しそうに話すリオ様。魔法とは縁のなかった私には、リオ様の自慢も今一つピンとこないが、未知の分野の話はとても興味深い。

リオ様は地方の商家出身で、現在の王宮魔法使いの中では最年少だという。

「凄いですね。王宮魔法使い様は、貴族階級が多い印象がありました」

「ええ。昔は平民にも結構魔法使いはいたらしいですが、今じゃベネット侯爵家とか、魔法使いの血筋は一部の貴族に多いですね。だから、魔力を持つ子供を探し出すのも、僕たちの仕事です」

「魔力を持つ人って、どうやって見つけているのですか？」

「魔法使いなら、近くに行けばある程度分かります。国中手あたり次第探し回るの、大変ですよ〜」

貴族出身ではないせいか、リオ様は大変親しみやすく、魔法についてとりとめもなくお喋りをしているうちに、大量の書類の処分は終わっていた。

王宮魔法使いで、事情を知る彼なら、アイザック殿下のことを相談してみても大丈夫かもしれない。

「……というわけで、リオ様に打ち明けてみるのはどうでしょうか？」

「さあ。あいつは政情には疎いからな。どうだろう」

若干投げやりな返事をしながら、アイザック殿下はせっせと地面に図形を描いている。

昨日の火傷が治ったことを伝えると、魔法が使えたことにやる気を取り戻したらしい。魔法陣とかいうものを地面に描き、色々実験し始めていた。昨日は詠唱で魔法を発動していたが、殿下曰く、魔法陣の方が手間はかかるが威力が出るとか。

「アイザック殿下のことなんですから、少しは真面目に考えてくださいよ。私は魔法のことも、偉い方々の事情もよく分からないのですから」

「……まず、その殿下というのをやめろ」

「はい？」

「俺は殿下と呼ばれることが、好きではない」

あ、ご自分のことか、とやっと気付く。しかし、殿下は殿下だし……。

「王子様？」

「虫酸が走る」

一瞬で却下された。

「アイクで良い」

「ええ!?」

王子を愛称で呼ぶのは、女官にはハードルが高すぎる。だが、殿下は人でも殺しそうな目でこっちを見ているし、これは呼ばないと許されない空気だなと察した。

夢の中だけなら、多分大丈夫だろう。

「ア、アイク様……？」

「まあ、いいだろう」

満足げに笑ったアイク様は、魔法陣に力を込め始めた。だが、いくら待っても何も起こらない。

「くそっ!!」

苦々しげに、アイク様は地面を叩いた。

「今は何をしようとされたんですか？」

「……水の生成魔法だ。ただ水を出すだけの基本中の基本を、魔法陣まで描いたのにできないとは」

「詠唱型の方が上手くいくのか……？」とか不機嫌そうにブツブツ呟く様子に、とりあえず邪魔しない方が良さそうだと、距離を置く。

(アイク様は水属性なのね) などと、今日覚えたばかりの知識を思い返していると、いきなり話が始まった。

「さっきの件だが」

「え？　なんでしたっけ？」

いきなり意識がこっちに向いたらしい。本当に自分の気分のおもむくまま、会話をする王子様だ。

「リオに伝えるのは少し待て。あいつは悪い奴ではないが、まだ若いし、この件は手に余る。他の魔法使いの耳に入りかねない。可能な限り王太子か、もしくは国王陛下に直接伝えてくれ」

「そんな無茶な……」

国王陛下なんて、会話どころか、十メートル以内に近づいたこともないのですが。

そんな私の事情を鑑みることもなく、我が道を行く俺様魔王様は再び魔法に没頭し始めた。

窓から差し込む陽射しを感じながら、ベッドの上で微睡む。そろそろ目覚めなければ……と、寝返りをうった瞬間、ベチャッと冷たく濡れた感触で一気に覚醒する。

(えっ、何事!?)

焦って飛び起きると、ベッドの上は水浸し。床にも水たまりがあり、壁にも天井にも水しぶきが飛んでいる。

(雨漏り!?　でも最近雨降ってないし、ここ二階だから浸水というわけでもないし、何で!?)

パニックになりながら、タオルで手当たり次第、部屋中を拭く。色も臭いもなく、どうやらただの水のようだ。部屋中を拭き終わり、濡れたシーツを干すと、どっと疲れて椅子にもたれ込む。

ふと、昨日の夢を思い出した。夢の中で、アイク様は何かやっていなかったか？

（水の生成魔法……）

失敗したと言っていた。まさか、と思うが、他に思い当たる節もない。

そういえば、私の火傷を治してくれた時も、夢ではなく現実世界の私の手に効果が出ていた。

（ということは、失敗したと思っていた魔法も、現実世界では発現している、ということ？）

血の気が引く。これは相当不味いのではないか？

もし、アイク様が夢の中で使った魔法が、現実となるのなら……。

（やばい。アイク様がどんな魔法を使えるか知らないけれど、もし火属性の魔法とかとんでもない魔法を使われたら、大変なことになる）

本人を止めたいが、伝える術がない。今すぐに寝ようにも、起きたばかりで眠れる気がしないし、何より仕事が迫っている。そもそも水の片付けのせいで、既に遅刻寸前だ。

アイク様がおとなしくしていてくれるよう、心から祈りつつ、王太子執務室へ全力疾走した。


「普通、早めに来るものだと思うけど？　時間に間に合えば良いと思っていて？　仕事をなんだと思っているのかしら。本当、これだから生まれの卑しい方は……」

遅刻はしなかったが、時間ギリギリになってしまい、先輩女官の皆様から厳しいお小言を頂戴する。

これについては私に非があるので、ひたすら平身低頭、謝罪した。

書類焼却の仕事が終わった私に次に与えられた仕事は、王太子執務室から遠く離れた書庫の掃除だった。いや、書庫とは名ばかりで、処分することはできないが、かといって誰かが見返すこともない古い公文書がうず高く積まれている、ゴミ捨て場のような部屋だ。

埃まみれ、蜘蛛の巣もちらほら見られる部屋の惨状に、しばし呆然とする。

（まさかこの王宮内に、こんなに汚い部屋があったとは……）

あからさまな嫌がらせだと分かっていても、下っ端の私に抵抗の余地はない。しかし、早くアイク様のことをお伝えしたいのに、どんどん王太子殿下から離れていく。

「メリッサさん、今日も大変ですね……」

「分かっているのなら、あの方たちを何とかしてください」

思わずリオ様に八つ当たりしてしまったが、やむを得ないことだと思って欲しい。

「す、すみません。僕にはちょっと無理です……。メリッサさんに危険がない限りむやみに出てはいけないと言われていますし、何よりエドガー様から『女性同士の問題に口を挟むとろくなことがない』と教えられていますので」

エドガー様、確かに正しい。だけど、ここは社交界ではなく職場なのだから、もう少し管理して欲しいものだ。リオ様に言っても仕方のないことだけど。

さて、今回もリオ様の手を借り、荒れ果てた書庫の掃除を開始する。と言っても、今回リオ様にできることは少ない。ひと思いに燃やしてしまいたい気持ちはあるが、そんなわけにはいかないし。それでもリオ様は、埃を風でまとめようとしてくれた……のだが。

「ゲホッ、ゲホッ！　リ、リオ様、ちょっと巻き上げすぎです！」

「ご、ごめんなさい！」

逆に汚れが広がってしまった。リオ様はどうやら細かい調整が苦手のようだ。

大騒ぎしていた私たちは、部屋の入り口にいつの間にか立っていた人物に気が付いていなかった。

「リオ、貴様はいったい何をしている」

真後ろからいきなり声をかけられ、私は飛び上がり、リオ様は慌てて振り向いた。

二メートルも離れていないほど近い距離に、いつの間にかその男は立っていた。

濃いブラウンの髪を後ろで一本に結び、痩せ型でギョロっとした大きな目が印象的な長身の男。年齢は若くも見えるし、中年を過ぎているようにも見える、掴みどころのない容姿。王宮魔法使いのローブが目に入り、慌てて礼を取る。

「ノーマン様！」

リオ様が呼ぶその名で、ようやく私はその男の正体を悟る。人前に姿を現すことはほとんどないが、その名前を知らぬ者はこの国にいないだろう。

現在我が国最強と称される筆頭王宮魔法使い、ノーマン・イグルスその人が、感情の読めない目でリオ様を見つめていた。

「ノーマン様、これはですね、王太子殿下の命でこちらの女官をお守りしています」

「貴様は、王宮魔法使いの任務を何だと思っている？　国王陛下の剣たる王宮魔法使いの力を、たかが女官の雑務に使って、どういうつもりだ？」

淡々とした口調が逆に怒りの深さを表しているようで、私の背中にも寒気が走る。リオ様が親しみやすかったせいで、つい甘えてしまっていたが、本来私は王宮魔法使いと親しく話すことのできる身分ではない。まして魔法を掃除に使わせるとは、罰せられてもおかしくない。

「た、大変申し訳ございませんでした！」

「メリッサさんのせいではありませんよ！」

リオ様がとりなしてくれているが、私は頭をこれ以上下げられないくらい、深々と下げる。ノーマン様からの言葉は特にないが、後頭部に視線を感じる。

「……リオ、まさか気付いていないわけではあるまいな？　これほど魔力を感じるというのに」

「えっと、おかしいな、とは思っていますが……」

いったいこの二人は何の話をしているの？　私の頭には疑問符が浮かび上がっているが、話に割り込むことは許されない。そもそも話しかけてもらえていないので、頭を上げることもできず、表情を見ることもできない。

「リオ、王宮魔法使いになった以上、気付いたのならば動け。そのままにするな。……おい、女」

「は、はい！」

私のことか、と一拍置いて返事をして頭を上げると、ノーマン様の色素の薄い瞳と視線がぶつかる。

「貴様も王家に仕えているのならば、王族の大事を隠すことは許されない。隠していることを、全て白状しろ」

隠していること……とは、あのことしかない。全てを見通したような筆頭王宮魔法使いの目に、た

じろぐ。正直に伝えなければ、と緊張でカラカラになった口で話そうとするが、アイク様の言葉が脳裏をよぎった。

（他の魔法使いの耳に入れたくはない）

国王陛下の直属である王宮魔法使い、その長も、アイク様の言う「他の魔法使い」にあたるのだろうか。なぜ王宮魔法使いに話してはいけないのか、私にはさっぱり理解できない。だけど……。

「も、申し訳ございません。その王族から、厳に秘するよう命じられておりますので、申し上げることができません」

言ってしまった。言った瞬間、周りの空気が凍り付いた気がした。一介の女官が筆頭王宮魔法使いに逆らうなど、その場で殺されたっておかしくはない。頭を下げた私にノーマン様の表情は見えないが、隣でリオ様が息を呑む音が聞こえ、しばらく誰も口を開かなかった。

「……ならば、王族に直接伝えるがよい」

予想に反して、ノーマン様はその一言を言うと、その場を離れていった。「……生きた心地がしませんでした」と呟くリオ様の声だけが、無音の部屋に響いた。

「明日、遂に王太子殿下にお話しできることになったんですよ。これで一歩前進です！　あとはなんとか信じていただけるように説明するだけです」

開口一番、アイク様に誇らしげに伝える。

完全に怒らせてしまったかと思われたノーマン様だが、あの後すぐに、私が王太子殿下に話ができるよう取り計らってくださったらしい。『早朝王太子執務室に来るように』との命令が届き、私はほっと胸を撫で下ろした。

そのアイク様は、地面に難しい文字を書いては首をかしげ、何かを考えている様子だった。

「ちょっと、さっきも言いましたよね。変な魔法を使うのは止めてくださいよ。大変なのは私なんですから！」

「変な魔法ってなんだ？」

アイク様は私の抗議など気にした様子もなく、地面から目を逸らさずに聞いてきた。

「周りを爆発させるとか、燃やし尽くすとか、そういう危ない魔法ですよ」

「それなら大丈夫だろ。俺はそっちの才能はない」

「え、そうなんですか？」

驚いて思わず聞き返すと、アイク様は怪訝な顔でこちらを向いた。

「俺は水と氷の属性しか持っていないからな。破壊は苦手だ。……なんでそんなに驚いてるんだ？」

さすがに失礼だと思い、口を噤むが、問い詰めようとするアイク様の圧に勝てず、口を割った。

「……噂で、アイク様が戦場で敵を焼き払ったと、聞いたことがあったものですから……」

「あ？　なんだそりゃ？」

「そうですよね。申し訳ございません！」

不快にさせてしまったことが申し訳なく、頭を下げる。しばらく無言で何かを考えていたアイク様は、「ああ」と思い出したように話し出した。

「それは多分リオだ」

「リオ様？」

予想外の名前に驚く。あの人の良さそうな少年が、そんな恐ろしい真似を？

「去年のシリル国境戦の時だ。向こうの数が多すぎて面倒だったから、俺が全部凍らせて、戦闘不能にして圧勝した」

アイク様は得意げに話す。シリルとは、我がレイファ王国と隣国アルガトル王国の国境に面する地域の名称だ。王家に対する支持も高く、国内情勢は安定しているレイファだが、唯一といっていい問題がアルガトルとの領土争いだ。昨年もシリル地方で大規模な衝突があったが、王宮魔法使いの奮闘で我が国が勝利し、国中が沸いたのは記憶に新しい。

中でも陣頭に立っていた第二王子殿下が相当な戦果を上げたと耳に挟んでいたが、具体的な活躍を本人から聞けるとは。

「それは凄いですね」

本当に凄いと思っているのに、規模が大きすぎてありきたりな褒め言葉になってしまったが、アイク様はご機嫌になったので良しとする。

アイク様は話を続けた。

「それを終戦後にリオが溶かそうとしたが、火力を間違えたらしく、大惨事になった」

「……それは凄いですね」

リオ様、可愛い顔してとんでもないことをする。明日からあまり近寄りたくない。

「結局、俺が消火してやったのに、なんで俺のせいになってるんだか」

アイク様は特に気にした様子もないが、無実の罪で魔王扱いは気の毒だ。

「では貴族や令嬢に魔法をかけたとかも、嘘なんでしょうね……」

「ああ。うるさいカエル顔の爺を氷漬けにしたり、付きまとってきた女をリベア川まで流したりしたことは何回かあるが」

(あるんかい！)

どうやらレイファの魔王の噂は、ややズレがあるものの、あながち無実というわけでもないようだ。

しかし、魔法使いはやはり恐ろしいな。遠い目をしてしばし現実逃避する。

(そういえば……)

ふと、あの事件の時のことを思い返す。未だに捕まっていないどころか、正体すら判明していない犯人。魔法使いであることは間違いないだろう。どんな魔法を使ったのか、私が分かるはずもないが、あの時、眩い光と強烈な風に吹き飛ばされたことは覚えている。

(ということは、あの犯人は『風』属性ってこと？)

アイク様が他の魔法使いに知られることを拒んだのは、もしかして犯人がいるかもしれないからだろうか？　まさかリオ様、ということはあるまい。顔は見ていないが、背丈が全然違う。

「……おい、メリッサ」

アイク様に呼びかけられ、推理を繰り広げていた思考が現実に引き戻される。

「はい！　何でしょうか？」

「王太子に俺のことを伝えても、もし信じてもらえなかった場合、今から言う場所と日付を伝えろ」

「場所と日付ですか？」

いきなり何を言い出したのか理解できないまま、珍しく口元を綻(ほころ)ばしているアイク様を見つめる。

「ああ。それだけで俺と意識が繋がっていることを、少なくとも王太子には証明できる」

自信満々に言い切るアイク様だが、何やら笑みがあくどく見えるのは気のせいだろうか。一抹の不安を覚えた。

◇◇◇

翌朝、リオ様に連れられ、遂に王太子殿下と面会の機会を得た。まだ事務官も女官も出勤していない王太子執務室には、王太子殿下とエドガー様のお二方しかいない。

「メリッサ嬢、朝早くからすまない」

「とんでもございません」

覚悟はしてきたつもりだったが、王太子殿下直々(じきじき)に声をかけられ、声が上ずってしまった。第二王子殿下には馴(な)れ馴(な)れしく話せるのに、やっぱり王太子殿下のオーラは違うな、とアイク様に大概失礼なことを思い浮かべ、気持ちを落ち着ける。

「筆頭王宮魔法使いのノーマンから報告を受けた。単刀直入に聞くが、メリッサ嬢、あの東の宮の事件以降、何か気付いたことや変わったことがあるようならば、教えて欲しい」

（よし、来た!!）と心の中で叫んだ。

変わったことはありまくりですけど、とりあえず、素直にありのままをお伝えすることにした。

「あの、あれ以来、アイ……第二王子殿下が私の夢にいらっしゃるんです……」

「……は？」

ですよね!!　ありのまま伝えすぎてしまった。王太子殿下もエドガー様も、ポカンとした顔で私を見ている。麗しき貴公子二人の、少々間の抜けた顔はなかなかレアだ。

「ただの夢ではなくてですね、第二王子殿下と会話ができて、記憶も繋がっておりまして、夢ではないと申しますか……」

イメージトレーニングはしてきたはずなのに、いざ、王太子殿下を前にすると、全然言葉が出てこない。しどろもどろで、我ながら完全に頭のイカれた女だ。黙ってしまった二人に代わり、リオ様が助け舟を出してくれた。

「この数日、メリッサさんから魔力が感じられたんですが、メリッサさんは魔法が使えませんよね？」

「勿論、私は使えません！　恐らく、第二王子殿下だと思います」

これまでの夢でのこと――火傷を治してくれたこと、水の魔法を使われ、部屋中水浸しにされたことまで――全てお話しした。

相変わらず難しい顔をしたままの王太子殿下は、リオ様に問いかけた。

「……俄かには信じがたい。つまりメリッサ嬢とアイクが、何らかの理由で繋がっていると？」

「ノーマン様が言うには、何らかの理由で精神が繋がっているか、あるいはアイク様の魂がメリッサさんに宿っているか、そのあたりではないかと。ただ、抜魂術という人の魂を抜く魔法があるそうですが、あくまで暗殺に使われるもので、その魂が他人に宿るということは聞いたことがないと……」

「筆頭王宮魔法使いのノーマン様ですら分からないのですか……。本当にそんなことが、あり得るのでしょうか？」

「確かにアイクは、あれ以来一度も目を覚ましてはいないが……」

半信半疑、というよりどちらかというと『疑』の方が大きい空気を、王太子殿下とエドガー様から感じる。このままでは信じてもらえない、と感じた私は、黙りこくった王太子殿下に、不敬とは思いつつも話しかけることにした。

「お、畏れながら、王太子殿下にお伝えしたいことがございます」

「ん？　なんだ？」

王太子殿下は特に気にされた様子もなく、先を促してくれた。

「第二王子殿下から、王太子殿下にお伝えするよう言伝がございまして……」

王太子殿下が驚いたように目を開く。

「アイクが？　申せ」

……さて、これを言ったらどう転ぶのか。アイク様のあくどすぎる笑みが頭をよぎり、非常に不安になるが、信じてもらうカードはこれしかない。意を決して、私はその言葉を口にした。

「レイファ暦一二五年十月、スカイヴィラ湖、と」

ガタン、と大きな音がした。

王太子殿下が机を蹴り倒しそうな勢いで立ち上がっている。顔色は青くなった後、今度はどんどん赤くなっており、口はパクパクして言葉が出てこない様子だった。

エドガー様とリオ様には意味が分からないらしく、王太子殿下の顔を唖然として見つめている。

あまりの動揺っぷりに、私はとんでもないことを口にしたのだと悟り、焦る。

「メリッサ嬢、そ、それは、意味を知っているのか？」

いつも穏やかな王太子殿下が声を荒らげているのが、本当に怖い。

「い、いいえ、意味は存じ上げません！　第二王子殿下はこれだけお伝えすれば良いと!!」

今にも死罪を言い出しそうな王太子殿下の雰囲気に、泣きそうになる。あの魔王、いったい何を私に言わせたんだ！

頭を掻き毟りながら右往左往する王太子殿下に、誰も何の言葉もかけられない。しばらくして呻き声を上げたあと、ようやく王太子殿下の奇行は止んだ。

「……メリッサ嬢。どうやら貴女がアイクと意思の疎通ができるのは本当らしい」

(信じてもらえた！)

だが、無表情で目が据わってしまった王太子殿下の姿に、喜びは全く湧いてこない。

「とにかく、何よりもまず原因を特定し、アイクの意識を戻さなければならない。父上に話し、早急に対策を練らねば。エドガー、段取りを頼む」

「かしこまりました」

「リオ、引き続きメリッサ嬢を守れ。アイクを救う鍵だ」

「了解です」

　王太子殿下が次々と指示を出しているのを、私は黙って見ていることしかできない。ただ話を聞く限り、どうやらアイク様は意識がない状態だが、生きているようだ。

（アイク様が言っていた、魂だけが抜けている状態、ということかしら……？　でもなんで私に？近くにいたから？）

　色々と考えながら神妙に座っていると、私にも話が飛んできた。

「メリッサ嬢」

「は、はい‼」

　王太子殿下は、普段より一オクターブほど下がった声で続けた。

「アイクに、『起きたら覚えていろ』と伝えておいてくれ。それからエドガーもリオも、今ここで聞いたことは、絶対に誰にも、他言無用だ」

　普段穏やかな人ほど怒らせると怖い、というのは本当だなと、改めて感じることとなった。無表情なのに筆舌に尽くしがたいほどの恐怖を与える王太子殿下の顔に、私たちは黙って何度も頷くことしかできなかった。

（殴りたい……。目の前で爆笑しているこの男を）

私の前で今まで見たことがないくらい楽しそうに、なんなら地面をバンバン叩いて笑っているのは、言わずもがな、アイザック第二王子殿下である。

「俺も見たかったわ。まさかそこまで動揺するとは」

「笑い事じゃないですよ！　本当、殺されるかと思ったんですよ！　何なんですか！」

「教えてやろうか？」

「知りたくないです！」

知ったら間違いなく殺される。そんな迫力が王太子殿下にはあった。好奇心より恐怖の方が勝（まさ）る。

即答する私を無視して、アイク様はさらっと爆弾発言をかましてきた。

「王太子のプロポーズが大失敗した日だ」

「……ええ！」

プロポーズ失敗!?　顔・性格・権力、パーフェクトに揃（そろ）った王太子殿下が？

「王太子に頼まれて、護衛も近寄れないように俺が結界を張っていたから、多分、王太子と俺とクザン公爵令嬢しか知らないと思う」

おいおい、相手の名前まで出しちゃってますよ……。王太子を振るとは、クザン公爵令嬢、強いな。

しかし、それにしても……。

「そんなこと他人にばらすなんて、いくらなんでも、王太子殿下が可哀想じゃないですか」

いくら弟でも、やって良いことと悪いことがあると思う。王太子殿下のあの様子を見るに、今は別の方と結婚されたとはいえ、傷は相当深いぞ。そして、そんな情報吹き込まれても、私も困る。王太子殿下に本当に口封じされかねない。

「まあいいだろう。王太子だって昔俺がフラれた時、王妃にバラしたことがある」

母親と赤の他人じゃ、意味が違うと思う。そう思いつつ、ふと別の感情が湧き上がるのを感じた。

(好きな方、いたんだ……)

大人の男性なのだから、ごくごく当たり前のことだ。なのに、なぜ胸が痛むのだろう。

そもそも今は馴れ馴れしく話しているが、この方は王位継承順位第二位の王子殿下。本来、私とは会話することも許されないほどの身分差がある。

……身の程知らずの感情は、表に出てくる前に蓋をしなければならない。私自身のためにも。

努めて明るい声を出し、話題を変える。

「でも、王宮魔法使い様の力も借りられますし、これできっと元に戻れますね！」

すると、突然アイク様の様子が変わった。先程までの爆笑と違い、今度は酷く暗い顔をしている。

「……どうだろう……」

「え？　どういうことですか？」

言われた意味が分からず、ぽかんとする。

「抜魂術が原因だとしたら、どこかで保護している俺の体に魂を戻す、ということになるだろう」

「戻せば良いじゃないですか。それで解決です」

「本当に、それで解決になるのか……」

いったい何が言いたいのだろう。助かる方法が出てきたのだから、もっと喜べば良いのに、アイク様の顔は何かを恐れている。しかし、アイク様はそれ以上説明をする気がないらしい。

「……いいか、とにかく気を付けてくれ。特にノーマンには」

「え？　ノーマン様ですか？」

「ああ。国王陛下や王太子殿下がストッパーになってくれるとは思うが……」

聞き返した私の言葉には、掴みどころのない答えしか返ってこない。どこか重苦しい空気のまま、翌朝を迎えた。

◇◇◇

「おはようございます、メリッサさん」

まだ薄暗い時間帯に起き、身支度を整えて女子寮を出ようとすると、リオ様が待ち構えていた。

「おはようございますリオ様。こんな朝早くから、何かあったんですか？」

これまでリオ様は女子寮の敷地内に入って来たことはない。不安になるが、リオ様は至って普通だ。

「昨日王太子殿下がおっしゃっていたじゃないですか。メリッサさんの護衛です！　いやあ、女子寮って初めて入りました。……勿論許可は取ってますよ！」

リオ様は初めての場所に物珍しそうにしながらも、私を守るようにスッと横に立った。

「ここ王宮の中ですし、そこまで護衛していただかなくても」

王宮女官や侍女の住む女子寮は、王宮の敷地内にある。警備は厳しく、一般人は勿論、王宮に仕える者であっても許可なく入ることはできない。

少々大袈裟ではないかと首をかしげる私に、リオ様は周りを見回すと、そっと囁いた。

「それを言うなら、あの事件は王太子殿下の宮で起きています」

(そういえばそうだ)

王宮内でも、最も警備が厚いはずの東の宮。あの日は結婚式でドタバタだったとはいえ、不審者が入れるわけがないのだ。そして、魔法使いにとっても珍しいらしい、魂を抜くという魔法。そして、事件の存在自体、世間どころか、未だに王宮内でも明かされていない。

「……やっぱり、異常ですね……」

単なる女官が立ち入ってはいけないと、これまで自重していたが、リオ様の気安い雰囲気に、思わず呟いてしまった。慌てたようにリオ様が周りを見回したあと、囁いた。

「……この事件は相当な闇があります。気になるとは思いますが、あまり探らない方が良いですよ」

「わ、分かっています！　そんな恐ろしいことしませんよ！」

焦る私を気にせず、リオ様は声を潜めたまま続けた。

「ただ、アイザック様は、何かご存じだったんだと思います。僕たちも警戒していたのですが、結局あの日、賊の魔力を感知したのはアイザック様だけでしたし……」

「アイク様が……？」

確かにアイク様は、突然東の宮に現れた。まるで、王太子殿下が襲われることを予知していたかのようだ。

（でも、あの時のあの焦り方は、演技じゃない。本気で王太子殿下を守ろうとしていた）

どんなに考えても、アイク様の心中など、私には想像もつかない。でももう一つ、前から気になっていることがあった。

（王太子殿下は、なぜご自分の結婚式の合間に、東の宮に戻ってこられたのだろう？）

王太子殿下があの時間に、東の宮にお戻りになる予定はなかった。あの真面目な王太子殿下が気まぐれで予定を変更するとは、とても思えない。

（やっぱり何か、この事件はおかしい。アイク様も王太子殿下も、ううん、王家全体で何か隠しておられる……リオ様も含めて）

先程のリオ様の言葉、『僕たちも』『結局』の言い方には、リオ様たちもある程度知っていたという雰囲気が感じられた。深入りは危険だと分かっていてもついつい考え込んでしまい、自分の世界に入り込んでいると、リオ様から予想外の言葉をかけられた。

「ところでメリッサさんは、アイザック様のことを愛称で呼んでいるんですか？」

「え？」

しまった。夢の中に留めるつもりだったのに、思わず口に出してしまった。言い訳をしようとするが、その前に、リオ様が興奮した口調で話し始めた。

「凄いです！　アイザック様は御家族以外には愛称で呼ばせないのに！」

「ええ!?　そうなの？」

予想外のことに思わず敬語が外れてしまったが、リオ様は全く気にした様子はない。

「そうなんです。アイザック様は『王子殿下』と敬称を付けられることはお嫌いなんですが、愛称で呼ばれることも嫌いで、本当に距離感難しいんですよ！　あの気難しいアイザック様に愛称呼びを許されるなんて、大偉業ですよ！」

盛り上がっているリオ様を見て、逆に私は冷静さを取り戻した。

(他に私しかいない世界で、身分も低い相手だから、きっと気を抜いておられるんだろう)

――そう、絶対に勘違いしては駄目だ、と自分に言い聞かせる。

そして一人で興奮しているリオ様と、考え込んでいる私は、今回も全く気付かなかった。

「リオ、護衛ならもう少し緊張感を持つべきだな」

「ぎゃっ！　……ノーマン様！」

リオ様と私は、悲鳴をシンクロさせた後、慌てて振り返った。想像通り、筆頭王宮魔法使いノーマン様が、随分至近距離に立っていた。

(この人、なんでいつも真後ろにいるわけ!?　心臓に悪いんだけど)

心の中で文句を言う私に声をかけることもなく、ノーマン様は感情の読めない目で私をジロジロと眺めている。不躾(ぶしつけ)な視線が怖いが、相手が筆頭王宮魔法使いでは、文句を言うことはできない。リオ様もどうしたものかと、右往左往している。

何かブツブツと呟き、私を色々な方向から観察して数分経った頃、ノーマン様は呟いた。

「……そのまま死んでいれば、楽だったのにな」

「え？」

あまりに不穏な言葉を呟いたノーマン様は、いきなり私を指さした。次の瞬間、体に強い風が吹き付けてくる。

(えええっ!?　嘘でしょ!!)

声を上げる間もなく、そのまま石壁に向かって吹き飛ばされる。王宮の頑丈な壁が、スローモーションで目の前に迫り、私は衝撃を予想し目を固く瞑った。

しかし、私の体を襲ったのは、壁に叩き付けられた痛みではなく、水に飛び込んだ時の、包まれるような感触だった。

「……何これ？」

目を開けると、私は全身ずぶぬれ、周りは大量の水が流れていた。

「……アイザック様の、水魔法だ……」

リオ様が呆然と呟く。人を吹っ飛ばしたノーマンは、何事もなかったかのように頷いた。

「やはり、魂自体がこの女官の体に定着しているな。だとすると、再度魂を切り離すか……」

一人で納得したようにブツブツ言いながら、ノーマン様は風を巻き起こしながら去っていった。

(この人も、『風』属性……？)

吹き飛ばされた感覚が、否応なくあの事件のことを思い起こさせる。急に蘇ってきた恐怖に、今更になって体が震えだす。

「メリッサさん！　大丈夫ですか!?」

リオ様の声がどこか遠くなり、私はいつの間にか意識を失った。

気が付くと、いつもの夢の世界にいた。

「メリッサ、何があった？」

いつも自分のやりたいことをしているアイク様が、今日は私に気付くとまっすぐに向かってきた。

「アイク様、その、ちょっとしたトラブルで……」

「嘘を言うな。命の危機くらいの感覚がした。トラブル程度であそこまで動揺するわけがない」

アイク様に肩を押さえられて、そのまま草の上に座り込む。ジッと覗(のぞ)き込んでくるアイク様の目を見ているうちに、ポツリポツリと起きたことを話せるようになった。

「……ったく、やっぱりノーマンか。あいつは本当に手段を選ばないな」

盛大に舌打ちをするアイク様に、未だに状況が掴めない私は、一つずつ聞いてみることにした。

「あの、なぜノーマン様は、いきなり私に魔法を？」

「恐らくメリッサと俺の繋がりがどの程度か、確認しようとしたんだろう。もし魂そのものがメリッサの体に入っているのならば、体の危機を感じて、魔法を発動させる」

「実際、何となく攻撃魔法を受けた気がして、咄嗟に防御を発動したら上手くいった」と、アイク様はさらりと付け加えた。

「……もし、魂の繋がりじゃなかったら？」

「メリッサの危機に俺は気付けないから、そのまま塀に叩き付けられていただろうな」

結果的にアイク様が魔法で守ってくれたが、そうではなかったら、ノーマン様はどうするつもりだったのだろう？　遥か高貴な方からすれば、一女官の命など取るに足らないものということか。大変腹立たしい。

しかし、気になっていることはそれだけではない。攻撃前にノーマン様が呟いたあの言葉。「そのまま死んでいれば」とは、私ではなく、アイク様に対するものではないだろうか？

（ノーマン様は本当にアイク様の味方？　それとも……）

俯いた私の気持ちを不安によるものだと思ったのか、アイク様は私の頬に片手を添えた。

「大丈夫だ。俺がいる限り、メリッサは絶対に守る。……まあ、全部俺のせいだしな」

「……確かにそうですね」

軽く付け加えたアイク様の言葉に、私も冗談めかして返す。少しお話をしただけで、不思議と気持ちが明るく前向きに変わっていた。アイク様とたわいもなく話すことはとても楽しい。このまま、この時間を続けたいとさえ思ってしまう。

でも、事態は動き始めた。この空気を壊しても、私はそろそろ踏み出さねばならない。

頬に添えられる手からそっと離れ、意を決してアイク様にお尋ねした。

「アイク様、貴方様は何に……、いえ、いったい何を恐れておられるのですか？」

アイク様の動きが止まった。「なんのことだ？」としらを切るアイク様の表情は硬い。魔王と呼ばれる方の鋭い視線に恐れを感じるが、逸らすことなく視線を受け止める。

「ずっと感じていたのです。アイク様は、その……この事件の裏も、犯人も、ご存じなのでは、と」

「……何が言いたい」

アイク様の冷たい声にたじろぎそうになる。でも、今引き下がるわけにはいかない。

「私には政治のことも、魔法のことも分かりません。でもこのような大事件が起きているのに、上の方々は事件を隠すばかりで、犯人を探している様子がありません。そしてアイク様も、事件の進捗を気にされておられないようにお見受けします。むしろ、他の何かを恐れられているような……。この事件には何か裏があって、アイク様はそれを警戒して、ご自身のことを後回しにされている」

全く具体性を持たない、推理とも言えない仮説を、一気に言ってしまった。出すぎたことを言った自覚はある。後悔しそうになるが、覚悟を決めて、アイク様の無表情を見つめる。酷く長く感じる時間の後、叱責を受けるかもしれないという予想に反して、アイク様は視線を逸らした。

「……王族には、自分の身より優先すべきことがいくらでもあり、信じられないほどの思惑と、決して表沙汰にはできない闇がいくらでもある。そして今、俺の存在は王家のためにならない。……女官には分からない」

怒っているわけでもない、淡々とした声色は、アイク様からの明確な拒絶だった。

目覚めは最悪だった。どうやら、近くにある救護室に運ばれたらしい。薄いカーテンの向こうで、話し声が聞こえる。

「……では、ノーマン様は……戻せると？」「ただし……危険」断片的に聞こえる声は、エドガー様とリオ様のものだ。内容は間違いなく、アイク様のことだろう。

（結局、私にできることなんて何もない……）

静かに待っていれば、王宮魔法使い様がアイク様を助けてくれるだろう。そして、この事件のこともアイク様のことも、諸々の問題は、王家や国の上層部の方たちがしかるべき解決をする。当然のことだ。私はたまたま事件に巻き込まれた女官として、粛々と指示に従おうと決めた。

その後、私の目覚めに気付いたエドガー様とリオ様から、今回の事件――解決法を探しているノーマン様が、少々遠慮のない手法を取ってしまったこと――に対する謝罪のようなものをいただいたが、それ以上、私も何かを言う気は起きなかった。

その日は王太子執務室での勤務は免除され、しばらく休んだ後、自室のある女子寮へ帰ることにした。後ろからリオ様が付いてくる気配を感じつつ、慣れた道をとぼとぼと歩く。

（不躾すぎたわ。アイク様が良くしてくださったから調子に乗って、立場を弁えず軽々しくものを言って、傷つけてしまった……）

考えることは、アイク様のことばかり。怒りというより、どこか悲しそうに見えたアイク様の表情が鮮明に記憶に残り、後悔だけが募る。

ぼんやりと歩を進め、右足を前に出した。地面に着く、はずなのに、突然感覚がなくなった。

「え？」

落とし穴に落ちたような、ふわっと体が浮いた感覚がして、一瞬周りが暗くなる。

驚く間もなくすぐに明るくなり、何事もなかったかのように地面に足が着く。

「……どうなってるの？」

先程まで外にいたはずなのに、気付くと見知らぬ部屋の中にいた。

私の部屋の何倍もある広さで、高級感溢れる家具が置かれているが、派手さはなく、落ち着いた色合いで統一されている。カーテンが閉められた室内には、人の気配がない。

おっかなびっくり見渡すと、部屋の奥のベッドに膨らみが見えた。

（え？　誰か寝てる!?）

バレないうちに、速やかに出ていかないと……。しかしここがどこか分からない上に、明らかに高位身分の方の部屋である以上、部屋を出た直後に捕まる可能性もある。

（どうしよう……）

どこかこっそり出る場所はないかと見回すうちに、ベッドの上の人物に目が留まった。

薄暗く距離があるため、顔は見えないが、闇の中でも浮かび上がる白銀の髪は、見覚えがあった。

（レイファ王家の白銀）

最近は毎夜見ている。何なら、畏れ多くも触ったことのある髪。背中から嫌な汗が滲む。

自分のうるさい鼓動を感じながら、一歩ずつ近寄り、そしてついに、その顔を見てしまった。

「アイク様……？」

いつも見ている顔と違う、アイク様が横たわっていた。確かに顔の作りは紛れもなく同じだが、顔色は青白く、生きている人間のそれではない。いつも仏頂面で、口が悪くて、腹黒そうだけど、実は感情豊かなアイク様が、目を閉じ表情もなく、彫像のように横たわっている。

（これで……本当に生きているの……？）

ピクリとも動かず、呼吸をしているようにも見えない。

足が震え、その場から一歩も動けない。口に手を当て、必死に声を抑える。

「どうだ？　魂を抜くというのは凄いものだろう」

急いで振り返ると、他に誰もいなかった部屋の中に、いきなり一人の人物が現れた。

「ノーマン……様」

筆頭王宮魔法使いノーマン様は、私を見て驚くこともなく、いつもと変わらない無表情で立っている。どうやらこの男が何らかの魔法で、私をこの部屋に連れてきたのだろう、ということを察する。

「間違いなく、第二王子は抜魂術を受けている。外傷も残らず、体から抜けた魂は、そのまま黄泉の国へ行く。証拠も残らない完璧な暗殺術のはずだが、なぜかこの男の魂は他人の体に居座り、身体も中途半端に生きている。実に不思議だ」

ノーマン様は独り言のようにペラペラと喋っている。別に私の返答を求めているわけでも、理解してもらおうとも思っていないようだ。

「だが、間もなく第二王子は死ぬ。魂が離れた肉体は、そう長くはもたん」

「……え？」

明らかに危険を感じるノーマン様の言動よりも、アイク様が死ぬという言葉の衝撃が勝った。

「どういうことですか？　アイク様をお助けすることは、できないのですか⁉」

パニックになる私に、ノーマン様は面倒くさそうに告げた。

「助ける方法はある。だが、国王陛下や王太子殿下が難色を示している」

レイファ王家の家族仲の良さは、国内外に知れ渡っている。そのアイク様の父である陛下や兄である殿下が、アイク様を助けようとしない？　そんなことあり得ない、と言いたいが、先程までのアイク様の悲しげな顔が脳裏をよぎる。それ以上何も言えないままの私に、ノーマン様は続けた。

「お前が協力すれば、第二王子は今すぐに助かるのだが」

「え？」

思いもよらない言葉に、ノーマン様の顔を見る。いったいこの男は、何を考えているのか？

「今からお前に抜魂術をかけて、お前の体から魂を抜く。あの王子の魂は黄泉に行く前に捕獲して、本来の体に戻るよう、この部屋中に結界を張ってある。私にとっては難しい話ではない」

アイク様が助かるという願ってもない話なのに、嫌な予感が拭（ぬぐ）えない。なぜ、陛下たちは許可を出さないのか。なぜ、こんな秘密裏に行う必要があるのか。

私の頭の中に、最大級の警報音が鳴り響く。この男――あの事件の時と似たような風魔法を使い、抜魂術とやらも使えるという、筆頭王宮魔法使いノーマン様は、本当に信用に足るのか。

「ああ、そういえば」と、ノーマン様は何てこともない様子で付け加えた。

「術をかけると多分お前の魂も抜けるが、やむを得ないだろう」

さらっと言われた内容に、血の気が引く。

「そ、それって、私は死ぬってことですか⁉」

「お前の魂まで捕獲する余裕はない。王家に仕えている以上、王族に代わって命を捨てることなど、覚悟の上だろう」

そこには、悪意も同情も、人間らしい感情は何一つ感じられない。ノーマン様にとっては、ごくごく当たり前のことのように。

「……や、いやです」

「まさか、女官の命が第二王子の命に勝るとでも？　本気で思っているのか？」

信じられぬ、とノーマン様は私を嫌悪の表情で見る。

アイク様のことはお助けしたい。できることなら何でもすると思っていた。でも、命を捧（ささ）げるなんて、すぐに決断できるはずもない。

「王家に仕える際、身命を賭（と）す誓約をしているであろう？」

そう言うと、ノーマン様は軽く手を振った。すると、突然私の体が動かなくなる。どんなに力を込めても、口がパクパクするだけで、喉からは何の音も出ない。そして、ノーマン様は詠唱を始めた。

（嫌だ……死にたくない……助けてアイク様‼）

ノーマン様の詠唱が終わると同時に、視界が青い光で覆（おお）われた。

パキッ、という何かが割れる音がした。

顔に冷たいものが触れ、瞑っていた目を開けると、ハラハラと雪が舞っていた。床は私が立っている場所を除いて一面氷が張り、室内の調度品は霜(しも)に覆われている。空気は痛いほど冷ややかで、荒く吐く息が真っ白だ。

いっそ幻想的な風景が広がる中、ノーマン様は首から下、右半身を中心に氷漬けとなっている。魔法展開は途中で阻(はば)まれたようだった。

(……アイク様?)

ベッドに横たわったままのアイク様は、全く変わりなく眠りについている。でも私の心の奥底で、沸々(ふつふつ)と熱い感情が湧き上がってくる。不思議なことに、これは私の感情じゃない。

(アイク様が、怒っている……)

アイク様の感情が伝わってくる。荒れ狂う波のような、強い怒りの感情。

ただ、怒っているのはアイク様だけではないようだった。体の大部分を氷漬けにされ、驚愕(きょうがく)の顔をしていたノーマン様だったが、みるみる怒りの表情に変わっていった。

「アイザックか。本当に人の邪魔ばかりする!!」

力ずくで上半身を固定していた氷を砕くと、地を這(は)うような低い声で怒鳴った。

「この私が、わざわざ尻ぬぐいをしてやろうというのに、邪魔をするな」

強烈な殺気が放たれ、下半身の氷も派手に飛び散る。

(不味い‼)

ドアに向かって走るが、ノーマン様から放たれた魔法が迫ってくる。

(間に合わない！)

と、思った時だった。

「しゃがめ」

聞き覚えのない声に、反射的にしゃがむと、頭の上を強い光が吹き抜けていった。ノーマン様の魔法とぶつかり、建物が音を立てて揺れる。

「ノーマン様、何をされているんですか？」

ボサボサの黒髪を掻きながら現れたのは、私より少し年上と思われる若い男だった。後ろにリオ様や、数人の近衛騎士が続いている。

「私はその女からあの王子を助けてやろうとしているのだ。口を挟むな、エドワード」

「そうはいきません。国王陛下からアイザック様のお守りを任されているのは俺ですから」

筆頭王宮魔法使いに一歩も引かないこの男も、王宮魔法使いの特徴である黒いローブに身を包んでいた。「エドワード」という名の王宮魔法使いは、私でさえ思い当たる節がある。侯爵家当主であり王宮魔法使いのナンバー2、エドワード・ベネット様だ。

言い争う二人から庇(かば)うように、リオ様は私を後ろに誘導した。

「国王陛下は、この方法を却下したとおっしゃっていましたが。巻き込まれた女官を危険に晒さない手段を探すようにと、わざわざ俺に命令を下したのですから」

「陛下の仰せとはいえ、そのような悠長なことをしていたら手遅れになる。癪だが、この王子が死ねば、陛下と殿下に災いが起きかねん。女官如きのことなど、些事だと思わんのか？」

私が知らない間に、上の方々は随分話し合っていたようだ。

国王陛下は私の身を考えて、ノーマン様の案を却下してくださったのだと察する。ただし、普通に考えれば、多数派の意見はノーマン様と同じだろう。王子殿下の命と女官の命、どちらが優先か考えるまでもない。

「それが国王陛下の素晴らしいお人柄ではないですか。ノーマン様、とりあえず俺たちは、王宮内で無許可に魔法を行使しました。国王陛下に申し開きに行きましょうか」

エドワード様に促され、ノーマン様はようやく戦闘体勢を止めた。射殺しそうな目で私を睨むと、先頭で部屋から出ていった。

「リオ、女官殿のことは任せた。……もう失敗は許されないぞ」

「申し訳ありません」

エドワード様はリオ様に言い放つと、ノーマン様を追って去った。一気に気が抜けた私は、へなへなとその場に膝から崩れ落ちた。

「メリッサさん、大丈夫ですか!?」

言葉が出ず、ただコクコクと顔を上下に動かす。

「すみません、僕がついていながら……。もう大丈夫です」

リオ様の護衛は、本当に当てにならないよ……と八つ当たり気味に思いつつも、もう何も言う気力が出ない。ふらつく足で立ち上がるが、立ち上がった瞬間、目が眩(くら)む。

（あ……やばい……）

スッと頭から血が下がる感覚がし、目の前の景色が白黒になる。

リオ様や周りの人が何かを言っている気がするが、聞き取れないまま、本日二回目の失神となった。

またここへ来てしまった。

ということは、貧血か、極度の緊張がゆるんだか、とにかく私は意識を失っているらしい。前回の気まずいやり取りから、まだ時間が経っていないし、気持ちの整理は全くついていない。

どういう顔でアイク様に会えば良いのか。その場に立ち竦(すく)んでいると、すぐに声が聞こえた。

「メリッサ‼」

花畑の向こうから、猛烈な勢いでアイク様が駆け寄ってくる。思わず逃げたくなるが、近づくにつれて、いつもしかめ面か皮肉げなニヤニヤ顔のアイク様が、焦った顔をしていることが分かった。先程の私を拒絶する表情は、全く見られない。

その顔を見た時、嬉(うれ)しいのか悲しいのか、よく分からない感情が一気に込み上げてきた。

「アイク様……」

殺されそうになったり、魔法の応酬に巻き込まれたり、もう頭がぐちゃぐちゃだ。

何より、死んだような顔で眠っていたアイク様の姿が頭から離れない。涙がとめどなく流れてきて、私はそのまま声を上げて泣いてしまった。

「……ごめんな」

アイク様の手が私の頭に置かれる。もう片方の手が背に回され、落ち着かせるように、背中を擦ってくれた。アイク様の温かさに更に泣けてきて、その胸に縋り付いて泣き続けた。

どれだけ時間が経っただろうか。涙も落ち着き、しゃくり上げも止まってくると、だんだん自分の状況が飲み込めてきた。

(……わ、私とんでもないことをしている……。涙と鼻水、服につけてない？　大丈夫？)

急に冷静さを取り戻すと、猛烈に恥ずかしくなる。王子殿下の胸に飛び込んで号泣した挙げ句、両手は今もがっつりアイク様の服を握り締めているではないか。顔を上げられず、とりあえずそっと手を服から離した。

「大丈夫か？」

アイク様の声には、嫌そうな様子も、呆れている様子もない。

「……大丈夫です。申し訳ありませんでした」

俯いたまま答えると、アイク様の手が、頭をポンポンと優しく叩いた。

「なんでメリッサが謝る？　全て俺が巻き込んだせいだ」

アイク様に促され、草の上に座ると、腕が触れるくらいの距離に、アイク様も座った。

「ありがとうございました。助けてくださって……」

ノーマン様の狂気のような目を思い出し、思わず震える。

「……メリッサの、助けを求める声が聞こえた気がした。そうしたら、ノーマンの姿、奴の言葉、魔法の発動――メリッサの見ているもの、聞いていることが、全て伝わってきた。……本当にすまない」

「なんでアイク様が謝るんですか。もう謝らないでください！」

落ち込んだ魔王なんて魔王じゃない。この人は、傲慢そうに見えて、時々穴を掘りそうな勢いで落ち込む。言いたいことは山のようにあるが、それはいつもの横暴なアイク様に対してだ。

「私は無事だったんだし、大丈夫です。アイク様のおかげなんです」

アイク様の目を覗き込み、はっきりと伝える。アイク様の綺麗な藍色（あいいろ）の目が、大きく見開かれる。

瞳が揺れたかと思うと、急いで逸らされた。

指で目頭を押さえているアイク様を、今度は私が黙って見守った。

しばらくして、アイク様は何か決意したように私の方を向いた。

「メリッサに、聞いて欲しいことがある。……今回の事件のこと、そして犯人についてだ」

「……それは、私が聞いて良いものなのでしょうか？」

「国としては駄目だろうな。王太子の失恋なんてレベルじゃない超国家機密だ」

「え、じゃあ嫌……」

「俺が、メリッサに聞いて欲しいんだ」

アイク様は、いつもの悪だくみをしているような笑顔を浮かべている。しかし、口角が微妙に強（こわ）

ばっているし、目は切羽詰まっているかのように真剣だ。

これ以上国家機密を背負うなんて、私はどうなっちゃうんだろうとは思いつつ、アイク様を突き放すことなんてできない。乗りかかった舟……というか、もうどっぷり乗ってしまっている舟だ。

（ええい、女は度胸！）

母のモットーを思い出し、私は覚悟を決めた。

「分かりました。私でよろしければ、お伺いします」

真っすぐにアイク様の目を見つめる。しばらく黙って見つめ合った後、フッとアイク様が目を伏せた。深く息を吐いたアイク様は、静かに語り始めた。

「まず、あの事件の犯人については、俺だけではなく、国王陛下も王太子殿下も、主だった国の上層部は皆見当が付いていると思う。その上で、絶対公表しないだろう。なぜなら、王家の恥だからだ」

アイク様の話を、じっと聞く。単純な私には想像もできない事情があるのだろう。一体何が出てくるのか、思わず身構えたくなるが、黙ってアイク様が続きを話すのを待つ。

「……犯人の名は、ブルーノ・ベネットという、元王宮魔法使いだ」

「ベネットというと、あの魔法の名家のですか？」

ブルーノという名前は聞いたことがないが、ベネット侯爵家はこの国の民なら誰でも知っている名門一族だ。代々高名な魔法使いを輩出し、現在の当主は、先程私を助けてくれたエドワード様だ。

「そうだ。ブルーノは既にベネット家から除籍されているが、エドワードの叔父にあたる」

なるほど、うっすらと理解できた。元王宮魔法使い、しかも名門侯爵家出身の人間が、王家に叛いたなんて、絶対に外部に知られるわけにはいかないだろう。

「ブルーノは二十二年前、王宮魔法使いを追放され、ベネット家からも除籍された。王家に私怨を持っていて、常に警戒されている」

「私怨、ですか」

思わず呟くと、アイク様は一旦そこで口を閉じ、なぜか一度鼻で笑った。

「くだらない話だ。ブルーノは当時の王女に手を出し、罰せられた。驚くほど馬鹿らしいだろ？」

軽口を叩くアイク様だが、私は反応に窮した。口調とは裏腹に、その表情はあまりに苦しそうで、明らかに傷ついていた。

臣下が王女に手を出すなど、当然大事件なのは間違いない。外部に漏れれば、王女にも傷がつく大スキャンダルだ。だが正直、似たような話は、貴族の世界ではいくつもある。そのような昔の醜聞が、未だに王太子殿下が狙われ、王家も秘匿に走るほどの原因となるのだろうか？

しばらく押し黙っていたアイク様だが、急に話題を変えた。

「魔法使いには、大なり小なり、他者の魔力を感じる能力がある。近くにいれば、相手が魔法使いかどうかは分かる」

いきなり何の話になったのかよく分からなかったが、話が飛ぶのはいつものことだ。話したいこと、話したくないこと、全てアイク様の思う通りに、吐き出させてあげたい。

「特に、魔力の質が近い者――つまり、血縁関係にある魔法使い同士は、多少離れていても感知しやすい。あの日、ブルーノの魔力を一番初めに感知したのは、甥であるエドワードではなく、俺だった」

　ははは、とアイク様は小さく笑う。

「それはどういう……？」

　言いかけて、突拍子もない仮説が唐突に思い浮かぶ。（そんな馬鹿なこと……）と、必死に頭から振り払い、アイク様の横顔を見上げる。アイク様はもはや躊躇うことなく、言葉を紡いだ。

「俺は国王陛下と王妃陛下の子ではない。あの罪人、ブルーノ・ベネットの息子なんだよ」

　信じられない内容に息を呑む。「そんなことあり得ない」と言おうとしたが、虚ろな目のアイク様を見て、薄っぺらい言葉は引っ込んだ。

「……でも、アイク様は、国王陛下にも王太子殿下にも似ておられます」

　これは本心だった。不思議なことに他家では現れないレイファ王家特有の白銀の髪を、アイク様は紛れもなく持っている。

　それに性格は違えど、時々見せる笑顔や考え込む顔が、王太子殿下と似ている。

「まあ、一応血は繋がっているからな。母親は、国王陛下の妹……ブルーノが手を出したその王女だからな」

　衝撃的な情報を次々放り込まれて、絶句する。私の頭の処理能力では追い付かない。

「穢らわしい血を引いた俺だが、国王陛下と王妃陛下が自分の子としてくれたおかげで、これまで生き延びることができた。王太子殿下も、本当の弟のように扱ってくれた。返しきれない恩がある」

　なのに、とアイク様は悔しそうに続けた。

「アイツは兄上……王太子殿下を殺そうとした。何を考えているのか分からない」

アイク様の悲痛な声に、私はかける言葉が見当たらない。

「これまでも国王陛下や王太子殿下はたびたび狙われてきた。俺が生きている限り、今後も王家に災いを呼ぶことになるだろう。だからこのまま死のうと思ったのに、俺は自分を殺すことすらできない」

決して大きな声ではないのに、血を吐くような、苦しい声だった。

正直、話の内容があまりに重すぎて、まだ私は消化しきれていない。ハイスペックな毒舌王子の仮面の下で、この人はどれほどの傷を抱えて生きてきたのだろう。

ふと、アイク様が地面に描いていた、魔法陣が目に留まる。私はずっと、アイク様が元の体に戻る魔法を考えていると思っていた。でも、もしあの魔法が、戻るためのものではないとしたら……。

「ノーマンは、俺が死ねば逆にブルーノを怒らせるとでも思って、強引に戻そうとしたのだろう。メリッサまで危険に晒して……俺は本当に疫病神だ」

「そんなことはありません!!」

腹の底から声が出た。我ながらこんなに響く声が出たのは初めてだ。

アイク様は驚いたように私を見た。

「確かに私は王太子殿下の婚儀の日、アイク様に声をかけられてから、毎日滅茶苦茶です。王宮女官で稼げるだけ稼いで、弟が無事に成人したら、どこかの商家や貴族の後妻に入るか、修道院に入るか、とにかく平凡な人生を送ろうと思っていたのに、私の人生計画吹っ飛んでしまいました！」

今の自分のことを先月の自分に話したら、「ちょっと、物語の読みすぎ」と馬鹿にされるだろう。こんなこと想像もしていなかったし、明日どうなるのかすら予測できない、波乱の毎日だ。

「でも、私はアイク様に会えたこと、本当に感謝しています」

貧乏貴族でそこそこ苦労はあったけれど、愛する家族がいて、それなりに友人もいて、厄介ごとも多々あるが給金の良い仕事を得、私は自分の人生を悲観したことはない。

王族の事情も、魔法のことも、何も知らない。そんな私に、この方の背負う闇は想像もつかないし、偉そうに言えることなんてない。それでもこの方は、ただの女官である私に、抱えていたものを吐き出すほど苦しんでいる。ならば私も、思いを正直に伝えよう。

「最初は横暴だし、何だこの人とは思いました。でも、出会って間もない赤の他人の火傷を治してくださったり、くだらない話を聞いてくださったり、挙げ句に私の命を助けてくださいました。アイク様はご自分では分かっていないかもしれませんが、他人のために動ける素晴らしい方です」

言いたいことがまとまらないが、何とか伝わって欲しい。

「国王陛下も、王太子殿下も、アイク様を助けようと一生懸命動かれているんです。心からアイク様を大切に思っておられなければ、あんなに必死になれません。アイク様は疫病神なんかじゃありません。貴方様を大切に思っている人がいるんだから、勝手に命を捨てようなんてしないでください！」

「大切……？」

私の勢いに、ただ黙って聞いていたアイク様が、ポツリと呟いた。

「そうです！　私にとっても、アイク様は誰よりも大切な方なんですから！」

「……え」

（……今、私、何を口走った？）

勢い任せに言い切ってしまった内容に、自分で気付くまで、約三秒経過した。

（ああああ‼　言ってしまった‼）

ネガティブモードのアイク様を何とか励まそうとして、必要としている存在がいるんだということを伝えようとしていたのに、これ、告白みたいになってない⁉

顔に熱が集まっていくのを感じる。意識すればするほど、どんどん真っ赤になっていく顔色を誤魔化そうと、俯いたまま、横目でこっそりアイク様の様子を窺う。

私の勢いに呆然としていたアイク様だが、だんだん顔が赤らんでいき、耳まで真っ赤になった。

思わぬピュアな反応に、私の動揺がますます酷くなる。

（ええええ、やめてぇ‼）

あんた、夜会とかで貴族令嬢に群がられている王子様でしょうが！　聞き流すか、まだ鼻で笑ってくれた方が、私のダメージが少なかった気がする。

「とと、とにかく、まず戻ってからゆっくり考えましょう‼　私の中にいる状態で、死ぬとかそういう物騒なことは考えないでくださいよ！」

気まずすぎる空気に、現実世界の私が早く意識を取り戻すことを心から願った。

バチッと目を開けると、どこかで見た天井だった。

王太子殿下の暗殺未遂事件の後に、私が運び込まれていた部屋だ。またも女性騎士に見つめられている。

(何度目、このパターン……)

「メリッサさん、大丈夫ですか?」

リオ様もいたらしい。今回私が意識を失っていたのは、一時間もなかったようだ。

一時間前には命の危険に晒され、メソメソしていた私だが、衝撃的な話を聞きすぎたせいで、遥か昔のことのような気がする。

「全然大丈夫です」と言い切って、ベッドから起き上がる。

今、私がすべきことは、メソメソすることでも、グダグダと思い悩むことでもない。

「リオ様!」

「な、なんでしょうか!?」

勢いよくリオ様を呼ぶと、リオ様は怯(ひる)んだ。嫌な予感がしたのか数歩後ずさるが、遠慮する気はない。王宮女官として立場を弁え、静かに指示を待とうと決意したのはつい数時間前の話だったが、もうすっかり気が変わった。

私は、アイク様のために動く。

「王太子殿下に謁見(えっけん)できませんか? アイク様のことで、至急お伝えしたいことがあります」

私の迫力に圧されたのか、リオ様は速やかに王太子殿下に伝えてくださった。

王太子殿下も、何か察するものがあったのかもしれない。数時間後には面会可能との返答があり、王宮内の一室、要人の密談に使われる部屋に呼び出された。

リオ様に連れられ室内で待っていると、エドガー様を供に、王太子殿下が現れた。ここ最近、王太子殿下は本当に疲れきった顔をしている。

「メリッサ嬢、体調は大丈夫か？　上層部で意思統一ができていなかったために、メリッサ嬢を大変危険な目に遭わせた」

「王太子殿下にお気遣いいただきまして、まことにありがとうございます。全く問題ございません」

もうちょっと筆頭王宮魔法使いの手綱を取っておいてくれよ、とか、護衛のリオ様頼りないんですけど、とか、言いたいことはあるが、王太子殿下を責めるなんてできるはずもない。

「アイクのことで話があると聞いたが……」

早々に本題に入りたそうだった王太子殿下だが、私は少し躊躇った。エドガー様、リオ様だけでなく、王太子殿下の護衛騎士も扉に控えている。どこまでの人が知らされているか分からないことを、軽々しく話題に出して良いものか迷う。

目が泳いでいる私を見て、察しの良い我らが王太子殿下は、エドガー様らに言い放った。

「全員、部屋の外で待機していろ」

「え、いや、そのようなわけにはいきません！　護衛もつけずに女官と二人になるなど、危険です」

王太子殿下、しかも最近命を狙われたばかりの方だ。エドガー様の言うことはもっともだが、私も他人のいる前で話したくはない。

「私の命令だ」

王太子殿下がキッパリと言うと、エドガー様は明らかに不服そうな顔をしていたが、王太子殿下に折れる気がないことを見てとったのか、

「……リオに守護の結界だけは張らせますよ」

と言い、渋々護衛騎士、そして魔法をかけ終わったリオ様を連れて部屋を出ていった。

「さて、メリッサ嬢、アイクにいったい何があった？」

ソファの向かいに座った王太子殿下は、真っすぐにこちらを見ている。若くとも海千山千の貴族や諸国とやり合っている方だ。今回は、回りくどい言い方や、オブラートに包んだ言い方は止めて、そのまま伝えようと決めていた。

「単刀直入に申し上げます。アイク様は元の体に戻られることを迷っておられます」

恐らく、王太子殿下には想像も付かないことだろう。驚いたように目を見開いている。

「そんな馬鹿な。なぜだ⁉」

「アイク様は今回の事件について責任を感じておられます。……御生まれのことで、これ以上、陛下や殿下にご迷惑をおかけすることはできない、と」

王太子殿下の顔が、みるみる青ざめていく。

「……まさか出生のことを、アイクが貴女に言ったのか!?」

「申し訳ございません」

（そりゃ聞いちゃヤバいよな……今度こそ口封じされるかも。でも言いたいことは言っとかないと）

私は怯まずに、王太子殿下に畳みかけた。

「アイク様はこのままでは、もし助かっても、いずれ御命を粗末にされてしまいます。お救いできるのはご家族だけです」

王家の内情に踏み込むなんて、身の程知らずも甚だしいとは重々承知している。だが、出しゃばりすぎだと分かっていても、知らせなければならない。アイク様を救うことは、ご家族である王家の方々にしかできないのだから。

「どうかアイク様が戻られた時、今一度きちんとお話しいただけないでしょうか？」

首が飛ぶ覚悟で、深々と頭を下げる。

王太子殿下からは、しばらく何の返答もなかった。息をするのも躊躇われるほどの、重い沈黙がどれだけ続いただろうか、王太子殿下の静かな声が聞こえた。

「アイクに私たちの気持ちが伝わっていなかったことは、よく分かった。私たちのやり方が空回っていたことも。父上と母上にも、話をせねばなるまい。……あいつに、言いたいことが山のようにあるから、さっさと戻ってこいと伝えておいてくれ」

王太子殿下はそれだけ言うと、ご自分から去っていった。扉の外でエドガー様や護衛の方の慌てた声が聞こえる。

（伝わった……のかな？）

リオ様が心配そうに部屋に入ってくるが、私はどっと疲れて、しばらくその場から動けなかった。

そのまま私は元の部屋に戻され、女性騎士とリオ様の護衛もしくは監視の中、ぼんやりと窓の外を見ていた。

（アイク様が望むことではないかもしれないけど……私にできることはこれくらいしかない）

後は国王陛下と王妃陛下次第だが、臣下としての印象では、お二方とも慈悲深くお優しい方々だ。

どうやら想像以上に複雑な家庭だったけど、国王一家の家族仲の良さは有名だったし、アイク様を助けてくださると信じたい……などとモヤモヤ考えていた時だった。

ドアをノックする音が聞こえた。女性騎士が対応してくれる。

「いかがしましたか？」

顔をのぞかせたのは、見覚えのない女官だった。

「我が主が、こちらにいるメリッサ・グレイ嬢にお会いしたいと仰せです」

どなたですか？　と問い返す間もなく、ドアを開けて入ってきたのは眩（まばゆ）い美女。

「急に申し訳ないわね」

豪華なドレスに身を包んだ彼女を知らぬ者など、この国にはいない。

「王妃陛下……!!」

堂々と入室してきたこの国最高位の女性、ディアーヌ王妃陛下に、私たちは慌てて叩頭（こうとう）した。

王妃陛下はドレスの裾を翻（ひるがえ）して、ごく自然に私の前の椅子に座った。

並みの女性では似合わないであろう、深紅の生地にダイヤをちりばめたゴージャスなドレスを着こなした王妃陛下は、成人した子を持つとは思えない若々しさを保っている。至近距離で拝すると、感嘆を通り越して恐怖すら感じる美しさである。

人払いされて二人っきりとなった部屋で、私は王太子殿下の時の勢いを失い、促されるままカチコチになって座った。

「大変な目に遭ったばかりなのに、申し訳ないわね、メリッサさん」

「と、とんでもございません。メリッサで結構でございます」

「そう？　ではメリッサと呼ばせてもらうわ」と言った王妃陛下は、懐かしそうな目で私を見つめる。

「……アリアにそっくりね」

「母をご存じなんですか？」

元男爵令嬢の母と王妃陛下に接点が？　と驚くと、王妃陛下は頷かれた。

「ええ。アリアは結婚前、フィリア王女殿下の女官をしていたから」

母が王宮女官をしていたのは知っていたが、王女殿下に仕えていたとは知らなかった。

フィリア王女殿下といえば、国王陛下の妹君で、私が生まれるより前に若くして亡くなられたと聞いている。つまり、アイク様の本当の母君、その人だ。

王妃陛下は憂いを帯びた眼差し（まなざし）で私を見つめている。いや、その目に映っているのは、私ではなく、私の中にいる彼だろう。

「パトリック……王太子から聞いたわ。アイクは、本当のご両親のことを知っていたのね」

「……はい。そのようにおっしゃっていました」

王妃陛下は深い溜め息をついた。

「わたくしのせいね。わたくしがきちんとあの子に話さなかったせいで、あの子を苦しめてしまった」

王妃陛下はゆっくりと語り始めた。

「わたくしとフィリアは、王立学校時代からの親友だった。フィリアがどれほどの決意でアイクを産み、どれほどアイクを愛していたかも知っていたから、あの子を守るために、出生のことを秘密にしてわたくしたちの子として育てようと決めたの。でもダメね」

王妃陛下は俯いた。

「色んな思惑が入り乱れる王宮で、秘密を維持するのは無謀だった。わたくしがきちんと伝えなかったせいで、アイクは悪意ある噂ばかりを聞いてしまって……」

「悪意ある噂、でございますか」

「ええ、嘘ばかりよ。いつしかあの子がわたくしたちを『父母』や『兄』と呼んでくれなくなったことに気付いていたのに、わたくしはあの子の心を救うこともできず……母親失格だわ」

だから聞いて、と王妃陛下は続けた。私ではなく、私の中にいるアイク様に語りかけている。

「あなたは、確かにフィリアに愛されて生まれてきた。わたくしも国王陛下も、パトリックも、皆あなたを愛している。……そして、歪(ゆが)んでいるかもしれないけれど、あなたの父親も……」

胸の奥が痛む。これは、私の心？　それとも、アイク様の心？

「今度はきちんと話すから、戻ってきて」

心が引き裂かれるような、悲痛な声だった。王妃陛下の大きな瞳から涙が溢れ落ちる。

(アイク様、一人でいじけている場合じゃないですよ)

私の目からも自然と涙が溢れた。アイク様も聞いている、そんな感覚がした。

王妃陛下はしばらくハンカチで目を押さえていたが、今度は『私』に向かって話しかけた。

「貴女がアイクを守ってくれたおかげで、わたくしたちは、大切な子を失わずに済みました。ありがとう、メリッサ」

「お、畏れ多いことです」

あたふたする私に、まだ少し潤んだ瞳で、王妃陛下はにっこりと微笑まれた。

「それにしても、フィリアが一番信頼していた、アリアのお嬢さんがアイクを助けてくれるなんて、不思議な縁ね……。まるでフィリアが導いてくれたよう」

「アイクに伝えてね」と言い残し、華やかな残り香を漂わせて、王妃陛下は去っていった。

「良かったですね、アイク様」
「……うるさい」
全然こちらを向いてくれないが、アイク様は怒っているのではなく、照れているのだろうと想像がつく。

「そもそも、根本的に全然解決していない。俺が戻ったところで、また王太子がブルーノに狙われたらどうする」

「そんなこと、ここでぐちゃぐちゃ悩んでいてもどうしようもないでしょう。戻って、ご家族と相談してください」

「……なんか、やたらと追い出したがってないか？」

気付かれたか。

私だって、アイク様と話せるこの時間は好きだ。恐らく元に戻ったら、二度とお話しすることはないかもしれない、それほど身分差がある。不謹慎かもしれないが、ずっとアイク様と一緒にいたいなんて思ってしまったことは、一度や二度ではない。

だけど、そろそろ危機感が出てきたのだ。

アイク様は私がノーマンに襲われた時、ピンチを察知し、助けてくれた。一回目はうっすらとした感覚で、そして二回目は完全に気が付いた上で。そして私の想像通り、王妃陛下の声も届いていたという。私が感極まって泣いていたことも。

「魂がいる時間が長くなってきて、感覚を共有しつつあるかもしれない」などと言われ、「怖っ！」と思ってしまったのは、やむを得ないと思う。

だってこれ以上いられると、私の心のあれこれや、プライバシーがアイク様に筒抜けになってしまうかもしれないのだ。アイク様も多少前向きになってきたようだし、こうなれば一刻も早く出ていってもらわねばならない。

別に『告白もどき』をしてしまって、気まずいからというわけではない。決して。

「上手く戻る方法はないんですかね？　勿論、私が絶対安全で」

未だ釈然としない様子のアイク様だが、構わず聞いてみる。

「……まあ、ノーマンが言っていた方法はかなり良い線だろうな」

「ええ!?」

「魂を抜くまでは、ある程度の力と魔力があればできる魔法使いはいるが、特定の魂を捕獲して戻すというのは、相当な研究が必要だ。だてに筆頭王宮魔法使いなわけではない」

「左様でございますか。では、私の魂は気合いで体に戻れ、ということですか？」

ジロッと非難の気持ちを込めて睨むと、アイク様は愉快そうに笑った。

「まあそうしてもらえると、こっちは楽なんだが。これ以上メリッサを危険に晒すわけにはいかないからな。一番簡単な方法はあるにはあるが」

「どういう方法ですか？」

アイク様の言い方に、なんだか嫌な予感がする。

「俺の本体の息の根を止めることだな」

「……そうすると、どうなります？」

「戻る体がない以上、自然に黄泉の国に吸い寄せられていく。メリッサには全く危険がない」

「却下です」

この男は本当に油断も隙もないな。すぐ暗くなる。冗談なのか本気なのか分かりにくい。

「いい加減、諦めて元の体に戻ってください」

「すまん」

私が若干本気で怒っているのを感じたのか、アイク様は珍しく素直に謝ってきた。

そういえば昔、体が弱くて寝込んでばかりだった弟に、前向きになってもらいたくて、よく話した話題を思い出した。

「アイク様は将来の夢って何ですか？」

「はあ？　いい年してなんだ？」

「いい年って、アイク様はまだ二十一歳ですよ！　何かないんですか？」

我ながら雑な聞き方だ。呆れたようなアイク様だったが、一応考えてくれているようだった。

「……特に考えたこともなかったな。兄上に子ができたら、臣籍降下することが決まってたし」

「そうなんですか？」

「そりゃ、俺がいつまでも王位継承権を持っていたら国が乱れる。公爵位をくれるという話だった」

貴族位の筆頭である公爵とは、さすがは王子殿下。あらためて雲の上の方だなあと実感する。

「断ったけどな。公爵は俺には荷が重すぎる。兄上は辺境伯で調整してくれるらしいが」

「辺境伯ですか？　……ご無礼かもしれませんが、アイク様には合っているかもしれませんね」

辺境伯も、実質的には侯爵並みの権力を持っているから、王子に与えられる爵位として不足はない。

それにアイク様からは正直、王都で貴族間のアレコレや、政治的な働きができる気配は感じられない。

地方で自由に動く方が、アイク様には向いている気がした。

「だろ？　シリルをくれと頼んでいるんだ」

「シリル地方ですか⁉」

隣国アルガトルとの紛争が絶えないシリル地方は、農業も産業も発達しない荒れた土地だ。政治に疎い私でも、王子殿下が賜（たまわ）るような領地ではないと想像がつく。私の疑問を予期していたのか、アイク様は語り始めた。

「シリルには何回も行ったことがあるが、あそこは決して悪い土地ではない」

キッパリと、アイク様は言い切った。

「度重なる戦で疲弊しているが、シリルは広大な平原で、川などの水源もあり、間違いなく肥沃（ひよく）な農地になれる。民も勤勉で情に厚い。戦さえ落ち着けば、シリルは栄えることができる土地だと思う」

先程までと打って変わって、アイク様は本当に楽しそうに話す。

「確かに、臣籍に下られたとはいえ、王子殿下が治めるとなれば、国への融通も利きますすね」

「まあな。それに、隣国へのメッセージにもなる。どうやら俺はあちらの国では、割と恐れられているようだからな」

そういえば、アイク様が『レイファの魔王』と呼ばれる一因も、昨年のシリル国境戦だった。半分はリオ様のせいだったらしいけど。

(なんだ、ちゃんと夢があるじゃない)

出生のことや、お立場の難しさはどうにもできないけれど、将来の目的があるし、元に戻ればちゃんと向き合ってくれる家族がある。アイク様はきっと大丈夫だ。

「お前はどうなんだ？」

「えっ？」

アイク様に聞かれて、動きが止まる。

夢？　私の？

「以前、女官を辞めたら、どっかの商家か貴族に嫁ぎたいとか言っていたな。それが夢なのか？」

「いえ、夢ではない、ですね……。現実的な未来というか……」

「じゃあ、本当は何がしたいんだ？」

（……考えたこともない）

生まれた時から貧乏子爵令嬢で、早く家計を助けなきゃという一心で、学校を出てすぐに伝手を辿って王宮女官になった。王宮女官になったのも、王族に仕えたいとか、忠誠心があったわけではなく、単に給金が良かったからだ。

弟が成人するまでは働くと、誰に言われるまでもなく最初から決めていたし、女官を辞めたら、貴族令嬢として条件の良い先に嫁ぐものだと思っていた。少々嫁き遅れなので、もし嫁ぎ先が見当たらなかったら最終的には修道院に入る。それが私の人生だと思っていた。

いつの間にかそれが当たり前だと思っていたけれど、誰に決められたんだろう？　親にそうしろと言われた記憶もない。自分が何をしたいかなんて、一度も考えたことがない。

内心動揺を隠しきれない私を、アイク様はじっと見ていた。

「お前は俺より年下だろ？　まだ考える時間はあるんじゃないか」

励ますつもりだったのに、いつの間にか私が励まされる立場になっていた。

◇◇◇

私はこの後、どうするんだろう？

朝日と共に目覚めた後も、私の脳内は一つの疑問で占められていた。

弟は十五歳になった。今も体が弱いところはあるが、来年には成人となる。そうなれば、ひとまず私の役目も区切りがつく。もし結婚をするのであれば、そろそろ動いても問題はない。というか、嫁き遅れに片足を突っ込んでいる私は、もう動かなければ曰く付きのお相手しか残らなくなる。

（結婚かあ……）

以前までは何の疑問もなかったが、今あらためて考えると気が進まない。

婚家に仕え、貞淑な妻として、見たこともない男と夫婦生活を送る自分を想像し、鳥肌が立つ。

（無理だ！）

だからといって、頭の中にちらついた顔を急いで振り払う。

彼は王子殿下で、臣籍に下ったとしても公爵か辺境伯。しがない子爵令嬢とは天と地ほどの身分差があり、考えるだけでも身の程知らずで烏滸（おこ）がましい。そう分かっていても、脳裏から離れてくれない――不機嫌そうな顔、悪だくみをしているような顔、意外に無邪気な笑顔、悲しげな顔――次々と浮かぶ彼の表情に、胸が高鳴っていくのを感じる。

この感情が何なのか、鈍い私でも薄々気付いている。でも表には出せない。

（……お母様に会いたいな……）

母の顔が脳裏に浮かぶ。もう三年帰省していないから、母と会ったのもそれが最後だ。

父が亡くなった後、弟の後見として、女手一つで子爵家をやりくりしている母。私が上級学校への進学を止めた時も、王宮女官になると報告した時も、「家のために、自分のやりたいことを犠牲にしなくて良い」と言ってくれた。

あの時は、自分で決めたことだと思っていたが、私のやりたいことって何だったんだろう。

子爵領に帰りたいと思ったのは、王都に来て初めてだった。


「メリッサ嬢、少々良いですか？」

王宮内の部屋で実質軟禁中の私を訪ねてきたのは、エドガー様と、王宮魔法使いエドワード様だった。

「アイザック王子殿下の救出方法ですが、ノーマン様の考案の方法を柱に、エドワード殿が追加で術式を考えてくださいました」

エドワード様がその術式らしいものが描かれた紙を広げる。

（……何語？　何の模様？）

私に見せられたところでさっぱりだ。はてなマークが顔に浮かんでいるであろう私に、エドワード様は特に不快な様子も見せず、にこやかに説明してくれた。

「ノーマン様が考案した方法の一番の問題は、アイザック様だけではなく、女官殿の魂まで出てしまうということだ。そして、二人の魂をそれぞれの体に同時に戻すことは、現状困難だ。それができる魔法使いの人数が足りない」

「そうなんですか……」

この人まで根性で戻れなんて言わないよねと、不安になる。

「で、この天才エドワード・ベネットが考えたのが、この魔法。戻せないなら、最初から貴女の魂が出ないようにすれば良いという、素晴らしい発想の転換を元に作成した、魂を体に固定する画期的な術式だ」

「そ、それは、凄いですね」

得意満面なエドワード様だが、魔法が分からない私にはピンと来ない。

そして、自分で天才と言っちゃうあたりが、逆に不安が増す。アイク様といいリオ様といい、どうやら魔法使いという人たちは随分自信家が多いようだ。謙虚な魔法使いを見たことがない。

「で、ここで女官殿にお願いなんだが、この術式をアイザック様に伝えてくれない？」

「……ええええ!?」

いきなりの難題に思わず声が出る。

「魂にかける魔法だからね。内側からかけた方が確実だろうと、王宮魔法使いたちの中で意見が一致した。アイザック様なら十分に展開できるだろうし」

再び紙に目を落とす。例えば、何かの文章や公式を覚えるのならば、何度か書いたり読んだりして暗記していくことは可能だろう。しかし目の前の術式は、文字は古代語で、私には模様にしか見えない。所々描かれた図形も、直線や曲線が不規則に入り交じり、意味不明だ。

どうやって暗記すれば良いか、皆目見当がつかない。

「頑張れよ！　なにせ君の命がかかっているんだから」

気軽に言って私の肩を叩くと、「じゃあ、昨日徹夜だったから寝るわ」と、エドワード様は欠伸（あくび）をしながら出ていった。高名な魔法使いで、更には侯爵家のご当主だというのに、思った以上に軽い方だった。

過去最高に難しい宿題を前に、呆然とする私を、続けてエドガー様が現実に戻してくれた。

「メリッサ嬢、悩んでいるところ申し訳ないのですが、もう一つ重要な話があります」

「なんでしょうか？」

「アイザック王子殿下が無事戻られた後の、貴女のことです」

相変わらず穏やかな口調ながら、目は一切笑っていない状態で続けるエドガー様。一気に緊張感が増し、口の中が乾く。王家の秘密を知ってしまったのだ。時と場合によっては、闇に葬（ほうむ）られてもおかしくない。呑気に将来を考えている場合ではなかったかもしれないと、大きな不安に襲われる。

固まってしまった私に、エドガー様は苦笑いを浮かべる。

「そんなに怖がらなくても大丈夫です。国王陛下からも、貴女の希望に添うようにと仰せつかっております」

「希望と申しますと……？」

（処刑方法の希望じゃないよな）

物騒な想像を慌てて打ち消す。

「今後の貴女の仕事のことと、今回巻き込んでしまったことに対する対価です。配属については、元の東の宮に戻られても結構ですし、王太子執務室のままでも構いません。給金に関しても誠意をもって対応いたします」

「私は、そんなことしていただかなくても……」

「何もお渡ししない方が、我々にとって不安になることを御理解ください」

急なことで戸惑う。要は口止め料ということだろう。口止め料が必要と思われることは愉快なことではないが、エドガー様の言うことも分かる。

「もしもメリッサ嬢が望むのであれば、縁談についても陛下が責任を持って紹介するとのことです」

「そんな、とんでもない！」

子爵令嬢の縁談を国王陛下が仲介するなど考えるだけでも恐ろしい。こればかりは即座に辞退する。

「お返事は今すぐでなくても構いません。メリッサ嬢の希望が第一ですので」

「……分かりました。考えておきます」

難題が増えてしまった。

「で、何だこれは？」

「私の精一杯です」

哀れな子を見る目で私を見下ろすのは、勿論アイザック王子殿下。

見ているのは、ほぼ真っ黒になった私の左腕だ。見よう見まねで写した術式とやらを、ぐちゃぐちゃに描き込んである。

いや、最初は頑張ったんだよ。

でも、凡人の頭しか持たない私が膨大な量の意味不明な文字や図形を覚えるなんて、これは何年かかっても終わらないなと早々に察した。

次に考えたのは、カンニングペーパーの持ち込みだ。

しかし、夢の世界に現実世界の物を持ち込めた例しはない。服に書き込むことも考えたが、寝る時は寝巻になっていても、夢の中での私は必ず女官の制服だ。つまり、今着ている服に書いたところで、夢には反映されていない。

八方塞がりか……と項垂れたところで目に入ったのは、自分の右手だった。最近は水仕事もしないおかげで、綺麗な手になりつつある。

（そういえば、アイク様に火傷治してもらったよね）

つい数日前のことなのに、随分前のことのようだ。手を握られた感触を思い出すと自然と顔が赤らみ、一人部屋の中で悶えていた時、不意に思い出した。

（ん？　そういえば……夢の中でも火傷だった）

生身の体に書けば、夢の中でも反映されるのでは!?　我ながら素晴らしい閃きだと褒めてあげたい。

利き腕と逆の左手に、寝落ちするまで一心不乱に文字や図形を写し続けたのだった。

「汚ねえ字だな……」

「大きなお世話です!!」

誇らしげに胸を張る私に、アイク様は人の苦労をぶった切るようなことを言う。

「まあいい。じゃあ始めようか」

アイク様は私の気持ちも汲まず、さっさと人の腕を取った。不貞腐れたままインクで汚れた腕を出し、数十分。

「この辺、何て書いてあるんだ？」

「写しただけだから、分かりません！」

私渾身の複写を解読する作業は、難航を極めた。

言い訳をさせてもらうと、私は普段、字が下手だと言われたことはない。

初めて見る外国語を見よう見まねで書いたようなものであって、そもそもどう書くのが正解なのか分からないのだから、仕方ないと思う。とはいえ、アイク様の呆れたような溜め息は、心をグサグサ抉ってくる。

「まあいいや。大筋は把握したから、後は俺なりに構築する」

「それ大丈夫なんですか!?」

私の命がかかっているんだから、ギャンブルは止めて欲しい。

「俺はこれでも、魔法学校の首席卒業生なんだが」

「え！　凄いですね、もしかして、そん……」

「忖度じゃないからな」

被せ気味に否定された。

勿論、魔法使いは身分やコネでどうにかなる世界ではないことは、私でも重々承知だ。王立魔法学校の首席卒業生は、政府や軍の要職を担い、たとえ平民の生まれでも高い爵位が約束される、まさにエリートの代名詞。

（ど、どこまでハイスペックなの……）

住む世界が違いすぎる。

自ずと尊敬の眼差しで見ると、アイク様はフンと鼻で笑った。得意げな顔は随分と子供っぽい。

「一日待てと、エドワードに伝えておけ。あいつのより完璧な術式を作ってやる」

活き活きとしたアイク様は眩しく、見つめていると、鼓動が高まっていく。

もうアイク様が戻る算段はついた。私もそろそろ身の振り方を決めなければならない、と一人心の中で呟いた。

◇◇◇

「この天才魔法使いを上回ろうとは、随分でかい口を叩くようにおなり遊ばしたもんだな。戻ったら、白黒つけて差し上げよう」

翌日、再び軟禁中の私を訪ねてきたエドワード様に、アイク様の伝言をそっくりそのまま伝えると、いつも飄々（ひょうひょう）としているエドワード様は何やら怪しい敬語を使いだした。ニヤリとほくそ笑んだエドワード様は、どことなくアイク様に似ている。

（そっか、本当は従兄弟（いとこ）になるのか……）

アイク様の実の父はエドワード様の叔父だと言っていた。似ているわけだと、一人勝手に納得する。

「まあ、アイザック様が一日とおっしゃったなら、一日でできるのだろう。こちらも準備を進めなければ。まずノーマン様に機嫌をなおしてもらうか……」

エドワード様は慌ただしく出ていった。残ったのは、昨日に引き続きエドガー様だった。

「あの、昨日のお話なのですが……」

恐る恐る切り出すと、エドガー様はいつもの胡散臭（うさんくさ）い笑みを浮かべた。

「決まりましたか？　伺いましょう」

昨夜、魔法術式を考えるアイク様の横顔を見つめながら考え抜いた結論を伝えると、エドガー様の笑みが消え、ありありと驚きの表情が浮かんだ。エドガー様の意表をつけたのは、ちょっと嬉しい。

「メリッサ嬢は、本当にそれで良いのですか？」

「はい。私にとって、昔から願っていたことです。それに、この方が、王家にとっても良いことかと

思います
「それはそうですが……」

「勿論、今回知り得たことは、生涯口外いたしません。何卒ご検討くださいませ」

エドガー様は真剣な目でじっと私を見つめている。

私も目を逸らすわけにはいかない。一度揺らいだら、また決意が鈍りそうだから。

「……分かりました。確かに国王陛下、王太子殿下にお伝えいたします」

エドガー様はお辞儀をすると退室していった。

(エドガー様に礼されたの、初めてだ!)

何となく、今日はエドガー様に勝てた気がした。

そんなことを考えていないと、泣いてしまいそうだった。

◇◇◇

「完璧だな。さすがは俺」
ご満悦気味な顔で、アイク様は地面に描いた術式を見ていた。
私にはその凄さは全く分からないが、エドワード様の作った物とは所々違う気がする。まあ、私の命を守ってくれるならば、どちらでも構わない。
しかし、本当に一日で完成させるとは、やっぱり相当優秀な魔法使いなんだろう。

「さすが、首席卒業生様！　これで戻れますね！」

努めて明るい声で、持ち上げる。

「そうだろう」と調子に乗ってくると思ったアイク様だが、私の予想に反し顔を曇らせた。

「……メリッサは、本当にそれで良いのか？」

「えっ？」

それで良いも何も、私の体に居座られても困るという思いは変わっていない。

元の体に戻ってもらわなければ、私もアイク様もどうしようもないし。それとも、別のことを聞かれてる？　何のことだろうと、首をかしげる。

「もし俺と……いや、いい」

困惑する私に、自分で言い出したくせにアイク様は話を変えた。

「俺の体感で、明日の午後に発動させる。そっちで合わせろと、エドワードに言っておいてくれ」

「かしこまりました」

明日、この不思議な生活も終わるのか。アイク様とお話しできるのも、これで最後だろう。

「アイク様、色々ありがとうございました」

泣きそうになるが、ぐっとこらえて、笑顔で礼を伝える。だけど、アイク様はいつもと違い、真面目な顔のままだった。

「俺の方こそ、感謝している。メリッサがいなければ、俺はとっくに死んでいた。もう一度王家のために、国のために働こうと思えたのは、メリッサのおかげだ。……逢(あ)えて良かった」

真っ向から真剣に告げられ、我慢していた涙が溢れてくる。

（こんな場面で真面目になるなんて、反則だよ……）

アイク様の指が、私の顔に触れた。零れた涙を、指先で優しく拭ってくれる。

「ありがとう、メリッサ」

「ありがとうございました、アイク様。どうかお元気で……さようなら」


翌日午後、私はリオ様に連れられて、アイク様の本体が眠っている部屋に向かった。

広い部屋には、ノーマン様とエドワード様の二人が既に待機しており、床には複雑な魔法陣が描かれている。私が入室した瞬間、ノーマン様からは完全に殺意の籠った目を向けられた。筆頭王宮魔法使いに恨まれている人間なんて、よく命があるなと言われるレベルだと思う。

（うう……、そもそも私悪くないと思うんだけど）

「やあ、女官殿。いよいよだね」

エドワード様からは、相変わらず緊張感の欠片も感じられない。

アイク様が寝ているベッドの方はできる限り見ないように意識する。やっぱり、知っている人の死体のような姿を見るのは、気持ちのいいものではない。

しばらく無言の時間が続いた後、近衛騎士の先導で登場されたのはなんと、国王陛下・王妃陛下・王太子殿下という、この国のトップ三人だった。

「国王陛下！」

フリーズした私をよそに、ノーマン様が最上級の礼をし、エドワード様が続く。

私も慌てて国王陛下に対する礼を行う。

「大変なところすまぬ。余も、アイザックを待たせてもらっても構わぬか？」

「はい。魔法を発動している間は危険ですので、部屋の外にいていただくことになりますが」

「無論それで構わない」

あのノーマン様が、物凄い低姿勢だ。全身全霊で国王陛下を崇(あが)めている気配が感じられる。

(なるほど、確かに国王陛下第一主義だわ。アイク様が言った通りだ)

「メリッサ・グレイ嬢」

「は、はいいい！」

突然国王陛下から声をかけられる。国王陛下から直接言葉を賜ったことなんて、当然一度もない。

予想外の事態に思いっきり声が裏返るが、そんな私に国王陛下は優しく言葉を続けられた。

「貴女には本当に迷惑をかけた。アイザックを守ってくれたこと、心より感謝する」

国王陛下は単なる女官である私に軽く頭を下げられる。近衛騎士が動揺する様子が、視界の端っこに映った。

「も、もったいないお言葉です！」

あり得ない状況に、パニック状態で返答する。そんな私を落ち着かせようと、王妃陛下が優しく肩に手を添えてくださった。

「ごめんなさいね、メリッサ。あと少しだけお願いね」

「はい！」

壊れた人形のように、首をかくかく動かす。

「ではそろそろ取りかかりますので、両陛下、殿下は外でお待ちください」

私にとっては「誰だお前」と言いたいくらい人が変わっているノーマン様が、部外者を外に誘導する。

リオ様も外に出てしまい、部屋に残されたのは、王宮魔法使い二名と私のみとなった。

「女官殿はこの魔法陣の中心に座っていてもらえる？」

エドワード様に誘導された場所に正座で座る。

「リラックス、リラックス。天才魔法使いのアイザック様が間違えていなければ大丈夫だから」

エドワード様の言い方が嫌味ったらしい。どうやらアイク様の超えてやる宣言を、かなり根に持っている様子だ。

（本当に大丈夫だよね⁉）猛烈に不安になり、一人アイク様に問いかけるが、当然返事はない。

ノーマン様に至っては、これから人を助ける顔じゃない。残念ながら、この部屋には腹に一物ありそうな魔法使いしかいなかった。

いたたまれない気持ちのまま、魔法使いたちを刺激しないように、できる限り目立たないようにちんまりと座る。

体感では果てしなく長い時間が経ったような気がした時だった。

「……そろそろか？」

ポツリとノーマン様が呟いた時だった。

私の体が金縛りにあったように硬直する。お腹の奥底が、巨大な氷の塊を飲み込んだように凍り付く。

(なにこれ!?)

これで大丈夫なのかと、体は動かないので、エドワード様に目で訴える。

「落ち着いて。アイザック様の魔法は、基本冷たいから」

(そんなことってあるの!?)

「無関係な魔法を使う時にすら、属性を抑えられない餓鬼が……」

ノーマン様は憎しみが籠った声で、ブツブツと呟いている。王子に対する台詞とは思えない。

「じゃあ、やるよ。女官殿、魂落とさないように気分だけでも頑張ってね」

呑気にエドワード様が言っている横で、ノーマン様が長ったらしい詠唱を行っている。

これから、死に繋がる魔法を思いっきりぶつけられるのだ。怖い以外の感情は出てこなくて、目を固く閉じる。

(大丈夫。俺を信じろ)

アイク様の声が聞こえた気がして、パッと目を開けた時だった。

目の前に光が弾ける。と同時に、暴風が全身に吹き付けた。体には潰されそうな圧力を感じるが、硬直した体は全く動かない。

（息できない！　早く終わって！　死ぬ！）

突如、吹き付けた風が体を貫通したような感覚がした。その瞬間、全身の圧がなくなり、ふっと体が軽くなった。慌てて自分の体を見下ろすが、服も体も穴なんて開いていない。

「捕まえた!!」

エドワード様が珍しく大声を出した。そちらを見ると、青白い光がふわふわと浮いている。

「アイク様……？」

漂う光は、眠っているアイク様の方に誘導され、音もなく消えていった。

「……成功だな」

深い溜め息をついた後、ノーマン様が呟いた。成功したと言っている割に極めて不満げだ。

「そっちも大丈夫そうだね、変なところない？」

「だ、大丈夫だと思います」

近寄ってきたエドワード様が、私を上から下までざっと眺める。なぜか一瞬面白そうに笑ったのが気になった。

「陛下をお呼びする」

と言って部屋を出ていくノーマン様の背中を見送り、私はエドワード様に問いかける。

「私も、もう部屋に戻ってよろしいですか？」

エドワード様がぴくっと片眉を上げる。

「……アイザック様の意識が戻るのを待たなくて良いの？」

「そのような畏れ多いことはできません。私の役目は終わりましたから」

きっぱりと告げると、エドワード様は何やら複雑な顔で首をかしげる。

「魔法の面からは、もう戻ってもらって構わないけど。リオは引き続き連れていけよ」

「ありがとうございます」とエドワード様に深々とお辞儀をしていると、慌ただしく国王王妃両陛下と、王太子殿下が駆け込んできた。

「アイク！　大丈夫か⁉」

間違いなく、子供を、弟を心配する普通の家族の姿だ。

部屋の隅によけて、ベッドに駆け寄っていくお三方を見送った後、私は静かに退出した。


部屋に戻り、ただただぼんやりと窓の外を眺めていると、いつの間にか周りは真っ暗になっていた。

アイク様の魂は、私から抜けたようだが、体の調子はこれまでと全く変わらない。

(アイク様、ご無事かな……)

ランプに火を入れ、再び椅子に座った時、控えめなノックの音がした。

「はい、どなたでしょう」

問いかけると、リオ様の声で返答があった。いつの間にか部屋の外に出ていてくれたことも、私は気付かなかったらしい。

「エドワード様がお見えになっています」

こちらが返事をする前に、ドアが開いてエドワード様は堂々と入ってきた。相変わらず飄々としているが、顔には若干疲れが見える気がする。

「特に変わりはないかな？」

どうやら、私の様子を心配してくれているようだ。

「はい、おかげさまで全く問題はありません。ありがとうございました」

エドワード様に丁寧に礼を取る。

「女官殿を助けたのは、俺ではなくアイザック様かな。確かに、でかい口叩くだけあって強力な術だった。……さて女官殿、何か聞きたいことがあるんじゃないかい？」

エドワード様に促され、迷うことなくただ一つの問いを口にした。

「第二王子殿下は、ご無事でしたか？」

エドワード様は満足げに笑い、即答した。

「勿論。この国のトップ二の魔法使いが揃っていて失敗するわけがない。先程一度目を覚まされた。体の方は長期間、昏睡（こんすい）状態にあったから、元に戻るまで少し時間がかかるだろうけど、元々体力馬鹿だし、しばらく寝てれば復活するだろう」

王子殿下に対して大概失礼な発言があった気がするが、とにかく無事らしいことが分かり、心の底からほっとする。

安心した私をいつも通りニヤニヤ見つめていたエドワード様が、突如爆弾発言をかましてきた。

「しかし、女官殿。アイザック様とは随分親密だったんだねえ」

「はい!?」

唖然として、思わず凝視したエドワード様の顔は、完全に面白がっている。

「だってその魔法」と、私の方を指さしてきた。

「魂を一時的に固定する魔法をかけるだけでいいのに、ありとあらゆる防御魔法がかけられているから、思わず笑いそうになったよ。多分、アイザック様の魔力の限界までかけてあるんじゃないかな」

「ええ!?」

「俺でもここまでの防御は、国王陛下が外遊された時にしかかけたことないよ。あの傍若無人がここまで大事にしているとはねえ。ウケる」

どう反応していいか分からず、曖昧な返事をするしかない。

「ま、とにかく、これからしばらく、女官殿はほとんどの物理攻撃からは守られると思うよ。戦場に出ても大概生き残れると思う」

戦場に出るつもりもないし、危険な目に遭うつもりもないが、アイク様の優しさに胸が熱くなる。

「アイザック様のプライベートにも、女官殿の今後にも、俺は特に興味ないけど、どこに行っても元気で頑張って」

いつものニヤニヤ笑いを浮かべたままのエドワード様は、最後に適当な励ましをしてくださり、去っていった。

その夜、私は眠りについたが、アイク様は現れなかった。

夢を見た気がするが、朝起きた時には思い出せないという、ごく普通の夢だった。

私が軟禁されていた部屋から女子寮にある自室に戻れたのは、それから三日後だった。

時間がかかったのは何か理由があったわけではなく、皆アイク様に気を取られていて、どうやら私の存在など忘れ去られていたらしい。久しぶりに戻った自室は、殺風景ないつも通りの部屋だった。

家具や寝具は支給だし、服もほとんど女官服で過ごしていたから、とりたてて荷物はない。大きめのバッグ二つに私物をまとめると、あっという間に部屋はすっきりとした。

準備はできた。あとは上からの許可を待つだけになった。長いようで短かった女官生活、そして一生分の衝撃が詰まったこの数日を思い返していると、派手なノックの音がした。

ドアを開けると、王太子執務室の女官が無表情で立っていた。

「王太子殿下がお呼びです。付いてきなさい」

黙ったまま王太子執務室まで連れていかれると、王太子殿下、エドガー様との三者面談が始まった。

内容は、私がエドガー様に先日お伝えしたことについてだった。

「メリッサ嬢の希望は聞いた。本当に良いんだね？」

「はい」

王太子殿下からあらためて確認されるが、私に迷いはない。

「お暇を頂戴し、グレイ子爵領にて静かに暮らします。王宮で知り得たことを口外することは断じてございませんが、一応、退職金に少しばかり色を付けていただけると嬉しいです」

王太子殿下の前でも、堂々と言い放つ。

エドガー様に口止め料を頂けるということを聞いて、欲しいもの、叶えたいことを色々考えたが、やはりお金に行きついた。意地汚いとか思われるかもしれないが、王宮女官になった原点はお金なのだからしょうがない。

これ以上王宮にいて、アイク様との本来の距離を実感するのが辛いとか、叶わぬ夢を見続けて無為に人生を浪費したくないという理由は、自分の胸の中で押し殺す。

「そうか……」

王太子殿下は、何か思い悩んでいるようにご自分の眉間の皺を伸ばしている。

（ええ、駄目なのかな。エドガー様は大丈夫そうな雰囲気だったのに）

「メリッサ嬢の決意は固いようだな。既に準備はできているゆえ、子爵家宛に数日以内に支払おう」

「ありがとうございます！」

思わず笑顔が零れる私を、王太子殿下は複雑そうな顔で見る。

「困ったことがあったらいつでも言ってきてくれ。気が変わったら女官として戻ってきてくれても構わないから」

リップサービスでも王太子殿下はお優しい。国王陛下も王妃陛下もアイク様も、この国の王族は皆優しく、国民としてとても誇らしい。これからは一国民として、レイファ王国の安定と王室の皆様方のご健勝をお祈りしていこうと決め、王太子殿下の前を辞した。

さて、王太子殿下の許可も得られた。気持ちが揺れないうちに、速やかに故郷へ発とうと決める。

以前配属されていた東の宮時代の女官仲間や、親しくしていた方々に退職の挨拶に回ると、私が王宮ですべきことはあっという間に片付いた。


明朝、まだ薄暗いうちに荷物を抱えると、人目につかぬように王宮の通用門から外に出る。

五年間ずっと、ほとんど二十四時間過ごしてきた場所だ。油断すると感極まりそうになる。

(五年間、お世話になりました)

心の中でお礼を告げ、歩き出した時だった。

「おい、俺に挨拶もなしに行こうとは、無礼な女官だな」

聞きなれた声に、心臓が飛び上がる。

(ま、まさか……)

まだ寝込んでいるはず。朝っぱらからこんなところにいるはずない。

振り返るのがとても怖いが、無視するわけにもいかない。ギギギと軋(きし)むような動きで、声の主を振り返る。

「あ、アイザック王子殿下……ごきげんよう」

言いようがなく、場にそぐわない挨拶をしてしまった。

予想通り、全くご機嫌がよろしくないであろう顔をした、レイファの魔王様が立っていた。周りには護衛もお付きの人も一人も見えない。

しかし、アイク様の顔を見た瞬間、恐怖から心配に変わった。

「お体、大丈夫なんですか⁉」

不愛想な顔は元々としても、顔色は真っ青だし、若干左右にふらふらしている。どう見ても寝ていないと駄目な体調だ、これ。

「単なる魔力枯渇だ。あと二〜三日もすれば治る。大体誰のせいだと思っているんだ？」

「え？」

「お前が会いに来ないから、この俺がわざわざ出向く羽目になった」

「……申し訳ありません」

一女官が王子殿下の病床に見舞いに行けるわけない、という反論は飲み込む。

――いや違う。お優しい両陛下や王太子殿下にお願いすれば、許可された可能性は十分ある。でも、私が怖がって言い出さなかっただけだ。アイク様の顔を見てしまったら、覚悟が揺らぎそうで。

「まあ、そんなことが言いたいのではない」

傍若無人なアイク様は、相変わらずどんどん話を切り替えていく。

「子爵領に帰るんだろ。これをくれてやる」

ぶっきらぼうに差し出してきた右手には、鈍色の腕輪が乗っていた。

女性の装飾用とはほど遠い、無骨なデザインだ。一つだけ小さな藍色の石がはまっているが、宝石に縁のない私には価値がよく分からない。

「これは……？」

「俺からの礼だ。御守り代わりに持っていけ」

「そんな、王子殿下からお礼を頂くようなことは何も！」

既に王家から退職金という名目で多額のお金をブン捕っている。私はお礼を頂けるような清廉な女ではない。まして、王子殿下から直接賜るなんて、身に余る。

イライラした様子のアイク様は、躊躇っている私の左手を力ずくで引くと、無理矢理はめた。

腕輪は私の手首にピッタリとはまる。ひんやりとした感覚が、不思議と心地よく感じられた。

「……ありがとうございます。生涯大切にいたします」

「そうしろ。それから、王子殿下は止めろと言ったはずだ」

「……ありがとうございました、アイク様」

「ああ」

アイク様はそれっきりしばらく黙ってしまった。

もう出立しなきゃとも、早くお休みになってくださいとも、言いたいことはあるが言い出せない。

俯いたまま、自分の腕にはまった腕輪を見つめる。

再び、唐突にアイク様が話し始めた。

「俺がメリッサに言いたいことは、大体夢の中で言った通りだ。俺は生涯お前に感謝する」

「もったいないお言葉です」

「では、元気でな」

あっさりと言うだけ言って、アイク様は踵（きびす）を返し、王宮に向かって歩き出した。

思わずその背を見送るが、アイク様がこちらを振り返ることは一度もなかった。

「お元気で、アイク様。いつまでもお慕いしております」

私が小さく声に出した言葉は、誰にも届くことはなく、朝の空気に消えていった。

通用門に繋がる、王宮の出入り口。普段は下働きの者が行き来するそのドアの前に、護衛騎士を引き連れた若い男が立っていた。第二王子アイザックは、その姿を見て深い溜め息をつく。

「……覗き見とは趣味が悪いですね、兄上」

王太子パトリックは弟の嫌味を気にする様子もなく、気づかわしげな顔で話しかけた。

「アイク、本当に引き止めなくてよかったのかい？」

「引き止めたところで、今の状況で、俺が彼女を幸せにできると思いますか？」

「……そうだね。難しいだろうね。君が王子で、彼女が一子爵令嬢である以上」

彼らは己の立場を自覚している。理想や想いだけで解決できない問題が多くあることを、誰よりもよく分かっている。

「でも、俺は絶対に諦めるつもりはありません。何年かかっても、彼女を捕まえます。というわけで早く跡継ぎを作ってくださいい、兄上」

「弟にそんなデリケートなことを急かされるなんて、辛すぎる……」

大袈裟に嘆いて見せた王太子だが、力強い決意を秘めた弟の表情と、そして自然に発せられる弟からの「兄上」という呼びかけに、顔を綻ばせた。

◇◇◇

乗合馬車の待合所には、行商人や子供を連れた女性など、既に数人が座っていた。空いたスペースに荷物を置き、腰かける。

王都から馬車を乗り継ぎ五日、そこから徒歩で一日半かかる山奥に、グレイ子爵領は存在する。

恐らく王都の貴族で、グレイ子爵領に来たことがあるという人間はいないだろう。秘境のようなものだ。私がほとんど帰省しなかったのは、できなかったという面も大きい。

(さて、頑張りますか)

今回はそこそこの荷物がある。徒歩での登山はちょっと辛い。お金を出せば、山の麓の農民が、荷物の運搬をしてくれるが、今は収穫期だからやってくれる人がいるかどうか。料金も高くなっているだろうし、などとぼんやり考えていると、目の前に天の助け、じゃなくて見慣れた少年が現れた。

「メリッサさん!」

「リオ様? どうされたんですか?」

「メリッサさんをご実家まで無事に送り届けるよう、王太子殿下のご命令を受けました」

いつもの王宮魔法使いのローブではなく、どこかの商家の見習いのような格好をしたリオ様は、リュックサックを背負って張り切っている。

「僕、王宮魔法使いになってから、王太子殿下の視察のお供以外で王都の外に出たことがないんです。久々に旅行に行けるみたいで嬉しいです！」

王宮魔法使いに同行してもらうなど申し訳ないとは思ったが、リオ様は本気で楽しそうなので、お言葉に甘えて送ってもらうことにした。

そして五日後、身体能力は年相応のリオ様が山で野垂れ死にしそうになったことは、私とリオ様だけの秘密となった。

王都を出発して八日目、私は生まれ故郷のグレイ子爵領内の街、オプトヴァレーに到着した。

予定より時間がかかったのは、登山中にリオ様が疲労困憊で倒れ、野宿する羽目になったためだ。

いや、途中までは荷物を持ってくれたし、凄く頑張ってくれてたんだけどね。魔法使いは体力勝負にはちょっと弱いようだ。

オプトヴァレーは、深い山と山の間にできた谷に広がっている。貴族が暮らす街としては相当小さいが、それでも人口はそれなりにあるし、商人も行き交い、世間で噂されるほど秘境ではない。

主要産業は、高地にしか育たない希少な薬草や果樹や野菜の栽培。二代前の当主が始めたばかりで、まだまだ大量生産には至らないが、民の努力で徐々に根付いてきた。

「活気のある街ですね」

リオ様が初めて見る街を、興味津々といった様子で見まわしている。

「でしょう？　山奥だけど、意外に発展しているでしょ」

故郷を褒められると、やっぱり嬉しくなる。

「大変失礼ですが、噂ではもっと寂れているのかと思ってました」

「確かに噂通り、私が生まれる前は本当に滅びる寸前だったのよ」

リオ様の想像は決して失礼ではない。

我がグレイ子爵家が貧乏貴族となったのは、三代前の当主、私の曽祖父に原因がある。

当時のグレイ子爵家は小さな鉱山も所有しており、そこそこに裕福だったらしい。

しかし曽祖父は、酒・女・ギャンブルと三点揃ったスーパー駄目人間だった。次々と財産を食いつぶし、借金を重ね、当時はもう少し便の良いところにあった屋敷と領地を失い、遂には唯一と言っていい収入源の鉱山まで手放した。

一代にしてグレイ子爵家を没落させた男は、最終的には愛人との口論から刺殺され、グレイ子爵家の家名に泥を塗りたくってこの世を去ったという。

以降の当主である祖父や父は、曽祖父の残した借金の返済と、僅かに残った子爵領の維持・開発に注力したが、働きづめが災いしたか早くに亡くなってしまった。

今は子爵夫人だった母が、弟が成人して正式に爵位を継ぐまでの間の後見人として、実質的に領地経営を行っている。

「見えてきた。あれが子爵家の屋敷よ」

「……あれ、屋敷ですか」

私の指さした方向を見たリオ様が、大変失礼なことを呟く。

確かに、見た目は少し大きめの民家だ。屋根や壁の塗装は大分剥（は）げているし、板で応急処置をしてある窓もちらほら見える。

「まあ、ちょっとばかし狭くて汚いけど、ゆっくりしていってね」

戸惑っているリオ様をほっといて、傾いた門をくぐる。勿論門番なんていない。ドアノッカーを叩くと、待ち構えていたかのように、ドアが勢いよく開いた。

「姉さま!!」

内側から少年がイノシシのように突っ込んでくる。

「ルーカス！　大きくなったわね」

三年ぶりの我が弟だった。サラサラの茶髪、ブルーの大きな瞳は相変わらず透き通るように綺麗で、美少女と間違われたこともある子供の頃のままだ。ただ、私より小さかった身長はいつの間にか私を追い越しているし、声も聞き覚えのない大人の声に変わってしまっている。

でも、私が帰ってくるとタックルしてくる歓迎は変わっていない。久々だったが体は動きを覚えていたらしく、何とか受け止められた。しかし、その体格では姉さま、もう大分きついよ。

「ルーカス、体調は大丈夫なの？」

「はい！　この数年、姉さまのおかげで、ちゃんと薬を飲めていましたから、昨年から一度も寝込んでいません」

「良かった！」

誇らしげに胸を張るルーカスには、まだまだ私の知っている幼い弟の面影が存分に残っている。

「メリッサ、お帰りなさい」

「お母様、ただいま戻りました」

ルーカスの後ろから、母が顔を出す。

「本当にお疲れさま。ありがとう、メリッサ」

優しく、少し辛そうに微笑む母の顔を見ると、これまで我慢してきたものが溢れそうになる。無言で母に抱きつくと、母は優しく私を抱きしめてくれた。静かな時間が流れる。

「で、姉さま。その男は誰？」

リオ様のことをすっかり忘れていた。

ルーカスは剣呑な顔でリオ様を睨んでおり、リオ様は居心地が悪そうにソワソワしている。

「あの、こちらは王宮魔法使いのリオ様。王都から付き添ってくださったの」

「まさか、姉さま。こんな僕と年の変わらなそうな小僧と……？」

ルーカスが何か勘違いしていることに気付いた。可愛かった弟は、完全に殺気だった視線でリオ様を見つめている。対するリオ様は完全に怯え、腰が引けている。

いや、一般人のルーカスと魔法使いのリオ様が戦ったら、リオ様の圧勝なんだが。

弟が王宮魔法使いに危害を加える前に、慌てて否定する。

「違う違う。リオ様は王太子殿下のご命令で、仕事で送ってくださっただけ！」

　母と弟は、今度は心配そうに私を見る。母がゆっくり口を開いた。

「……王太子殿下に護衛を、しかも王宮魔法使い様を付けていただくなんて、何があったの？　数日前には、ビックリするくらいの大金が送金されてくるし、大変な目に遭ったんじゃないかと心配していたの」

「た、退職金よ！　リオ様は、その……」

　本当の事情を言うわけにもいかず、さりとて上手い言い訳が出て来ず言葉に詰まると、すかさずリオ様がフォローしてくれた。

「メリッサさんは、陛下方からの覚えが大変めでたい王宮女官でしたので、退職金は普通より少し多くなったのだと思います。僕はその、たまたま休暇で、グレイ子爵領に行ってみたいなあと思っていたものですから！」

　リオ様のフォローも大分強引だったが、ひとまず母もそれ以上は突っ込んではこなかった。

「とにかく王宮魔法使い様もお入りください。狭いところですが」

「姉さまもお疲れでしょう。ゆっくりお休みください」

　二人に招き入れられ、久々の実家に足を踏み入れる。

「お帰りなさいませ、お嬢様」

「ジム、マリー、ただいま」

「お嬢様、すっかり美しくなられて……」

　屋敷の中で迎えてくれたのは、私が生まれるずっと前から子爵家に仕え続けてくれた執事長と侍女頭だ。穏やかな老紳士のジムと、小柄でかわいらしいおばあちゃん、といった雰囲気のマリーの夫婦。長と頭といっても、他に使用人は一人もいないので、家族のようなものだ。

目を潤ませているマリーに抱きしめられる。

「さあさあ、お部屋の準備はできていますよ。本日はゆっくりと旅の疲れを癒してくださいね」

「魔法使い様も客間をご用意しますので、ごゆっくりしてください」

その夜は夕食もそこそこに、久しぶりの実家のベッドに倒れ込む。

あっという間に眠りの世界に吸い込まれた。

翌朝、昨晩早く寝たせいか、すっきり目が覚めた。

(そうだ、私、帰ってきたんだった)

王都よりも涼しい空気が心地よい。着替えを済ませ、猫の額ほどしかない庭に出ると、そこには先客がいた。

「おはよう、メリッサ。よく眠れた？」

「おはようございます、お母様。おかげさまでスッキリです！」

良かったわと笑う母。昔から、私たちに見せる顔はいつも明るく、しっかり者の母。

でも、そんな母も、女官時代は当時の王女殿下――アイク様の実の母上――に仕えていたという話を思い出す。そんなことは一度も聞いたことがなかったが、母も相当な苦労があったのだろうと今だからこそ感じる。

「お母様、私しばらくここにいてもいい？」

母に恐る恐る問いかけると、驚いたように大きく目を見開く。

「何を言っているの？　ここは貴女の家よ。いつまでもいていいの！」

傷ついた顔をする母に、私は言葉を間違えたことに気付く。

「ごめんなさい。私が貴女に頼りすぎたから、メリッサは甘えることもできなくなっちゃったのね」

「お母様、そんなことないわ！」

「メリッサのおかげで子爵家はもう大丈夫。これからは、ここでゆっくり自分のやりたいことを見つけて。私もルーカスも、メリッサの一番の味方なんだから」

母に優しく抱きしめられる。母も私も、自然と涙を流していた。

「そうですよ、姉さま。僕は来年には成人です。今まで姉さまが僕を守ってくれた分、今度は僕が姉さまをお守りしますから」

いつの間にか現れたルーカスは、もう私の後ろをついて歩いていた幼い弟ではない。

「ルーカス……ありがとう」

重荷だと思ったことはなかったけれど、何だか肩が軽くなった気がする。

やっぱりここが、私の帰る場所だったんだ。

今日からは女官ではなく、娘、姉、そして子爵令嬢としての、私の新しい日々がスタートする。

第二章　子爵令嬢の平和な日常

「お嬢、大変だ！　ロジャー爺さんの畑、収穫が間に合ってないぞ。腰を痛めちまったとかで」

「ええ、本当!?　早くしなきゃ枯れちゃうわ！　サラ、旦那さんを呼んでもらっていい？」

「もちろん！　すぐに行かせるよ」

「ありがとう！　私も先に行って手伝ってくるわ」

グレイ子爵領内に広がる薬草畑。子爵領最大の収入源である希少な薬草『夜幻草』の収穫日である今日は、領民が総出で駆けまわっている。

そんな中、頭に手ぬぐいを巻いたエプロン姿で薬草をむしり続ける私は、農民の娘……ではない。

この領地を治めるグレイ子爵家の令嬢、メリッサ・グレイである。いや、本当に。

「お嬢！　サラの旦那、酔いつぶれて全然起きないみたい！」

「ああ、もう！　肝心な時に!!」

『夜幻草』は一年の中で一夜だけ花開き、朝と共に枯れていく、その名の通り幻のような薬草。収穫は時間との勝負なのだ。

「仕方がないわね。とにかくみんな行くわよ!!」

「おう!!　お嬢に続け！」

男も女も皆一斉に斜面を駆けのぼっていった。

「いや〜、助かったよ、お嬢が指示を出してくれて」

「ああ。これまでは各自でやっていたからな。どこの家が遅れているとか分からなかったから、採りそびれることも多かったし」

「そんなことないわ。皆で協力したおかげよ」

朝日が昇り、夜幻草の収穫は何とか無事終了した。皆で広場に集まって地べたに座り、留守番の人たちが準備した飲み物や食べ物で一服する。

私が王宮女官を辞め、子爵領に戻（もど）ってから一年が経過した。

子爵令嬢に戻った私が、まず始めたのは、領民との交流だった。

なにせ私は、貴族学校に入学した十二歳の時に王都の宿舎に移り、そのまま王宮に就職してしまったため、領民には子供の頃の姿しか認知されていない。子爵領のために働くにしても、領民に覚えてもらっていないのではどうしようもない。

戻った翌日から、街に出向き、道行く人に片っ端から挨拶して歩いた。一般の商家で買い物をし、学校に顔を出して子供たちに字や計算を教え、農作業を手伝った。最初は壁を感じたが、少しずつ話しかけてくれる人が現れ、笑いかけてくれる人が増え、そして今では収穫に呼び出されるようになった。

……おかしい。母も弟も領民に慕われているが、母は「大奥様」、弟は「若様」「お坊ちゃま」と呼ばれている。なのに、なぜか私は「お嬢」。

昔の記憶を手繰り寄せると、子供の時は「お嬢様」と呼ばれていた気がする。親しまれたいとは思っていたが、ちょっと想像していたのと方向性が違う。

「お嬢様とお呼び」などと言い出せるはずもないまま、お嬢呼びはすっかり定着してしまった。

「お嬢、すまんかったのう。助かったわい」

「ロジャーさん、起きてきて大丈夫なの？」

本日、私たちが収穫を手伝いに行ったロジャーさんが、一人の男性に支えられながら現れた。

「ぎっくり腰ですよ。本当は寝ていていただきたいのですが、どうしてもお嬢様にお礼を言うと聞かないので、連れてきました」

ロジャーさんの代わりに返答してくれたのは、彼の肩を支えていた男性。この街唯一のお医者様であるルイス先生だ。

四十歳前後のルイス先生は、この田舎町には珍しい身綺麗な紳士だ。短い黒髪を整え、簡素ながら清潔感のある服装をしている。いつも物腰が柔らかく穏やかな性格で、十年ほど前に移住してきた「よそ者」でありながら、すっかり街の人に受け入れられている。

そして何より、私のことを「お嬢様」と呼んでくれる。とても素晴らしい方だ。

「ルイス先生、すみません」

「いいんですよ。さあ、ロジャーさん、家に戻って安静にしましょう」

他の男たちもわらわらと集まって、ロジャーさんを担ぎ上げていく。ルイス先生は、私たちに軽く会釈すると、ロジャーさんの家に歩いていった。

「本当、ルイス先生素敵よね……」

一緒に休憩していた娘たちの溜め息が聞こえる。年齢はやや上でも、この街でルイス先生の女性人気は絶大だということも、この一年そこかしこで感じている。

(若いっていいわねえ)

なんだか母親のような気持ちで、街の娘たちを見ていると、ジムが広場に駆け寄って来た。

「お嬢様、いらっしゃいますか？」

「ジム？　どうしたの？」

何かあったのかと、慌てて地面から立ち上がる。地べたに座るなど令嬢にあるまじき行為だが、既に慣れてしまったジムは何も言わない。

「子爵家宛に、王宮から書状が届きました。すぐにお戻りください」

「ええ！」


急いで屋敷に戻ると、母と弟がテーブルの上に置かれた手紙を囲んでいた。

「お母様、ルーカス。何があったの？」

「姉さま。今度の建国記念日のパーティーについて、連絡が来たんだけど……」

「え？　この間出欠を返したじゃない？」

レイファ王国最大の祝祭日と言えば、建国記念日だ。

その日を含めた三日間、王宮で大規模な舞踏会と晩餐会が催される。その他にも、新成人の式典や叙勲式なども行われ、各地の貴族が一堂に会する、正に国を挙げた一大イベントなのだ。

近年は主に金銭的な理由から、欠席続きの我がグレイ子爵家だったが、今年はルーカスが成人を迎え、正式に子爵位を継承する重要な年。当然ルーカスは出席し、いきなりの社交界デビューとなる。

ただし、私と母は欠席として届出を提出済みである。

私の退職金という名の口止め料で、子爵家の借金は完済できたものの、依然財政状況は厳しく、王宮晩餐会に着て行けるようなドレスや宝飾品を準備する余裕はない。ルーカスの礼服や滞在費用を準備するだけで精一杯だ。

何より、私はどの面下げて王宮に行けというのか。気まずすぎる。絶対に行きたくない。

「王宮からは何と？」

「『出欠の件は了承した。ついては、御子息お一人では色々と不便も多いだろうから、ベネット侯爵家に滞在するのはどうだろう。エスコートする令嬢についても、しかるべきご令嬢をご紹介するが、いかがか？』とあります。……メリッサ、思い当たる節はある？」

「たかだか田舎子爵家に、こんな厚遇が用意されるなんて普通じゃないって母さまが……。姉さま、王宮で何かしたんですか!?」

……思い当たる節、ありすぎて困る。しかし、いくら家族とはいえ、事実を伝えるわけにはいかない。頭をフル回転させて、必死に言い訳を作り上げる。

「ベネット侯爵家ご当主のエドワード様とは、お勤めしていた時にお話ししたことがあるので、そのご縁だと……」

「エドワード・ベネット様は王宮魔法使いですよね？　そんな偉い方と、姉さまに接点が？」

社交界デビューに向けて、徹底的に貴族名鑑を頭に叩(たた)き込んでいるルーカスは、誤魔化(ごまか)しが利(き)かなくなってきた。

「王宮勤めは色々あるのよ！　お仕事上の関係です」

完全に何かを疑っているルーカスの目が怖い。

助け舟を出してくれたのは、母だった。

「ルーカス、王宮に勤めるということは、たとえ家族であっても話せないことができるのよ」

「母さま……」

たしなめる母に、ルーカスも少ししょんぼりする。

「この母だって、王宮には出入り禁止になっているけれど、理由は墓場まで持っていくわけですし」

「「はあ!?」」

母の突然の爆弾発言に、ルーカスとハモってしまった。

母は「冗談よ」と優雅に笑う。我が母ながら、どこまで冗談か分かりにくい。

「とにかく、王家の名でご紹介いただいたのですから、当家に選択の余地はありません。ルーカス、良いわね？」

「無論です。王宮魔法使いだろうが侯爵家だろうが、相手にとって不足なしです。絶対負けません」

何か違う。弟よ、王都に何をしに行く気だ。

まあ確かに、ルーカスの社交界デビューは、正直難題だらけだった。

まず滞在先だ。グレイ子爵家は王都に屋敷を持っていない。となると親類縁者を頼りたいところだが、借金まみれだったグレイ子爵家は、親類に軒並み遠巻きにされている。母の実家の男爵家すら、ほぼ面識がない有り様だ。

というわけで、弟は宿を取るしかないのだが、初めて王都に行く弟が市井の宿に滞在できるのか、甚だ不安だった。

そして、エスコートする相手がいない、という問題もあった。晩餐会や舞踏会では、男女ペアで入場するのが基本だ。しかし、ルーカスには婚約者がいない。とすれば親族の女性を探す必要があるが、前述の通り、当家は親交のある貴族がいない。

(姉である私が行けば良いんだけど……ごめんね、ルーカス)

これればかりは、弟に本当に申し訳なく思っている。

更に更に、人脈も金もないグレイ子爵家にとって名門ベネット侯爵家の後ろ盾は、今後の立て直しに向けてもこの上なくありがたい話だ。

ただ、上流貴族が単なる親切心で縁もゆかりもない相手に、ここまでしてくれるはずがない。大体、エドワード様はどう考えても、親切心で動くタイプではない。

(いったい、何を条件に出されるのやら……。夜幻草の優先販売あたりで許してくれるかしら……)

そして、今現在の当家の悩みが完璧にカバーされているのが、情報筒抜けすぎてちょっと怖い。

「任せてください。僕もこれからは子爵家当主になるのですから、上手くやってきます」

この山奥の子爵領からも数えるほどしか出たことのない、世間知らずの極みのような弟が胸を張っている。不安でしかない。

頭が痛くなり母の方を見ると、何とも言えない悲しそうな表情をしている。

母と目を合わせ、共に深い溜め息をついた。


「それでは行って参ります！　母さま、姉さま、ご安心ください」

「ちゃんと薬は持った？　道中は長いのだから、無理しては駄目よ」

「大丈夫です、姉さま」

「王宮ではとにかく礼儀正しくしなさい。ベネット侯爵様に決して失礼のないように」

「もう、母さまも心配性ですね！　僕ももう大人ですから、礼儀作法はばっちりです！　あ、そうそう、お土産（みやげ）は何が良いですか？」

私と母の不安は解消されることのないまま、出立の日を迎えてしまった。

張り切っている弟は、顔は悪くないと思うのだが、やっぱりどう考えても、成人を迎えた貴族令息にしては言動が幼い。

「ジム、本当に頼むわね」

父に仕え、執事として何度か王宮に付いていったことのあるジムだけが頼りだ。

母曰く、ジムは「子爵家に仕えさせるのは惜しい」と言われたほどの切れ者だったらしい。

「お任せください。何とか誤魔化します」

ジムをもってしても、我が弟のボロは隠しきれないのか。絶望的な気分になる。

小走りで下山道に向かっていく弟とジムの背を見送り、母と何度目になるか分からない溜め息をついた。

ルーカスは王都に十日間滞在することになっている。ルーカスの体調を考え余裕を持った旅程を組んだため、行き帰り含め約一か月、家を空けることとなる。

ルーカスが留守の子爵家は、とても静かだ。

ただ、ジムもいない子爵家は、母、私、マリーという女三人だけになってしまう。いくら平和、というか陸の孤島の子爵領とはいえ、不用心すぎると、信用の置ける街の男性陣を警備に雇った。

特に何事もないまま平和に日々が過ぎ、数日後、ジムから「無事に王都に着いた。ベネット侯爵家の方には大変親切にしていただいている。お坊ちゃまは今のところ猫を被っている」と手紙が届き、母と共に胸を撫で下ろした。

しかし、その日、予期せぬ報せが行商人からもたらされた。

「隣の伯爵領を荒らしていた野盗団が山に逃げ込み、グレイ子爵領の方向に向かっているようです」

すぐに領主代行である母の指示で、街の顔役たちが集められた。子爵領は、良くも悪くも地理上孤立しており、国境や紛争地からも離れているため、軍隊と呼べるものは持っていない。せいぜい自警団程度の規模だ。

「動ける者を集め、警備を強化します。分担して街の内外を見回りましょう」

「了解です！　武器は街中からかき集めます」

「女子供は街の外に出ないように。特に夜は、誰も一人で動かないようにきつく触れ回れ」

「それから、近隣領主に援軍を。勿論、王都にも」

皆で意見を出し合い、対策を練った。

賊の規模は分からないが、伯爵家が取り逃がした連中だ。名ばかりの子爵家では対応できない可能性もある。とはいえ、今はどこの領主も王都に集まっており、王都の役所も建国祭一色だろう。早期の助けは期待できない。

自分たちの街は自分たちで守るしかない、と拳を握り締めた。


野盗に関する一報から三日、王都ではそろそろ建国祭が始まった頃だろう。私は見回りに立候補し、今は街の外壁の外側を見て回っている。

「北側は、異常なさそうですね」と落ち着いた様子で周りを見渡しているのは、ルイス先生だ。私たちの見回り隊は、子爵令嬢の私、医師のルイス先生、そして体は大きくて気は小さい、きこりのピーターさんの三人で構成されている。

「別に参加しなくてもいい、家にいな」と言われたのに、強い責任感だけで参加を申し出た者たちが集まった、この上なく貧弱な隊である。

そのため担当する時間は真昼間、街にすぐに戻れる距離が私たちの活動範囲となっていた。

「それでは、あとは東の沢辺りを見て戻りましょうか？」

ルイス先生の言葉に頷き、東に向かって林を進む。いつもは女性たちが山菜を採りに入り、子供たちが遊びまわっている林も、今はシーンと静まり返っている。

「わあ!?　なんだ！」

「風の音ですよ、ピーターさん」

鳥の声や動物が茂みを揺らす音がするたびに、斧を握り締めて飛び上がっているピーターさんを励ましながら、三人で歩いていた時だった。

「お嬢様、ピーターさん、ストップ」

少し前を歩いていたルイス先生が突然立ち止まる。緊張が走り、手に持っていた短い槍を握りなおす。恐る恐るルイス先生の前方を見ると、少し開けた場所に、消えた焚火と食べかすなどのゴミが散乱していた。寝具代わりか、薄汚れたコートが広げられている。

「まだ新しいです。昨晩か、それほど日数は経っていません」

「それって……」

ここは集落からほとんど離れていない。領民ならば、たとえ夜になっていても、十分に家に帰れる距離だ。こんなところで焚火をし、野宿する人は、オプトヴァレーの街にはいない。旅人だって街に入ってくるだろう。何らかの理由で街に入らない、もしくは入れない人以外は。

「街に戻って、人を呼びましょう。賊だとしたら、近くで街の様子を窺っていることになります。かなり危険な状況です」

ルイス先生に促され、慌てて街の方に踵を返した時だった。

突如、ルイス先生に力一杯右手を引っ張られる。言葉を出す間もなく体勢を崩し、ルイス先生の方に倒れ込むと、私が立っていた場所を勢いよく何かが通過し、傍にあった木にぶつかる。

木の幹には、矢が刺さっていた。

「う、うわあああ！」

パニックになったピーターさんが一目散に走りだす。

「ピーターさん！　危ない！」

叫んだが、パニックになったピーターさんはそのまま走っていってしまう。無防備なピーターさんの背中に向けて、更に数本の矢が勢いよく飛んでいく。目の前でピーターさんが崩れ落ち、草木の中に倒れ込んでいった。

「ピーターさん!!」

悲鳴を上げたが、ピーターさんからの反応はない。

「囲んでやっちまえ!!」

野蛮な怒鳴り声が聞こえ、多数の人間が落ち葉を踏みしだく音が聞こえる。

髪も髭もボサボサで汚れた服を身にまとった、これまで見たこともないような野蛮な男たちが、手に剣や斧を持ち、私たちを取り囲んでいる。人数は十人くらいか、それ以上にも見える。

　こちらがたった二人、それも一人は女と気付き、男たちが余裕のある顔に変わる。

「若い女もいるぞ。女は生け捕りにしろ。男は殺せ」

　明確な危険に、ガタガタと体が震える。持っている槍なんて、何の意味もないことを心底感じる。

囲まれて逃げ道もない。

「……お嬢様は目を瞑って、耳を塞いで小さくなっていてください」

「えっ!?」

　ルイス先生が、状況にそぐわないような静かな声で呟いた。

「こいつらは何とかしますが、私は守りながら戦うのは得意じゃないので。お嬢様は大層な防御魔法がかかっていますし、その腕輪があれば、大丈夫だとは思いますけど」

　ルイス先生が指さしたのは、私の左腕にはまっている、アイク様から貰った腕輪だった。

「どういうこと?」とも「ルイス先生戦えるの?」とも、聞きたいことはいくつも出てきたが、質問する状況ではなく、ただコクコクと頷く。

　それを確認し、ルイス先生はゆっくり立ち上がった。穏やかな雰囲気を漂わせた細くて小柄なルイス先生に、武道の嗜みがあるようには思えない。しかも、手には何の武器も持っていない。

「なんだ?　この優男は」

　賊たちは、相変わらずニヤニヤしている。剣を構え、矢を番える様子が見えた。

「さ、お嬢様。うずくまってください」

あくまで落ち着いた声のルイス先生に促され、咄嗟（とっさ）に頭を抱えてその場に丸くなる。矢が放たれる弦の音、怒号と共に、男たちが突進してくるような足音が聞こえた。その瞬間だった。

体ごと上げられそうな風に襲われる。ここを中心に竜巻が発生したかのように、周囲の落ち葉や倒木が巻き上げられていく。

聞こえるのは風の音、男たちの悲鳴、そしてグシャッと何かが地面に叩きつけられる、嫌な音。次第に土の匂いに交じり、鉄臭い血の匂いが立ち込めてきた。

私はただただ嵐が過ぎ去るのを待つかのように、体を抱え、地面に這（は）いつくばり続ける。左手首の腕輪は痛いほど冷たくなっていたが、不思議とこれだけの風が吹き荒れているのに、小枝一本、小石一つ、当たることはなかった。まるで私の周りに見えない壁があるかのように。

やがて周囲が静かになった。風は吹き止み、話し声も聞こえない。

「お嬢様、もういいですよ」

ルイス先生の静かな声に、恐る恐る顔を上げる。

そこは地獄だった。

立っているのはルイス先生だけ。あれだけいた賊はどこにもいない。

いや、そこかしこに転がっている「人だったもの」が賊たちか。

木も、地面も、真っ赤に染まっている。血の海の中に佇（たたず）むルイス先生には、返り血一つなく、平然と服の埃（ほこり）を叩（はた）いて落としている。

異様な光景に声も出ない。現実味の感じられない凄惨（せいさん）な景色と、鼻を突く臭いに、目を背（そむ）けて思わ

ずえずく。

「大丈夫ですか？」と背中を擦（さす）ってくるルイス先生の手は優しく、いつも診察をしている時の優しいお医者様のままだが、そのギャップが、恐ろしい。

お礼を言わなければ……と頭では思っていても、言葉が出てこない。賊よりも、ルイス先生が得体の知れない「何か」に見えた。

私から離れたルイス先生は、そのままピーターさんが倒れ込んだ茂みの辺りに歩いていく。

「あ、ピーターさん⁉」

私も立ち上がろうとするが、腰が抜けたようになっていて、足に全く力が入らない。

へたりこんだままルイス先生を見守るが、そのまま一人で戻ってきたルイス先生は、私の縋（すが）るような目を見て、ゆっくりと首を横に振った。その意味することは明確だった。

（そ、そんな……）

次から次へと起こることが全く現実味がなく、ついていけない。つい先程まで隣で話をしていた人が、一瞬で命を失ってしまった。一歩の違いで、私も死んでいるところだった。

そして、人間とは思えないルイス先生の力。

ただただ震える私を見守るルイス先生は、いつもと変わらない穏やかな声で話し始めた。

「お分かりになったと思いますが、私は魔法使いなんですよ」

その意味するところを、混乱する頭で必死に考える。

レイファ王国では国の管理下にない魔法使いはいない、ということになっている。魔力が発動した子供は、丁重に保護され、全員王立魔法学校に入学する。卒業後は、王宮魔法使いをはじめ、輝かしい就職先が用意される。まず間違いなく生涯生活に困ることはなく、そして、国のために働く魔法使いは、王家以外の支配を受けないと法に定められており、リオ様のように平民出身であっても、貴族に頭を下げる必要がないのだ。

　まさに至れり尽くせりだと思うが、実はごく稀に、それを拒む魔法使いがいると聞いたことがある。そしてそれらの魔法使いは、総じて犯罪者か、国家反逆者であるとも。

（ルイス先生が？　まさか……）

　ルイス先生はもう十年はこの街に暮らし、数え切れない領民の命を救ってきてくれた人だ。私だって、日頃からその人となりを見てきたのだ。犯罪者だなんて思えない。

　確かに今、周りは血の海だけど。賊とはいえ、平然と殺す姿に恐怖を覚えたのは確かだけど。あくまで正当防衛なわけだし……。

　困惑する私の顔を見て、ルイス先生も困ったような顔で話し始めた。

「何か変な想像されていますね？　私はお嬢様や皆さんに恥じるようなことはしていませんよ。ただ、この国の王族が嫌いなだけです」

「王族が嫌いって……」

　それは十分に問題な発言だ。一応貴族で、かつ元王宮女官に向かって堂々と言うことではない。

「表面上の待遇は取り繕っていますが、この国の魔法使いは王家の奴隷です」

　穏やかなルイス先生から飛び出したとは思えない辛辣な言葉に、思わずルイス先生の顔を凝視する。

「戦争となれば、大量破壊兵器として年齢関係なく戦場に放り込まれ、平時も様々な結界維持のために魔力を搾取され続ける。魔法使いの人生に自由などない、哀れなものです」

ルイス先生は、「その腕輪……」と私の腕輪に目を落とす。

「素晴らしい防御術です。生まれ持った魔力と、並々ならない研鑽を積まなければ、それだけのものは作れません。それほどの力を持つ彼も、王家に二重三重の鎖をつけられ、使い捨てられようとしています。絶対に許されないことです」

（ルイス先生は、アイク様を知っている……？）

ルイス先生の口調には、静かながらも、王家に対する深い憎しみが感じられた。

そんなことはないと思う、などと王家のフォローをしようと思ったが、怒りを湛えたルイス先生の顔を見て口を噤む。簡単な言葉でどうにかできるような問題ではない、根深い何かを感じたからだ。

（いったいルイス先生に、何が……）

それ以上の問いかけをする前に、遠くから数人の声が聞こえた。

「あっちのほうだ！」「急げ！」

賊の仲間が来たのかと固まるが、近づいてくるうちに、聞き覚えのある声を聞き取った。

「お嬢！　ご無事ですか⁉」

「……街の方たちが、助けに来てくださったようですね」

ルイス先生の言葉に、へなへなと力が抜ける。安心した瞬間、たまっていた涙が一気に溢れ出した。

私の背中を再び擦ってくれていたルイス先生だが、小声で囁いた。

「お嬢様。私のことは絶対に誰にも言わないでくださいね。私もこの街は好きなので」

「分かりました」

王宮勤めですっかり口止めに慣れてしまった私は、即座に了解した。どんな事情があるか知らないけれど、命の恩人を告発したくはないという思いが、何よりも先に来たからだ。

腰が抜けっぱなしの私は、状況説明をルイス先生に任せると、大工のカイさんに背負われて屋敷に戻った。

血相を変えて飛び出してきた母とマリーに抱きしめられ、泥まみれになった体を清めると、そのままベッドに寝かされた。こんなことがあったばかりで眠れるはずがないと思ったが、頭はパンクしかけていたらしく、いつの間にか意識を失っていた。

懐かしい夢を見た。一年前のある数日間、毎日見ていたアイク様の夢。
穏やかな景色以外、何もない空間に、アイク様が静かに佇んでいる。
魔法で元に戻ってからは、起きたら覚えていないような夢か、辻褄の合わないうっすらとした夢しか見たことがなかった。要は、普通の夢の状態に戻っただけと言える。なのにまた、ここまでリアルなアイク様の夢を見てしまうというのは、よほど私の心が弱っているんだろう。
口は悪いが、なんだかんだ言って、いつも私を心配してくれていたアイク様。

母やマリーの前では、これ以上心配をかけたくなくて、できる限り普通に振舞おうとしたけれど、やっぱり辛かった。夢で良いから、弱音をぶつけられる場所が欲しかった。

「……目の前で人が殺されて、私も殺されると思って、怖くて、悲しくて、辛くて、どうしていいか分からなかったんです……」

ぐしゃぐしゃになった心のまま、思いを吐き出す。黙って聞いてくれていたアイク様は、いつかの時と同じように、そっと私を抱きしめてくれた。

(私の願望が、夢になっている……)

夢のアイク様は、一言も発することはなかったけれど、確かに心配してくれている気がした。

「アイク様の腕輪が、私を守ってくれました。ありがとうございました」

告げた言葉にも返事はなかったが、私の背に回っていた腕の力が、少し強くなった。

不思議と、荒れ狂っていた心が落ち着いていった。

「メリッサ、大丈夫?」

翌朝、母の声で起きる。随分日が高くなっているようだ。

母は心配そうな顔をしていた。目の下に隈ができており、昨夜は寝ていないのかもしれない。

「心配かけてごめんなさい、お母様。私はどこも怪我をしていないし、大丈夫よ」

「そう、良かった……。でも、無理はしないで、しばらくゆっくりして」

今朝食を持ってくるから、と言って母は部屋を出ていった。

（久しぶりにアイク様の夢を見た……。もう私とアイク様は繋がっていないのだから、完全なる私の願望だわ……）

誰も知らない自分の夢の話なのに、何だか気恥ずかしい。

母を待っていると、一階のエントランス（というほど広くはないが）で何やらバタバタとする物音や、人の話し声がする。

いつもと異なる雰囲気を感じ、寝ていた服の上からカーディガンを羽織り、部屋を出る。恐る恐る階段の上からエントランスの方向を窺うと、母とマリー、そして警備に雇っている男性の三人が、来客に対応しているようだ。話し声から来客は男性、それも二人はいると察しをつける。

（ん？　この声、聴いたことがあるような……）

来客の姿を確認しようと、階段を少し降りた時だった。

「あ、メリッサさん！　大丈夫ですか？」

来客の一人に見つかってしまった。

「リオ様⁉」

いち早く私を見つけたのは、王宮魔法使いのリオ様。

そしてその横で、心の底から不機嫌そうに立っているのは……。

「の、ノーマン様⁉　なんで⁉」

レイファ王国筆頭王宮魔法使い、ノーマン様だった。

思わず飛び出した私の疑問に、ノーマン様が地を這うような声で話し始めた。

「なんで？　だと。それはこちらが聞きたい」

これは機嫌が悪いを通り越して、お怒りだ。ブリザードが見えるような張り詰めた空気を一人で醸し出しており、警護の人間も怯え切っている。

リオ様だけが呑気に手を振ってくるが、とても振り返せる状況じゃない。

「貴様が、第二王子を刺激するからだ！　たかだか殺されかかったくらいで、騒ぐな！　なぜこの私が野盗如きのために、こんなところまで来ねばならんのだ!!」

やばい、青筋立っている。これは本当に命の危険を感じる。

殺されかかったのは「たかだか」ではない、とか、刺激した記憶はない、とか、言いたいことはあるが、一切の反論は許されない空気だ。

「まあまあノーマン様。落ち着いて」

「ノーマン様、リオ様、とりあえず中へお入りください」

リオ様がとりなし、一人冷静な母が中へ促すが、ノーマン様は「結構だ」と言い放った。

「私は仕事を終えてとっとと帰る。リオ、残党がいないか確認するぞ。根絶やしにすればあの阿呆王子も納得するだろう」

「じゃあ後で寄りま～す」と言うリオ様を引き連れて、ノーマン様はあっという間に消えていった。

嵐が通り過ぎたように、残された私たちは言葉もなく立ち竦んだ。

リオ様が再び子爵家を訪れたのは、それから僅か一時間後のことだった。

「オプトヴァレー周辺に潜伏していた不審者は、根こそぎ排除しておきましたから、もう大丈夫だと思います」

「あ、ありがとうございます」

なんてこともないように話すリオ様に少々引きながらも、子爵領の危機をいともたやすく解決してくれたことに心からほっとする。

ささやかながらリオ様を歓迎すべく、リオ様、私、母でテーブルを囲むことになった。

「そういえば、ノーマン様は？」

「滅茶苦茶機嫌悪かったですからね。野盗に八つ当たりした後、帰っちゃいましたよ」

「そうですか。お礼を申し上げたかったのに……」

母が残念そうに呟く。そういえば、母だけは特にノーマン様を怖がっている様子がなかったな、とふと思い出す。

母は、リオ様が紅茶を飲み終わったのを見届け、問いかけた。

「ところで、なぜ我が領に来てくださったのですか？　王都には連絡を送ったばかりで、まだ届いていないと思うのですが？」

「そうですね。正式な要請はまだ来ていませんでした。ただ昨日、メリッサさんは危険な目に遭われましたよね？」

「え、ええ」

「そのせいです」

どういうこと？　と思いつつ。先程怒り狂っていたノーマン様の言葉を思い出す。

(第二王子……つまりアイク様関係ということ⁉)

ふと、左手の腕輪に目を落とす。

(も、もしかして……)と私が思い当たったと同時に、リオ様が語り始めた。

「メリッサさんにかけられた、アイザック第二王子殿下の防御魔法が昨日派手に発動したそうで。アイザック様、他国の賓客の歓迎行事中に、血相を変えて飛び出していきそうになっちゃったんですよ」

「ええ⁉」

母が驚いてこちらを見る。

「メリッサに、アイザック王子殿下が魔法を……？」

「そりゃアイザック様はメリッサさん命ですから」

「リオ様‼」

リオ様、いきなり何を言い出しているんだ！　今更「あっ⁉　しまった！」みたいな顔をしているけれど、うちの母凍り付いちゃっているじゃない！

リオ様の突然の暴言（？）に、頭の中は大パニックのまま、必死にリオ様の口を封じた。

「違う違う！　ただ女官時代に仕事で関わって、親切にしていただいただけ！」

「そ、そう……」

　母の目は泳いでいる。全然目を合わせてくれない。

　気まずすぎるでしょ！　どうしてくれんの!?　と抗議を込めてリオ様を思いっきり睨む。

「冗談ですよ、アリアさん！　変な意味ではありません。ただアイザック様はメリッサさんに恩義を感じておられるだけです」

　リオ様がフォローを入れてくれるが、あまり効果があるように思えない。母の目はとても不安げにこちらを見ている。後でゆっくり誤解を解くしかない、と溜め息をつき、話を戻すことにした。

「それで、リオ様。アイザック王子殿下は大丈夫なんですか？」

「あ、はい。今にも王宮を飛び出しそうでしたが、建国祭に第二王子殿下がいないのは不味いので、国王陛下や王太子殿下が総出で止めました。それでもいなくなっちゃいそうなので、アイザック様を納得させるために、転移魔法が使えるノーマン様と、オプトヴァレーに来たことがある僕が代わりに様子を見に来ました。ノーマン様はパーティー系には一切出ていないですし、僕はまだ成人前なので出られませんから、いなくても問題ないので」

　どうやら私の命の危機は、王宮まで巻き込んでしまっていたらしい。

「大変ご迷惑をおかけして、申し訳ありませんでした……」

　心からのお詫びを申し上げると、リオ様はニコニコと笑った。

「全然かまいませんよ。僕もまた遊びに来たかったですし」

「ささやかですが、お食事を用意しますね。ゆっくりしていってください」

母の言葉に、「お気遣いなく～」と言ったリオ様だが、特に帰る素振りもない。

数時間後には私たちと一緒に食卓を囲んでいた。

「この山菜と猪の炒め物、すごく美味しいですね！」

「どんどん食べてくださいね」

王都の食事とは比べ物にならない、ワイルドかつ豪快な子爵領の伝統料理だが、リオ様はモリモリ食べてくれている。その食べっぷりを見ると、褒めてくれているのは、あながちお世辞というわけでもなさそうだ。

「あ、そうそう。建国祭の前夜祭で、ルーカスさんと会いましたよ！」

「本当ですか？　ルーカスはどうでしたか？」

「常識に疎いので、おかしなことしていませんでしたか？」

ルーカスの話に、母と共に食いつく。なにせ貴族学校にも通えず、母の必死の教育もむなしく、とても常識外れに育ってしまった弟だ。一つ二つやらかすことは、母も私も覚悟済みだ。

「全然大丈夫でしたよ。入場した時から、あの美しい人は誰だ？　と騒ぎになっていました」

「ルーカスが？」

実の弟だからあまり容姿について意識したことはないが、あらためて思い返すと、確かに顔の造りは整っている気がする。寝込んでいた期間が長かったせいか、私よりよほど色白で華奢な体つきでもあり、どちらかといえば中性的な印象を受けるかもしれない。

中身は、恐ろしく精神年齢の低いお子ちゃまだが。

「物静かで儚げな見た目がご令嬢方に大うけしていて、ダンスに誘う女性陣が列をなしてました。早くも、グレイ子爵家にちなんで『夜幻の妖精』と呼ばれてましたし、今シーズン一番の話題間違いなしですよ」

それはどこの誰ですか!?　私の知っている弟とかけ離れた異名に、唖然とする。

あの世間知らずのルーカスが、夜幻の妖精……。どれだけ猫を被ればそんなことに……。

全く同じことを考えているであろう母と顔を見合わせ、頭を抱えることとなった。

そして翌日。ノーマン様に置いていかれたことを今更思い出したリオ様は、母がつけた領民の道案内のもと、徒歩で王都に帰っていった。


ピーターさんの葬儀も行われ、未だ街全体に沈んだ空気が流れる中、事件から十日、遂に我が弟ルーカスが王都から帰還した。

もうルーカスは『お坊ちゃま』ではない。立派な『グレイ子爵』となった。なってしまった。

新しい子爵の誕生に、街の人たちは道路に出て歓声を上げ、久々に明るい雰囲気が漂う。私と母も、門の外に出てルーカスを迎える。

「母さま、姉さま！　ただいま戻りました」

「ルーカス、おかえりなさい」

ルーカスは子犬のように駆けてくると、母と私にそのまま抱き着いてきた。全くもって、爵位を持つ十六歳とは思えない。ジムは後ろで苦笑いしている。

「大変な時に留守にしてすみませんでした。姉さま、大丈夫ですか⁉」

「ええ、大丈夫よ。みんなに守ってもらえたから」

「……僕の手で、その下郎どもを地獄に送ってやりたかったのに‼」

『夜幻の妖精』とやらから、顔に見合わない物騒な言葉が飛び出してきた。

この子、前からこんな子だったかしら？

「さあ、ルーカス。疲れたでしょう。早く休みなさい。ジムも早く入って」

「はい！　母さま」

「大奥様、ありがとうございます」

母に促され、二人は屋敷に入る。

旅の疲れも感じさせず、興奮状態だった弟だが、荷物を下ろし湯を浴びてくると、途端に疲れたらしい。

「母さまと姉さまにもっとお話しすることがあるのに……」と呟きながら、ベッドに吸い込まれていった。元々体が強くなかった子だ。この険しい旅路はこたえただろう。話はいつでもできるのだし、ゆっくり休ませることにした。

一方、ジムは律義にも休む前に報告を済ませると言い張ったため、応接室でジムの妻、マリーを加えた四人でお茶を飲みながら話すこととなった。

「ジム、王都ではどうでしたか」

「はい。ベネット侯爵家では客人として実に丁寧な待遇を受けさせていただきました。ただ肝心の侯爵様は、初日にチラッと挨拶をさせていただいただけで、その後は一度もお会いしていません」

母の問いに、ジムが話し始める。

ベネット侯爵――エドワード様は王宮魔法使い。大体陛下の傍にいるのだから、屋敷にはほとんど帰っていないだろう。それに多分、王家に頼まれたから面倒を見てくれただけで、個人的にグレイ子爵家には何の興味もないだろうし。

「前夜祭で、エスコートのお相手となるカイラス子爵令嬢に初めてお会いしました。お坊ちゃまは余分なことはお話しにならず、常に笑顔を貼り付けておられましたところ、なぜか神秘的だと言われるようになりまして、カイラス子爵令嬢はじめ、多数の令嬢方に取り囲まれ、ダンスのお誘いをひっきりなしにされるようになりました」

一度、リオ様からそれらしい話は聞いていたものの、本当にそれうちの弟!?

眩暈がしそうになって母を見ると、母は眉間に手を当てて俯いている。恐らく同じ気持ちだと察した。

「ただ、お坊ちゃまは旅の疲れもあったのか、途中で体調を崩されまして。王宮の休憩室をお借りすることになりました」

「「ええ!?」」

予想された事態ではあったが、王宮で倒れてしまったか……。

王宮女官をしていた身としては、パーティー中に体調を崩した令嬢や、酔いつぶれる貴族が休憩室を使うことはよくある話だ。しかし、それが我が弟と思うと、やっぱり心配になる。

「そこで医師をお願いしましたところ、なぜかアイザック第二王子殿下がいらっしゃいまして、治癒魔法や、疲労回復魔法とやらをかけてくださいました」

「はいい⁉」

想定外の名前が飛び出し、思わず声が裏返る。全く意味不明だ。なぜ王子殿下が医師の真似事をしている。というか、王子殿下が直々（じきじき）に、魔法を他人にホイホイかけるなんてあり得ない。いや、アイク様は何でもありな人だけど。

「なぜ、王子殿下が……」

「それが……」

母のごもっともすぎる疑問に、ジムが珍しく言いよどむ。

ジムは、なぜか私の顔をちらっと見たあと、一気に言い切った。

「王子殿下は、『メリッサの弟なら私の弟も同然だ。気にするな』とおっしゃいました」

（……あの王子、何言ってんの⁉）

衝撃で声も出ない私に、母、ジム、マリーの三人の視線が集中しているのを感じる。

（なんでこう次から次へと、誤解させるようなことを……）

とりあえず、誰とも目を合わせないように、明後日（あさって）の方向を見つめる。今、上手く誤魔化せる気がしない。

張り詰めた静寂を破ったのは、溜め息混じりの母だった。

「……それはまことに畏れ多く、ありがたいことです。それでジム、続きを」

「はい、大奥様。一晩寝ると、お坊ちゃまはすっかり元気になりまして、その後の建国祭の日程はつつがなく消化されました」

「そう、良かったわ……」

「翌日以降は、暇さえあれば第二王子殿下に連れ回され、王太子殿下から並み居る上級貴族のご令息、軍部上層部まで、それは恐ろしいほどの人脈を築かれたご様子です」

「…………」

また出てくるのか、第二王子よ。

今度こそ母も私も絶句した。第二王子が連れ回すデビューしたての子爵って、社交界でどういう風に見られていたのか、考えるのも恐ろしい。「何か事情があります」って言っているようなものだ。

アイク様、一体何を企んでいるんだ。

「お坊ちゃまは最初は反発していましたが、最後は随分懐いておられました」

「は、反発……王子殿下に？」

「『姉さまは渡しません！』と啖呵をきっておられましたね」

その様子を思い出しているであろう、ジムの目は死んでいる。母は疲れきったように目を閉じ、何も言わなくなった。私も、何一つ言い出す言葉がないまま、長すぎる沈黙が続いた。

沈黙を破ってくれた救世主は、ここまで黙って同席していたマリーだった。

「大奥様、お嬢様、もう夜も遅くなってきましたし、そろそろお休みになられた方がよいかと存じます。詳しいお話は明日、お坊ちゃまから聞いたらいかがでしょう？」

「……そうね。ジムも戻ったばかりで疲れているのに、長く引き留めてごめんなさいね」

ジムとマリーが下がっていくのを見送った後、母は扉を見たまま、静かに宣告した。

「メリッサ、少し話を聞いてもいいかしら？」

私に拒否権はなかった。

「はい」

何も後ろめたいことはないはずなのに、なぜか、死刑宣告を待つような気持ちだ。

母はハーブティーをいれると、私の前に置き、自分も向かいに座った。

「……まさか、貴女が、アイザック王子殿下とそんなに親しくなっているなんて……。ルーカスとい い、うちの子たちはどうなっているの」

ルーカスと同レベルにされてしまった。まことに心外である。

「アイザック殿下には、確かに親切にしていただきましたが、誤解を与えるような、後ろめたい関係では決してありません」

私も貴族令嬢の端くれとして、これだけは誤解されたくない。男女の関係にあったと思われては、私にもアイク様にとっても、実に不名誉なことだ。

母は驚いたように目を見開いた。

「そのようなことを、疑っていないわ。私の娘ですもの、きちんと立場を弁えて、線引きのできる子だと分かっているわ」

（線引き、できていたかしら……？）

きっぱりと言われてしまうと、ちょっと自信がなくなる。

もう一年以上お会いしていない。でも、今でもアイク様の名前を聞くと、心臓が飛び跳ねる。身の程知らずな感情を持っていることは、やっぱり否定できない。

「ただ、アイザック殿下は……。殿下御自身のことは存じ上げないけれど……」

いつも歯切れの良い母が、珍しく言いよどむ。その曇った表情からは、深い苦悩を感じる。

王妃陛下のお言葉が蘇ってきた。母は、フィリア王女殿下の女官だった。つまり、アイク様の出生のことを間違いなく知っている。そう思うと、口を噤むことができなくなった。

「お母様は、フィリア王女殿下の女官をしていたと聞きました。アイザック殿下のこと、ご存じなのですか？」

言った途端、母の顔がみるみる青ざめた。

「メリッサ貴女、まさかフィリア様とアイザック殿下のご関係を、知っているの？」

母が見たこともないほど狼狽している様子に、触れてはいけないことを聞いてしまったことを悟る。

一瞬後悔したが、今更引き返せない。

恐らく当時の状況を知っているのは国の上層部と、この母だ。私が聞き出せるのは母しかいない。

今更知ってどうする？　という思いもあるが、真実を知りたいという欲求が勝った。

「アイザック殿下御本人からお聞きしました。実のご両親のことを。でも、アイザック殿下のお話と、王妃陛下のお話のニュアンスは、少し異なる気がしていて。私は真実を知りたいのです」

母は苦悩に充ちた顔で黙りこくっている。母にとっても、もしかしたら思い出したくないことなのかもしれない。私はただ、母の心の整理がつくのを待つことにした。

「……そのようなことまでお話しになるほど、貴女たちは親しくなってしまったのね。二十年以上も経って、フィリア様の忘れ形見であるアイザック殿下と私の娘が……。どういう縁なのかしら」

母は泣き笑いのような、複雑な顔で私を見つめる。

「いいわ。お墓まで持っていこうと思っていたけれど、こうなったということは、フィリア様が望んでいるんでしょう。全部教えるわ」

さて、どこから話せばいいかしら……と母は少し考え、語りだした。

「フィリア様はお生まれになった時から、他国の王族と婚約されていたの」

政略結婚は王族には珍しくない話だ。むしろ、子供に婚約者を定めなかった今の国王陛下の方が珍しい。王太子殿下は自分で結婚相手をお決めになったし、アイク様も未だに婚約者がいない。

母は話を続ける。

「だけど、フィリア様は王宮魔法使いだったブルーノ・ベネット様に、猛烈に惚れ込んでしまったの」

「えっ⁉」

私が聞いた話と全く違う。むしろ真逆だ。私が驚いた様子を見て、母が不思議そうな顔をする。

言いにくい話だが、聞くしかない。言葉を選んで、恐る恐る母に尋ねる。

「私が聞いた話では、王宮魔法使いのブルーノ様が、王女殿下を、その、無理矢理……」

今度は母が、驚いた顔で硬直する。みるみる怒りの表情に変わっていく。

「誰がそんなことを!? 全くの嘘よ。二人に対する侮辱だわ」

母が、淑女らしからぬ乱暴な動作でティーカップを机に置く。カップと受け皿が派手に音を立てて、私が怒られたわけではないのに、身を竦める。

腹立たしそうに鼻息を荒くしていた母だが、しばらくして自分を落ち着かせるように低い声で、とんでもないことを話し始めた。

「どちらかと言えば、襲ったのはフィリア様ね。そんなこと表沙汰にはできないだろうから、ブルーノ様に全部罪を被せたわけね。王宮の爺共のやりそうなことだわ」

(お、王女殿下が、王宮魔法使いを襲う……)

想像を絶する単語に、頭がクラクラしそうだ。私がこれまで想像していた『悲劇の王女様』のイメージは儚く崩れていく。どうやらアイク様のお母様は、常識を超えるお姫様だったらしい。

「フィリア様は、気が強くて高飛車で。王女様というより、女王様というのが相応しい方だったの」

私のイメージを根底から覆す、母の話が始まった。

「言葉遣いやお振舞いは王女らしくなかったけれど、上級貴族から下級貴族、私たち女官まで、ある意味平等に扱うお方で、私は結構好ましく思っていたわ」

母は当時を思い出したようにクスクスと笑った。国王陛下や王妃陛下をはじめとする、今の優しく上品な王族の方々とは、少々趣が異なるようだ。アイク様の毒舌は母親譲りなのかもしれない。

「そんなフィリア様が一目惚れしたのが、同じ年のブルーノ様。ブルーノ様はとにかく穏やかな方で、あのお転婆なフィリア様とは性格が真逆なのに不思議と気が合ったようだったわ。最初はフィリア様に押されっぱなしだったけど、そのうち、誰が見ても相思相愛になってしまわれて……」

「でも、フィリア殿下には婚約者がいらっしゃった……」

「……そう。ベネット侯爵家出身で王宮魔法使いであるブルーノ様なら、王女殿下と身分の釣り合いも取れていたんだけど、既にフィリア様は婚約者がいて、しかも相手は他国の王子。だから二人は当時の国王陛下——今の陛下の父上だけど——に別れさせられて、ブルーノ様は地方へ飛ばされることになった」

　ここまでは政治に呑み込まれた、若い二人の悲恋話だ。

　しかし、フィリア王女殿下はここで終わらなかったのだろう。アイク様が生まれているのだから。

　母は、少し苦笑いしながら続けた。

「フィリア様がお気の毒で、おいたわしくて、私たち女官も涙を流したものだったわ。でも、フィリア様は想定の範囲外の行動を起こされたの」

「想定の範囲外？」

「王女殿下が女官や警護の目を盗んで、窓からロープで飛び降り、ブルーノ様に夜這いをかけに行くなんて、想像できる？」

　それは想定の範囲外すぎる。どれだけアクティブな王女様だったんだ、アイク様の母上は。

「その結果フィリア様は子を宿され、当然、レイファ王家を揺るがす大騒動になったの」

「それは、そうでしょうね」

レイファは他国と比べ、未婚女性の貞操観念が厳しい国だ。婚約者でもない相手と子を生すなんて、たとえ一般の貴族令嬢でも、社交界から平民にまで知れ渡る一大スキャンダルになるだろう。

「フィリア様は重病ということで婚約を破棄することになり、王都から遠く離れた修道院に幽閉された。お腹の御子は、当時の王太子御夫妻が必死に嘆願した結果、身分を隠して里子に出すということで一度は決着したんだけど……」

そこで母は一度、大きな溜め息をついた。

「ところが、生まれたら『レイファの白銀』の髪をお持ちの上、魔力まで発動されたものだから、里子に出すわけにもいかなくなって。もめにもめた末、王太子御夫妻の第二子として発表されたの」

「もめにもめて……」

多分アイク様は覚えていないだろうが、生まれた時から、いや生まれる前から、様々な思惑に翻弄されてきた命に、胸が痛む。今、御両親や兄君に愛されていらっしゃるのが、せめてもの救いだ。

「それで、フィリア様は、ブルーノ様は、その後どうなったのですか？」

「フィリア様は公式には亡くなったこととして、そのまま修道院で名も過去も変えて過ごされ、十年前に流行り病で亡くなったわ。ブルーノ様は噂によると、国の監禁下で魔力を供出されていたそうだけど、フィリア様が亡くなった後、逃亡して行方不明になったそうよ。当時王宮の人間がここまで聞きに来たから」

「お母様のところに？」

「私がブルーノ様とも顔見知りだったからじゃないかしら。私は、フィリア様が修道院に移られてすぐグレイ子爵家に嫁いだから、それ以来お会いしたことはなかったけれど」

少し寂しげに呟いた母の顔に、フィリア様やブルーノ様に対する感情だけではない、複雑な色を見た気がした。

私だって王宮に勤めていたのだから、王宮の考え方はある程度分かる。主君である王女殿下の不祥事に、王女付き女官の罪が問われないなんてあり得ない。むしろ、女官の責任にしてことを収めることの方が自然だ。内々とはいえ、ブルーノ様が王女殿下に狼藉（ろうぜき）を働いたということにした以上、守れなかった責任を取らされるのは、護衛騎士と女官だろう。

母と亡き父は、かなりの年齢差がある。

いくら母が格下の男爵令嬢だったとはいえ、二回り近く年上の山奥の超貧乏子爵家に嫁いだことに、これまで疑問がなかったわけではない。そして、母が実家と疎遠であることも、全て繫がった気がした。

そのことを母に直接問う勇気はない。ただ母は、そんな私の考えを見透かしたかのように、きっぱりと言い切った。

「私も若い頃は波乱万丈だったけれど、子爵家に嫁いだことに後悔はないわ。優しい旦那様と、少し常識から外れているけれど可愛（かわい）い子供たちに出会えたんだから、とても幸せ。それだけは覚えておいて」

微笑（ほほえ）む母の顔に嘘はない。私も胸が温かくなり、「私も愛しているわ、お母様」と笑顔で返した。

「おはようございます！　母さま、姉さま！」

翌朝、元気よく起きてきたルーカス。昨日母から聞いた話で既にお腹いっぱい状態の私だったが、ルーカスからの話も聞かざるを得ない。

特に、アイク様とのあれやこれやは、聞くのがとても怖い。

口ごもる私を横目で見た母が、口火を切ってくれた。

「王都での話は、昨日ジムからある程度聞いたわ。アイザック第二王子殿下とも面識を得ることができたとか」

「そうです！」と答えたルーカスは、大変ご機嫌だ。

年上の男性とあまり接触する機会がなかったルーカスが、これほど他人に懐くのは見たことがない。

アイク様、どんな手を使ったんだろう？

「最初は口調も乱暴だし、絶対姉さまには近寄らせたくない男だと思いましたが」

（ん？）

何を言い出しているんだ、この弟は。

「意外と頭も良いし、魔法は強いし、悪い奴じゃないのかなって思うようになって」

（はぁ!?）

王子殿下相手に、どこから目線で評価を下しているの!?　あんたは、たかが子爵ですよ。

「何より、本気で姉さまを大切に思っているのは分かりました。王都で会った貴族連中の中では、一番まともな方だなと思いますすよ」

（おおい‼）

どうなってんの、こいつの頭の中は‼

私の頭の中はパニックに陥り、どんどん言葉遣いが乱れていくが、実際のところは一言も言葉を発していない。酸欠の魚状態で、口をパカパカさせることしかできない。

助けを求めて母を見るが、母も見たこともないほど口が開いている。

（貴女の息子ですよ！　どういう教育をしたんですか⁉）

何も言えないままの母と姉を気にせず、ルーカスは呑気に続けた。

「近日中に一度、子爵領に挨拶に来るつもりだと言っていましたし、筋を通すところも嫌いじゃないです」

……今、何か恐ろしいことを言わなかった？

「ル、ルーカス、それはまさか、第二王子殿下が、ここに来るということ？」

母が震えながら聞き直した。聞き間違いであって欲しかったが、ルーカスは平然としている。

「そうです。姉さまに会いたいとぼやいていましたので、僕がお誘いしました！　子爵家当主として、姉さまが欲しいなら、ちゃんと直接挨拶に来いと言っておきましたよ！」

どうだと言わんばかりに胸を張るルーカスに、眩暈がする。完全に教育を間違えた。

「ま、まあ、そうは言っても、グレイ子爵領は気軽に来られる距離ではありませんし、リップサービス、じゃないでしょうかね。王子殿下が何日もお忍びで留守にはできないでしょうし……」
いったいなぜ私が言い訳をしているのか分からないが、しどろもどろにルーカスの主張を否定する。

「そ、そうね。まさか、王子殿下がお見えになるわけ、ないわね」

母もかなり動揺しながら同意してくれた。これは私たち二人の、切実な願いだ。

アイク様にお会いしたい気持ちは勿論ある。もし、アイク様も私に会いたいと少しでも思ってくださるのならば、本当に天にも昇るくらい私は嬉しい。

(でも、会ってどうするの？)と、心の中の私が問いかけてくる。

そもそも、何でアイク様がそんなに私に目をかけてくださっているのか、思い当たる節がないのだ。自分の容姿が一目惚れされるようなものではないことは、自分が一番知っている。あの事件の前は一切面識がないし、夢の中の数日だけ話をしただけの関係にすぎない。

もしも本当にアイク様が私のことを多少好ましく思ってくれていたとしても、いかんともしがたいほどの身分差がある。

(私を、これ以上かき乱すようなことはお止めください……)

アイク様に、心の中で切に願う。

しかし、アイク様に届くわけもない。そして、もし万が一届いたとしても、アイク様はお願いを素直に聞いてくれるような人ではなかったのだった。

「お嬢、ちょっといいかい？」

その日のお昼前、お買い物ついでにオプトヴァレーの街を散歩していた私は、ロジャー爺さんに呼び止められた。

「ロジャーさん、こんにちは。腰の調子はどう？」

「おお、おかげさんで、もうすっかり良いよ。それより、アルがな、森で変な男を見かけたと言うんじゃよ」

「変な男？」

私たちの話を聞いて、近くにいた街の人たちも集まってきた。まだ野盗騒ぎの記憶は生々しい。皆警戒感を露わにしている。

「アル、どこで見たんだ？」

大工のカイさんが、ロジャー爺さんの孫のアルさんに、強い口調で聞く。

「『熊殺しの谷』の中に、フードを被った黒い服の男が、立っていたんだ」

「はあ？　『熊殺しの谷』の中だあ？」

『熊殺しの谷』とは、オプトヴァレー北部にある谷のことだ。切り立った崖地の間に挟まれ、その名の通り、落ちたものは熊でも助からないと言われる断崖絶壁。生きた人間が谷の中にいるというのは、まず考えられない。

「お前、岩か何かを見間違えたんじゃないのか？」

街の人たちも、アルさんを見る目が一気に胡散臭げになった。

「違う、本当に人がいたんだ！　だって俺、そいつと話したし！」

「はあ⁉」

ますます信じられない話に、集まった人たちからどよめきが上がる。信じてもらえていない空気を感じ取ったアルさんは、焦(あせ)ったように早口で続けた。

「いや、俺もまさかと思って、『大丈夫か？』と叫んでみたら、『大丈夫だ』って返事があったんだ！で、『オプトヴァレーはどっちだ？』って聞かれたから、『南だ』って答えといた」

俄(にわ)かに信じられない話に、沈黙があたりを包む。

「ま、まあ、もし本当だったら、野盗の残りかもしれないし、警戒はしといた方が、いいかしら」

「……そ、そうだな。まあアルの夢かもしれないが」

「夢だろ。アルはよく山で昼寝してるじゃないか」

「確かにな。心配して損した」

「違う！　本当だ‼」

アルさんの目撃情報は、本人の抗議をよそに、夢ということで片付けられようとしていた。

一人また一人と自分の仕事に戻って行く中、薬草屋の娘、ユラちゃんがトコトコと走ってきた。

「おじょう～、おきゃくさま来てるよ～」

「お客様？」

「そう。ユラのおみせで、おはな買ってくれたの～」

無邪気に笑うユラちゃんの後ろから、フードを被った黒ずくめの男が現れた。片手にアンバランスな花束を持っている。

「ああ！　あいつだぁ!!　熊殺しの谷にいた奴!!」

アルさんの声が響き渡り、街中の人の注目が一気に集まる。

「熊殺しの谷から出てくる人間がいるのか!?」

慌てて家の中に逃げ込む人、傍の箒（ほうき）やスコップを手にとって構える人、辺りが騒然とする中、悠々と男は私に向かって進んでくる。

「お嬢！」とカイさんが私の前に出て庇（かば）おうとした時、男はフードに手をかけてサッと脱いだ。

太陽の光を浴びて、その白銀の髪が輝く。少し眩（まぶ）しそうに細められた藍色（あいいろ）の瞳。

「あ、アアアア……」

見覚えのありすぎるその方の名前を呼びかかって、慌てて止めようとした結果、壊れた人になってしまった。

「はっ」と人を馬鹿にしたような笑いが漏（も）れる。そして、いつもの無愛想な顔に、珍しく笑みが浮かんだ。

「よおメリッサ、久しぶりだな」

「おおおおお、お久しぶりです。……って、なんで!?」

「なんでって、俺はグレイ子爵殿から呼び出しを受けたんだが？」

平然と返した彼、我が国の第二王子アイザック殿下は、動揺する私を完全に面白がっている。

「なんだい。お嬢と坊ちゃんの知り合いか？」

カイさんが警戒を緩めたように聞くと、私が口を開くよりも前にアイク様が答え始めた。

「どうも初めまして。メリッサさんが王都に勤めていた時の知り合いで、魔法使いやってます、アイクと申します」

(誰だお前は!?)

唐突にアイク様の好青年キャラが誕生した。にこやかにカイさんと握手を交わしている。

自己紹介は愛称にしているが、少し王族の知識がある人相手だったら、完全にバレるぞ。というか、その銀髪を出した時点でレイファ国民の大半が王族だと気付く。

だが、王族なんて伝説の存在だとしか思っていない陸の孤島、グレイ子爵領の住民は全く気付く様子がない。どうやら常識がないのは、領主だけでなく子爵領全体の問題だったようだ。

「もしかしてお嬢の恋人？　カッコいいじゃん」

「へえ、魔法使い様って、初めて見たわ！」

「すごい！　お兄ちゃん、魔法見せて見せて」

ユラちゃんがはしゃいで、アイク様の裾を引っ張っている。

「ちょっと、ユラちゃん、駄目よ」

その人、王子で魔王だから！　という心の声は、純真無垢(むく)な子供には届かない。

意外にもアイク様は嫌な顔一つせず、持っていた花束から大ぶりの花を一輪引っこ抜いた。

その花を軽く振ると、一瞬で見事な氷の花が出来上がっていた。

「どうぞ、お嬢さん」

アイク様がキザな格好でユラちゃんに氷の花を渡すと、ユラちゃんがポッと顔を赤らめる。

「ありがとう、お兄ちゃん！」

はしゃぎながら走り去っていくユラちゃんを、にこやかに見送る好青年。誰だお前は。

「と、とにかくアイク様。うちの屋敷へ……」

街の人たちにおざなりに手を振ると、アイク様の腕を掴み、引きずるように走る。街の人たちの視線がなくなった瞬間、アイク様の深い溜め息が聞こえた。

「どうされました？」

「……疲れた。自分で自分が気持ち悪い」

やっぱり無理してたんかい！

「お前の弟、あの猫被り術は凄いな。コツを教えて欲しいわ」

「ルーカスのことには触れないでください！」

人をからかうように笑うアイク様は、以前と同じ、ちょっと性格の悪い魔王様だった。

「ああそうだ。これやるよ」

無造作に渡されたのは、ユラちゃんの店で買ったらしい花束だ。

とはいえ、ユラちゃんのおうちは薬草屋。構成する花は全て薬草という随分実用的な花束で、華やかな花は一つもない。

「ありがとう、ございます」

なのに、これまで見てきたどんな花束より綺麗だと感じる私は、だいぶ重症なんだろう。

現金にも自分の機嫌が直っていくのを感じながら、横を歩くアイク様に疑問をぶつける。

「突然、どうしてこんなところまでいらっしゃったんですか？　王宮を空けられるなんて……」

まさか本当にルーカスに誘われたから、というわけはあるまい。物珍しそうに周囲を見回していたアイク様は、いきなり私の手を取る。

(ぎょ!?)

「この腕輪、まさか込めておいた魔力を使いきるほどヤバい目に遭うとは。お前どんな生活してんだ？」

「不可抗力です！　野盗に囲まれただけです！」

アイク様の手に力が籠る。

「俺がここに来た理由の一つがそれだ。リオからもそう聞いたが、信用できない」

「ええ？　本当ですよ？」

「ただの野盗が、魔法を使うのか？」

「魔法？」

なんのこと？　と言いかけて思い付いたのは、

(ルイス先生か！)

あの場で魔法を使ったのは、ルイス先生だけだ。

「お前、風の攻撃魔法、二〜三発食らってんぞ」

「……うそ？」

アイク様の顔は、どう見ても冗談を言っている雰囲気ではない。

（え、確かに「守れない」とは言っていたけれど、普通私にまで魔法あてる？　いや、コントロール悪いだけ？）

狼狽える私をじっと見ていたアイク様の目が、スッと細められる。

「思い当たる節、あるんだな？」

「……いえ、分かりません……」

いくらアイク様でも、こればかりは言えない。

ルイス先生にはクレームを入れなきゃならんと思っているが、ルイス先生が守ってくれたのは確かなのだ。多分。秘密にすると約束した以上、話すことは絶対にできない。

目がバチャバチャと泳ぐ明らかに不審な私を、穴が開くほど見ていたアイク様だが、意外にもそれ以上何も言わなかった。アイク様はそのまま私の手を握り締めて、歩き出した。

「ちょ、ちょっと。お手を……」

「魔力を込めなおしているだけだ。しばらく我慢しろ」

全く我慢ではない。掌からアイク様の体温が伝わり、心臓がはち切れそうなぐらい高鳴っていくのを感じる。街の人たちに見られるかも……という恥ずかしさより喜びが勝り、手を引かれるがままアイク様の横を歩いた。

「そういえば、もう一つの質問だが」

「なんでしたっけ？」

衝撃的なことが重なりすぎて、記憶がすっかり飛んでいる。

「俺が王宮を空けて、こんな山奥のド田舎まで来て大丈夫なのかという話だが」

山奥のド田舎とまで言った記憶はないが、突っ込んでも無駄なのは分かり切っているので、聞き流すことにした。

「俺が王宮を出たのは今朝だ」

「ええ？」

王都からここまで、最低でも片道七日はかかる。そんなことを可能にしているということは……。

「もしかして、魔法ですか？」

「そうだ。この俺は、遂に転移魔法を習得したのだ！」

物凄いドヤ顔だ。褒めて欲しいと顔に書いてあるので、ご希望通り褒め称えることにする。

「それは凄いですね！　転移魔法は、筆頭王宮魔法使い様しかできないと聞いたことがありましたが、さすがですね」

ノーマン様に置いていかれたリオ様が徒歩で帰る羽目になったのは、ごく最近のことだ。凄いことなんだろうということは、魔法素人の私でも分かる。

「これで完全にエドワードに勝った」と得意げなアイク様に、気になっていたことを聞く。

「でも、なぜ熊殺しの谷にいらっしゃったんですか？」

「……初めて行く場所は、少し座標がズレる」

あ、ちょっと不貞腐れた。どうやら、転移魔法はまだ完璧ではないらしい。

「まあ、ほとんど成功みたいなものですよ」

薄っぺらい励ましをしながらお喋(しゃべ)りを続けていると、子爵家に辿(たど)り着いた。

「あ、お嬢様、おかえりなさいま……」

ちょうど門前の掃き掃除をしていたマリーが、こちらを見て固まる。私が話しかける前に、箒を握り締めたまま、屋敷に駆け込んでいく。

「お、大奥様！　メリッサお嬢様が!!」

唖然としている私をよそに、屋敷から母が駆けだしてくる。

「メ、メリッサ、貴女……」

ショックを受けたような母の視線を辿って、ようやく状況を思い出した。

(しまった!!　私、手繋ぎっぱなしだった)

しかも、もう片手には花束を握り締めている。昨晩あれだけしんみりとした話をしたのに、昨日の今日で手を繋いで歩いているって、どんな娘よ。

慌ててアイク様の手を振り払う。無礼だとかそういうことは、今は後回しだ。

「ち、違うわ、お母様。誤解……」

「あ、義兄(にい)さま、いらっしゃい！　本当に来てくれたんですね！」

母の後ろから、ルーカスが出てくる。ていうかルーカス、今なんて言った!?　とんでもない単語が聞こえた気がするよ。アイク様も当たり前のような顔で手を振らないで。

すっかり混沌(こんとん)の地と化した、グレイ子爵家玄関前。唯一冷静なジムが現れるまで、この状況は続くことになった。

「大変ご無礼をいたしました。アイザック第二王子殿下」

「いや、突然訪ねて、こちらこそ申し訳ない」

「僕がお誘いしたんですから〜」

応接室に座り、紅茶が出される。やっとまともな貴族の形に戻った。

「先日は、ルーカスが大変なご無礼を重ねたようで、まことに申し訳ございません」

「お世話になりました。義兄さま……いて！」

母がルーカスの頭をはたく。ぺしん、というなかなか良い音がした。

「いえ、とんでもない。世話になったメリッサの弟ですから」

アイク様は愛想よく話している。また好青年モードに移行したらしい。

「それで、本日はどういったご用件で……？」

母が恐る恐る話を切り出すと、アイク様は居住まいを正し、母の方を向いた。

「ルーカス……グレイ子爵には話をさせていただいたのですが、前子爵夫人にも、メリッサへの求婚のお許しをいただきたく、伺いました」

「「ええ!!」」

母と叫び声を上げる。

誰が、誰に、何だって⁉　いきなりの展開に、状況が飲み込めない。

「き、求婚って私にですか⁉」

「他に誰がいる？」

「ルーカス！　どういうこと⁉」

呑気にニコニコしているルーカスを、母が問い詰める。

「王都にいた時、義兄さまが、姉さまを妻にしたいと言って来られたので、絶対に幸せにしてくださる自信があるのなら、僕は認めることもやぶさかではありません、と返答しました」

「なんでそんな勝手に！」

「そういうことは、ちゃんと家族に報告しなさい！」

我が弟は、想像を絶するほどの大ボケ野郎だったらしい。

確かに、貴族の結婚は当主が決めることがほとんどだが、こんな常識のない当主がいるだろうか。

普通、子爵家と王家の縁談なんて本気にするか？　しかも何やら上から目線の返答。

「あ、あの、アイク様、まことにありがたいお話なのですが、その、あまりにも、身分が。一旦、お、落ち着いて」

「メリッサ、落ち着け」

とにかく、一度冷静になってもらおうとしたら、嚙み嚙みになってしまった。挙げ句、私が諭されてしまった。

「アイザック殿下」

まだ動揺が残っている母が、努めて冷静に話し出した。

「このような至らぬ娘に、そのように言っていただけて、母としてまことにありがたく思っております。しかしながら、当家は子爵家に過ぎず、王家に妃を出せる家柄ではございません。身の程を知らぬ発言ですが、母としては、大切な娘を側妃や愛妾にはさせたくありません」

王子相手に精一杯訴える母。紛れもなく私を案じてくれているその姿に、胸が熱くなる。

「ご心配には及びません。俺は、メリッサ以外の妻を娶るつもりはありません。それに、王子妃は確かに難しいですが、臣籍降下後であれば身分の問題は少なくなります。先日、臣籍降下が内定しましたので」

そうなの？　と私と母の顔に驚きが浮かぶ。その様子に怪訝な顔をしたアイク様は、ルーカスに尋ねた。

「建国祭で王太子妃殿下のご懐妊が発表されたはずだが、聞いているよな？　あわせて俺の臣籍降下についても発表があったが。言ってないのか？」

「え？　聞いてはいましたけど、特に言ってませんよ。重要な話だったんですか？」

「「ルーカス!!」」

母と私の怒声が子爵家に轟いた。

王都から遠く離れたグレイ子爵領は、世の中の動きから完全に取り残されている。王都の新聞も十日遅れでしか手に入らない。この陸の孤島にとって、最新の情報収集は当主の重要な仕事だ。

なのにこの弟、一体何しに王都に行ったのだ。

「だって子爵家には直接関係ないかと思って……」とゴニョゴニョ言うルーカスを無視して、母はアイク様に頭を下げた。

「殿下、申し訳ございません。私の教育が至らなかったようです」

「……まあ、これから学んでいけば良いのではないか……」

何とも言えないフォローをするアイク様。ルーカスはケロリとした顔に戻っていたが、母に睨まれると縮こまった。

「そのようにさせていただきます。……ジム、今日からルーカスの貴族教育をやり直すわ！　一から徹底的に！」

「かしこまりました、大奥様。さあ、行きますよ、坊ちゃま」

「え!?　今から？」

「今すぐです。殿下、ルーカスは所用のため、一旦失礼させていただきます」

「あ、ああ……」

嫌がるルーカスをジムが引きずり、派手な音を立てて応接室を出ていった。

あのアイク様が唖然としっぱなしだ。すごいぞ我がグレイ子爵家。嬉しくないけど。

「大変、ご無礼をいたしました」

「いや、構わない」

アイク様が気分を変えようとしてか、初めて出されていた紅茶を飲む。その何気ない所作の美しさに、ぼんやり見惚れてしまう。

（やっぱり雑に見せていても、育ちの良さは別格よね……私とはレベルが違うわ）

ゴホン、と母のわざとらしい咳払いに、慌てて視線を戻す。

「殿下、先程のお話ですが、畏れながら国王陛下や王妃陛下はご存じなのでしょうか？」

母の問いに、アイク様は堂々と答えられた。

「勿論です。両陛下からも、メリッサなら良いと許可を得ています」

良いのかよ！　……え、本当に私、アイク様に求婚されてるの？　嘘？　何で？

パニック状態だった頭が、徐々に状況を把握していく。どんどん進んでいる話に、今更ながら顔に血が上り、茹だったように熱くなる。

そんな私を見ていた母が、アイク様に静かに語りかけた。

「急な話で私としては整理がついておりませんが、これまで苦労をかけてきた分、メリッサには自分の望む道を歩んで欲しいと思っております。一応当家の当主も了解しているようですので、後は、メリッサの気持ちに私は従います」

「お、お母様……」

「ありがとうございます。必ず幸せにします」

「ちょ、ちょっとお待ちください!!」

やっと口を挟めた。

「私、まだ、その、心の準備が……というか、何でそんな話になったのか、ついていけていません!!」

「ああ!?」

心からの叫びが飛び出した。アイク様の剣呑な目も気にするものか。このままだと流されてしまう。

「す、少し考える時間を、私にください!!」

真っ赤な顔で叫ぶと、「まあこの子は……」と、母は苦笑いした。

「殿下、どうやら娘は混乱しているようですので、少し二人で話されたらいかがでしょう？」

「……そうさせていただく」


二人だけになった応接室で、いたたまれない私はひたすら俯く。

(き、気まずい……顔を直視できない)

凍り付くような沈黙が続く中、アイク様が口を開いた。

「悪かった。本当は今日言うつもりはなかったんだが、急ぎすぎた」

「え？」

アイク様からの謝罪に驚いて顔を上げると、アイク様は気まずそうに頭を掻いて、目を逸らす。

「正式に臣籍降下してから、ゆっくり話を進めるつもりでいたんだ。だが、今日街でメリッサが男と楽しそうに話しているのを見て、焦ったというか」

「男？」

それは、大工のカイさんかアルさんか、はたまたロジャー爺さんか。いずれにせよ異性として意識したことは一切ないが。

(も、もしかして嫉妬？　そんなわけないか)

自分に都合のいい妄想が、どうしても頭をよぎる。

「そもそも、本気で私に、その、きゅ、求婚するおつもりなんですか？」

「……お前、まだそこなのかよ。俺が冗談でそんなこと言うわけないだろ」

「なんで？」

「なんでって」

大きな溜め息を吐いた後、アイク様は椅子から立ち上がり、私の前に片膝をついた。焦る私の手を取ると、下から顔を覗き込まれる。

「お前のことが、好きだからだ」

「……へ？」

聞きなれない言葉が耳に入り、一瞬思考が停止する。

恐らく、硬直したアホ顔を晒しているであろう私を見つめたまま、アイク様は続けた。

「他人のために必死に動く姿、理不尽な状況にも立ち向かう強さ、情けない王子に活を入れる度胸。あの数日間、俺は一番近くで見ていた。メリッサの強さ、優しさ、その美しい魂に完全に惚れた」

誰よそれ。きっぱり言い切られ、恥ずかしさで顔が上げられない。多分、このままだと頭に血が上りすぎて破裂しそうだ。かなりの過大評価だと思うが、嬉しさで泣きそうになる。

思わず承諾の返答を言いかけた時、アイク様から爆弾発言が飛び出した。

「それに、どうやらメリッサなら俺を一途に愛してくれそうだしな」

どんなナルシスト発言だ。自意識過剰すぎる。

「何を勝手に決めているんですか……」

「違うのか？　あんなに毎日心の中でごちゃごちゃと俺のことを考えていてくれたじゃないか」

何のことを言っているのか、一瞬考えたのち、まさかの仮説に行き当たる。

（……もしかして、心の声、聞こえていた？）

もう限界だと思っていた頭に、更に血が上っていく感覚がする。

「ど、どこまで聞こえていたんですか!?」

「……全部ではない。過ぎた話だ」

「さ、最低！　変態！」

「言いがかりは止めろ！　俺だって聞きたくて聞いていたわけじゃない!!」

自分があの頃何を考えていたか、思い出すだけで顔が赤らむ。しかもそれを当の本人に聞かれていたなんて、恥ずかしさで死ねる。

「なんだ？　あれは嘘だったのか？」

「心の中で嘘つくわけないでしょ！　好きですよ！　悪いですか!?」

「なら黙って結婚しろ！」

「そういうことじゃないんです！」

ギャーギャー騒ぐ貴族令嬢と王子を、いつの間にか家族が唖然と見つめていた。

私は本日、ずっと好きだった方に、プロポーズされました。

なのに、何この状況。低レベルな言い争いを繰り広げた挙げ句、二人とも肩で息しているし、ムードなんて遥か彼方へ飛んで行ってしまった。ずっと夢見ていた状況と全然違う。

私たちを生温かい目で見つめてくれていた母が、笑いを噛み殺しながら言った。

「……本当に、フィリア様によく似ておられますね」

「俺がですか？」

意外そうなアイク様に、母はゆっくり頷いた。

「ええ。その真っすぐなご気質。これと決めたら突き進む力強さ。あの頃のフィリア様を見ているようだわ」

「そうですか……王妃陛下からもお聞きしましたが、そんな剛毅な方だったんですか」

「ええ。あんなやんちゃな王女様は他に知らないわ。でも、その外堀を埋めていく手回しのよさは、ブルーノ様譲りかしら」

アイク様の顔に複雑そうな表情が浮かび、珍しく口を噤まれた。

「お母様、それは……」

アイク様の出生にかかる『悪意ある噂』については、王妃陛下が解かれているだろう。

しかし母は当然知らないが、アイク様の実の父が王太子殿下を狙った犯罪者であることは事実。アイク様にとってその方の話題は喜ばしいものではないと言外に含めると、母も勘付いたらしい。

「出すぎたことを申しました。申し訳ございません。……ただ、色々思うところはおありになるかと思いますが、あの方は間違いなく、誰よりもフィリア様を愛しておられました。そして、殿下のことを常に思っておられました。それだけはどうか疑いなきよう、お願い申し上げます」

「いや、別に構わない。……今度、少し聞かせてもらっても良いか」

「私の知っていることでしたら、いくらでもお話しいたします」

アイク様はこちらを向いた。その顔に不快な色は無く、少しホッとする。

いつもの嫌味っぽい笑みが顔に浮かんでいる。

「また来る。その時まで、よーく考えておけ」

「かしこまりました」

涼やかな風が吹いたと思うと、アイク様の姿は消えていた。

第三章　子爵令嬢、戦う

グレイ子爵領オプトヴァレー。晴れ渡った空の下、山の斜面を切り開いて造られた薬草畑では、次の収穫期に向け蒔(ま)かれた種が芽吹きつつある。その畑の中心で農家の方々に囲まれながら、魔法で水を撒(ま)いている男性が我が国の第二王子殿下だと、いったい誰が気付くだろうか。

「いや〜、助かるねえ。今年は雨が少なかったからどうなることかと思ったよ」

「いえいえ、お安いご用ですよ」

「しかしお嬢も良い彼氏を見つけたもんだな！　グレイ家に婿(むこ)に来てもらえないのか？」

「確かに、お嬢と魔法使い様がいてくれれば、ここも安泰だよな」

「そんなことを言ったら、ルーカスが可哀想ですよ」

なんでこうなった……。

衝撃のプロポーズから半年、アイク様は頻繁にオプトヴァレーに出没している。頻度としては半月に一度、最初は街周辺の山中や沢の中などに現れていたが、今や、グレイ子爵家の応接室に確実に着地できるようになった。

領民からは『魔法使い様』と呼ばれ、随分仲良くなっている。今日も水不足で困っているという領民の悩みを聞きつけ、水やりをしてくれた上、干上がりかけていた溜(た)め池まで満たしてくださった。

大変ありがたいのだが、国の宝とされている魔法使い、しかも王子殿下をこんな使い方して良いのだろうか。

「申し訳ありません、アイク様。本当に図々しくて」

「別に好きでやっているんだから、気にするな。……ただ、少しばかり疲れたから、休んでいっても良いか？」

「勿論です」

「木苺のケーキは？」

「はいはい、作ってありますとも」

この半年、毎回決して長い時間ではないが、二人でゆっくり話ができるようになり、お互いに少しずつ新しく知ることが増えていく。アイク様が案外甘い物がお好きということも、先月初めて気付いたことだ。ご機嫌なアイク様の横顔を見ていると、自然と笑みが零れる。

「クリストフ王子殿下は、ご健勝ですか？」

「ああ、なかなかパワフルな赤ん坊だ。東の宮の近くにいると爆音のような泣き声が聞こえるぞ」

アイク様は思い出したように楽しそうに笑った。

アイク様の兄君、パトリック王太子殿下に待望の第一子がお生まれになったという報せは、このグレイ子爵領にも届いている。

「これでやっと王位継承権を返上できる。叙爵の時はメリッサも王都に来いよ。正式に紹介する」

「本当に私で良いのですか……？」

この半年で何度目かの弱気を零してしまうと、アイク様に乱暴に頭を撫でられる。

「しつこい。お前じゃなきゃ駄目だ」

「すみません」

「それに……」とアイク様はいたずらっぽく続けた。

「一応、俺にも貴族連中から、それなりに縁談は持ち込まれていたんだが、シリル辺境伯になるらしいと噂が広がった途端、潮が引くように一切来なくなった」

「ええ⁉」

「シリルはいつアルガトルが攻めてきてもおかしくないからな。どうやら王都のご令嬢方は戦争が起きるような野蛮な土地はまっぴらごめんらしい。というわけで、メリッサに断られたら俺には嫁が来ない」

そんな大袈裟な……と思ったが、私の気を楽にさせようとする、アイク様の優しさだろう。

冗談っぽく話すアイク様につられて、私も思わず、笑い声を上げた。


「あ、義兄さま、姉さま、おかえりなさい！」

外で剣の稽古をしていたルーカスが手を振ってくる。

貴族教育を一からやり直しているルーカスは、全くもって頼りない。だが驚くべきことに、ルーカスが爵位を継いでから子爵家の収入は順調に増加している。

常識の足りないルーカスだが、天性の猫被りというか社交性抜群で、夜会に行くたびに有力者たち、特にご婦人方に可愛がられて帰ってくるのだ。おかげで、夜幻草をはじめとするグレイ子爵領の薬草の取引先は拡大している。

ただし、わけの分からない投資話に騙されそうになった回数は、既に片手では足りない。ジムやアイク様が止めてくれなければ、子爵家は何回破産していたことか。

「あれは、ある種の才能だな」とは、疲れ切った顔をしているアイク様の談。

「もうルーカスは飾りでいいわ。しっかりしたお嫁さんに来てもらえないかしら」とは、ルーカスをまともに育てることを諦めた、母の言葉だ。

そんなルーカスも、最近は舞踏会でエスコートしたカイラス子爵令嬢と文通しているようで、姉として弟の成長が嬉しいような、少し寂しいような、不思議な気持ちを抱いている。

「義兄さま、お手合わせ願います！」

「一本だけな」

最近すっかり床に伏すこともなくなり、剣にハマっているルーカスは、アイク様がお見えになるたびに勝負を挑み、叩きのめされている。アイク様の剣の腕前は、本人曰く「中の下」らしいが、最近やっと剣を振れるようになったばかりのルーカス如きが挑むのは無謀だろう。

今日も手加減を知らないアイク様によってルーカスが派手に打たれ、転げまわる音がするが、もはや誰も気にしていない。

ケーキとお茶の準備をして庭に戻ると、予想通り地面に大の字となったルーカスと、意地の悪い笑みを浮かべてルーカスを見下ろすアイク様がいた。

「もう!!　義兄さまにかすりもしない！」

「三十年早い。まあ、前よりは多少スピードが上がったんじゃないか」

おざなりな評価を下して、アイク様はテラスのテーブルに用意されたケーキを勝手に食べ始める。

「坊ちゃま、傷の手当てをしますよ」

マリーに促されて、ルーカスも渋々起き上がる。

「ぎゃあ！」「しみる！」「もっとそっと塗ってよ」とルーカスのやかましい声をバックに、私もアイク様の向かいに座り、紅茶を頂く。ケーキを黙々と頬張っていたアイク様だが、ルーカスを見てふと思い出したように呟いた。

「そういえば、俺は一度も子爵領の医者を見たことがないな。街の連中から噂だけは聞くが」

「……そ、そうですかね」

『もぐりの魔法使い』であるルイス先生は、アイク様がお見えになると、いつの間にか街から姿を消している。そしてお帰りになると、何事もなかったかのように診療所にいるのだ。この半年、毎回。さすがに偶然じゃないだろう。少し前から、アイク様も薄々勘付いているご様子だ。

白々しく目を泳がせる私に、アイク様は溜め息をつく。

「……ったく、この子爵領は秘密が多いな」

「そ、それほどでも。おかわりどうぞ」

私のあからさまな誤魔化しにアイク様は呆れたように笑ったが、それ以上追及してくることはなく、二個目のケーキに手を伸ばした。

「そうそう、明後日から外遊に出る羽目になったから、しばらくここに来られない」

「外遊ですか？　どちらに？」

どちらかと言えば軍事面のお役目の多いアイク様が、外交に出られるとは珍しい。

「ツィラード王国だ。あそこの王太子の結婚式が来月あって、レイファからも誰か参列しなきゃならないんだが、わざわざ国王陛下が行くほどの国でもないし、王太子殿下は子が生まれたばかりで外遊は気の毒だからな」

「ツィラードですか、遠いですね……」

ツィラード王国はレイファの東にある小国で、通称『魔法王国』と呼ばれる国だ。その名の通り魔法使いの一族が王家で、レイファとは何代か前に王女が嫁ぎ合った関係にある。

しかし現在、レイファとツィラードは国境を接しておらず、間にはレイファと長年敵対関係にあるアルガトル王国が広がっているため、ツィラードに行くには、アルガトルを迂回しなければならない。単純な直線距離以上に遠い国だ。

「ツィラードは最近政情が安定していないと聞きましたが、大丈夫でしょうか？」

さして政治に高い関心があるわけでもない私ですら、ツィラード王家と民の間に深い溝があるという噂を聞いたことがあるのだ。実際は相当悪いのではないのか、と心配になる。

「確かにな。最近のツィラード王家は魔法を笠に着て、やりたい放題なところがある。いつクーデターが起こってもおかしくはないな」

恐ろしいことをサラッと言わないで欲しい。顔色を悪くした私に、アイク様は慌てて付け加えた。

「さすがに他国の要人が集まる場だ。ツィラード王家は魔法使いだらけだし、大丈夫だろ」

「それに俺も一応、それなりの魔法使いだし？」と冗談めかしてアイク様は笑った。

「お気を付けてくださいね」

「ああ。ツィラードにはアルガトルの国王も招待されているらしい。敵の顔をゆっくり拝めるいい機会だ」

アイク様は実に楽しそうだ。何だか悪い微笑みを浮かべている。その顔を見ていると、私もつられて笑いそうになるが、やはり不安が拭えない。引き攣った顔の私を見ていたアイク様が、ふと私の首元を指さした。

「そうだ、そのペンダント、借りていっていいか？」

「これですか!?」

綺麗なガラス玉を組み合わせて作ったペンダントトップを、手編みの組み紐に付けただけのペンダント。オプトヴァレーでは、『熊除けの御守り』として、老若男女皆着けている手作り品だ。

「魑魅魍魎が集まる他国の王宮に行くんだ。熊除けでちょうど良いだろう」

「でも、このような物、王子殿下が着けるなんて……」

「服の下に隠れるから問題ない」

こんな安物（というか、自分で作ったから実質タダ）で良いのだろうかと悩んだが、アイク様に押されて、遂にお渡ししてしまった。

自分の首に掛け直し、ご満悦気味のアイク様は、「そろそろ帰るか」とゆっくり立ち上がった。

「多分、これが俺の最後の国外公務だ。婚約発表のドレスでも選んで待っていろ」

こうして涼やかな空気を残し、アイク様は転移していった。


アイザック第二王子殿下が国王陛下の代理としてツィラードに発った、という記事が載った新聞が子爵領にもようやく届いたのは、それから二週間ほど経ってからだった。日付はやっぱり十日前。記事で描写されているアイク様は、眉目秀麗で武勇に優れ、国境を守った英雄たる王子殿下だ。

確かに嘘ではないのだが、私の知っているアイク様のイメージと重ならず、思わず苦笑が漏れた。

晴れ渡ったオプトヴァレーの青空を見上げる。

(今はまだ旅路の途中かあ。アイク様のいる場所も、天候が良ければいいけど)

「心配ですか？　王子殿下のことが」

「ぎょえ!?」

物思いにふけっていたら、いきなり話しかけられ、奇声を上げてしまった。

「ルイス先生！　いきなり話しかけないでくださいよ」

「すみません。お嬢様の憂い顔が面白かったものですから」

いつの間に背後に立っていたのか、医師のルイス先生がにこやかにこちらを見ていた。

穏やかに話しているが、少し失礼な気がする。だって、憂い顔って面白いという表現に繋がる？

「そちらの腕輪、その魔法石が光っている限りは、術をかけた魔法使いは生きていますから、大丈夫ですよ」

「そうなんですか？」

腕輪に付いている宝石を見つめる。藍色の澄んだ光を放つ石を見ていると、少し落ち着く。アイク様の瞳の色だ。

「相変わらず相当な魔力が込められてますね、その腕輪」

「確かにこの腕輪がなかったら、私は先生に殺されていたわけですしね」

「まだ言いますか。私がお嬢様を殺すわけがないではありませんか」

ルイス先生は実に白々しい。半年前野盗に襲われた時、私が攻撃魔法を受けていたという衝撃的なお話をアイク様から聞いた後、勿論すぐにルイス先生を問い詰めた。

きっと事故だったのだろうと思っていた私に対し、「少しばかり、その腕輪の魔力に興味がありまして。発動を試しただけです。お嬢様に傷一つつかないと分かっていましたよ」などと平然と言うではないか。悪びれもしない姿に、開いた口が塞がらなかった。

「……それにしてもルイス先生、なぜいつもアイザック殿下から逃げるんですか？」

「たまたまスケジュールが合わないせいでしょうね」

腕輪のことといい、なぜかアイク様を気にしていることが丸分かりなのに、絶対にそれ以上語らない。何を考えているか分からない細目は、中々迫力がある。

「しかしツィラード王国とは、第二王子殿下といえども、心配ですね」

「どういうことですか？　政情不安のことですか？」

あからさまに話題を変えられた。いつもルイス先生はそうだ。その反省にもかかわらず、またルイス先生の思惑通りに話に食いついてしまった。我ながら単純だな。

「そうです。なにせ評判の悪いツィラード王家は魔法使いの一族なので、これまでも謀反が起こるたびに、魔力で弾圧しています。そのため、反王制派は複数の魔法使い相手に戦う方法を開発しているとか。内情はもうぐちゃぐちゃですね」

「ええ……それ、大丈夫なんですか？」

「まあ、他国の賓客ですから、王子殿下が巻き込まれることはないとは思いますよ」

わざわざ私を不安にさせる情報を言い残し、ルイス先生は颯爽と去っていった。


オプトヴァレーでは穏やかな日々が過ぎていった。

その日、私は庭のベンチに腰かけ、一人で物思いにふけながら、熊除けのペンダントに使う組み紐を編んでいた。

（もう一か月以上お会いしていないな。ツィラードの王太子の結婚式って、そろそろだよね）

暖かい陽射しが心地よく、いつの間にか微睡んでしまったらしい。

突然、甲高い悲鳴が聞こえ、飛び起きる。

（え！　なに⁉）

目の前の光景は、先程までいた見慣れた庭ではなかった。

目がチカチカするような派手な色彩の壁。そこかしこに球体があしらわれ、見たことのない不思議な装飾が施された、不思議な建物の中のようだ。

建物の中では、多くの人たちが我先にと逃げ惑っている。転んだ人は他の人に踏まれ、走る大人に子供が蹴(け)り飛ばされても、誰も助けない。悲鳴や怒号が響き、剣を振るう男たち、所々で上がる血(ち)飛沫(しぶき)。

(なにこれ!?　夢？)

私はそこにいるわけではない。グルグル目まぐるしく動く映像を見ているようだ。

繰り広げられる惨劇の中、視界の真ん中で、レイファのものとは異なる衣装を着た男性が背中から斬られる。男性が崩れ落ちると、彼が抱きかかえていた赤毛の少女が、床に投げ出された。

無防備になった幼い少女にも、男性を殺した下手人は剣を振り上げる。最悪の予感に思わず目を瞑(つぶ)ろうとするが、視界は一切閉ざされない。むしろ、映像は少女に向かい駆け寄っていく。少女に向かって伸ばされる手が視界の端に見えた。

「逃げろ!!」

叫び声が響き、衝撃で景色が揺れ、目の前が真っ暗になった。

飛び起きると、そこはいつもの庭だった。編み途中の組み紐は手に持ったまま、暖かい太陽もそのままで、全く時間は経っていないようだ。

(今のなんだったの？　夢？)

あまりにリアルな恐ろしい光景に、冷や汗が背中をつたう。思わず見つめた腕輪の魔法石は、変わりなく藍色の石が光を帯びている。

「大丈夫、単なる夢だ」と自分に言い聞かせながらも、嫌な予感が頭から離れない。

最後に少女に向かって叫んでいた声は、アイク様の声にとてもよく似ていた。

そのまま組み紐を編み続ける気分になれず、部屋に戻り、分厚い教本を開く。

先日、貴族夫人として必要な教養を習得しておくようにと、畏れ多くも王妃陛下から賜った大量の教本の一つだ。その量の多さに、魂が抜けかけたものの、アイク様の横に立つためには最低限のことだと、最近は毎夜読み進めている。

地理学の教本を開いた時だった。

「痛い!!」

突然の激痛に、思わず声を上げる。右足の脛辺りを思いっきり金づちか何かで砕かれたような、信じられない痛みが一瞬走り、すぐに消えた。慌ててスカートをたくし上げるが、傷も痣も一切ない。

恐る恐る立ち上がり、部屋の中を歩いてみるが、特に何の違和感もなく、いつも通りの足だ。

(なんだったの？　気のせい？)

立て続けに起きる気味の悪い出来事に、背筋に寒気が走った。

私の声が響いていたらしく、母がドアから顔を出した。

「メリッサ、何かあった？　声が聞こえたけれど」

「な、何でもないわ、お母様。ちょっと虫がいただけ」

慌てて笑顔を浮かべて、誤魔化す。

「貴女（あなた）、虫を怖がるような子じゃないでしょ」と不審な顔をした母だが、私の顔を見て、心配そうな表情に変わる。

「顔色が悪いわ。大丈夫？」

「え、ええ。ちょっと勉強しすぎたかしら」

「そう。……根を詰めすぎないようにね」

その後、心配した母と弟により、夕食を食べ終わるとすぐにベッドに追い立てられた。

胸のモヤモヤは続き、なかなか寝つけず、何度も寝返りをうっていたが、知らぬうちに眠りについていた。

◇◇◇

（ここって……）

気付くと、見覚えのある花畑にいた。アイク様の魂が私の中にあった時、毎夜出会っていた場所。

野盗に襲われた日の夜、一度だけここでアイク様とお会いした。あれが夢だったのか、現実だったのかは定かではない。

だがその後も、アイク様は特に何もおっしゃらなかったので、夢だったのだと結論づけていた。

(でもなぜまたここに？　これも夢？)

この静寂の空間を見渡すと、少し離れた小川のほとりに立ち竦む男性の姿があった。後ろ姿だが、私があの方を見間違うはずがない。

「アイク様？」

弾けるようにこちらを振り向いた彼は、紛れもなく私の待つ人だった。

「……メリッサ、か？」

「はい。アイク様……これ、夢じゃない……？」

目を丸くして私を凝視したアイク様だが、そのまま頭を抱えた。

「しまった……ここにいるってことは、俺、意識飛んでるじゃねーか……ヤバイな……」

「アイク様、やっぱり何かあったんですか!?　ご無事ですか!?」

「何もない」

いや、ヤバいとか言っていたよね。顔背けたままだし、絶対嘘じゃん！

頑なに誤魔化そうとする空気を醸し出すアイク様に駆け寄る。

「今ツィラードにいらっしゃるんですよね？　いったい何が？」

「よく分からない。多分ツィラードの内紛だと思うんだが、なぜか監禁されてる」

それ、相当な一大事じゃないか!?

監禁って簡単に言うが、一国の王子なのだから、それなりの護衛が付いていていたはず。しかも、ご本人はレイファでもトップクラスの魔法使いだ。普通はできることではない。私の想像も及ばないほど、深刻な状況だとしか思えない。

「魔法が使えないとこんなに不便だとは思わなかった……もう少し剣術でも鍛えておけばよかった」

と冗談めかして話すアイク様だが、どことなく余裕が感じられない気がした。

「アイク様……私は」

「大丈夫だ。俺レベルならこの程度のこと、どうとでもできる。レイファにも既に連絡はいっているだろうし。メリッサはのんびり待っていてくれれば良い」

私の言葉を遮り、アイク様は私を安心させようとするかのように大口を叩く。いつもと変わらぬ皮肉っぽい笑みを浮かべていたが、私の中の不安は拭い切れなかった。

目覚めると、自室のベッドの上だ。昨夜の『夢』は、会話も表情も風景も詳細(しょうさい)まで思い出せる。

(夢じゃない……。アイク様に大変なことが起きている)

なぜか分からないが、また私とアイク様の意識が夢で繋がっているようだ。飛び起きて部屋の中を落ち着きなくウロウロするが、どうすれば良いのか全く思いつかない。

アイク様は今ツィラードにいる。今すぐに駆けつけたいが、片道一か月以上かかる国だ。女一人でホイホイ行ける国ではない。そもそも、私一人が行ったところでどうするのか。

レイファ王都ならば片道七日かかるものの、ツィラードに行くよりは現実的だ。

しかし、事は国家の一大事で国際問題だ。既に国は事態を把握しているとアイク様は言っていた。そんな状況で私がなんの役に立つ？　じっとしていられないのに、最善の方法が見当もつかない。

「メリッサ、いったいどうしたの？」

部屋の中を徘徊する娘を、いつの間にか母が珍獣を見る目で覗き込んでいた。

「……お母様。アイク様に、何か悪いことが起きたようなの」

思い悩むあまり、聞いてくれた母にぶちまけてしまったが、完全に不思議な子になってしまった。

母は、突然超能力者のような発言を始めた娘に、あっけにとられている。

「ごめんなさい、お母様。忘れて！」

自分が口走った内容が恥ずかしく、頭がおかしい子だと思われる前に、慌てて打ち消す。

「今日は、ルーカスが麓の村へ視察に行く日でしたね。すぐ支度します」と何事もなかったかのように話を変えようとすると、母がポツリと呟いた。

「メリッサ、もしアイザック殿下に何か変事があるのであれば、ルイス先生を頼りなさい」

「えっ？　ルイス先生を？」

「メリッサも知っているでしょ？　彼が魔法使いであることを」

お母様も知っていたのか！　と驚く。つまりお母様は、ずっと前からルイス先生が魔法使いと知っていて、内緒にしていたのだ。子爵領を守ることに尽力してきた母だ。もぐりの魔法使いを匿うような危ない真似を、親切心でするとは考えられない。

「ルイス先生は、アイザック殿下をお守りするためなら、手段を選ばない方ですから」

母の口振りには、領民に対するものではない、目上の人に対する雰囲気が含まれている。うっすらとした予感が、確信に変わりつつあった。

「お母様……それ以上は、ルイス先生って、もしかして……」

「……それ以上は、私の口からは言えないわ。ご本人から聞いて」

朝食後、できる限り平常心を装って、視察に出るルーカスとジムを見送る。

そしてそのまま、ルイス先生の診療所へ向かった。

「お嬢様がこちらにお越しになるとは珍しいですね。どうされました？」

「先生にお話ししたいことがありまして」

いつもの穏やかな顔で迎えてくれたルイス先生だが、私の強ばった顔を見て、何かを察したのか真剣な表情になる。

「今一人患者さんがいらっしゃってますから、終わったら休診にします」

「そうしていただけると助かります」

少年のざっくり擦りむいた脚に薬を塗り、手早く包帯を巻くルイス先生を、待合室からぼんやり見つめる。べそをかいている少年を優しく手当てするルイス先生が、人を殺そうとしたお尋ね者だとはとても思えない。

「では今日の夜、もう一度、この薬をお母さんに塗ってもらいなさい。そうすれば綺麗に治るから」

「先生ありがとう！　お嬢、またね～」

少し足を引きずりながら、それでも笑顔になって帰っていく少年に笑顔で手を振ると、先生はこちらを振り返った。

「では、お嬢様。何があったのかお聞かせいただけますか？」

私は、ルイス先生に昨日見たことや感じたこと、そしてアイク様に何か良くないことが起きている気がするという話を、全て話すことにした。ルイス先生は一度も口を挟むことなく、テーブルに肘をついたまま、黙って聞いていた。

「信じていただけないかもしれませんが……」

「信じますよ」

最後まで話し終わり、私が付け加えると、ルイス先生があっさりと言い放った。

「え？」

「同じ体に同居した経緯がある魂が、離れても一部の感覚や記憶をやり取りしてしまう、ということは考えられなくもないです。魂というのは不思議なもので、魔法使いにもよく分かっていないですから。アイザック王子殿下の感情が何らかの危機により乱れた結果、お嬢様がそれを受信してしまったということはあり得ることですね」

私は、王宮でのこと――王太子殿下の暗殺未遂に巻き込まれたこと、アイク様の魂を自分の体に入れてしまったこと――は、家族を含め、一切誰にも話していない。

にもかかわらず、ルイス先生はサラッと話している。それが意味することは、一つしかない。

「……ルイス先生、それは自白ですか？」

「なんのですか？　王太子殿下を脅しに行ったら、間違えて第二王子殿下に攻撃を当ててしまったことは、恥ずかしいのでノーコメントです。でも、咄嗟に王子殿下の魂をお嬢様に放り込めたのは、我ながらファインプレーでした」

「王子殿下を殺していたら、あの世でフィリアに何と言われるか」とにこやかに話すルイス先生。

いや、笑いごとではない。全ての元凶がこんな近くにいた。

(お、お母様。なんでこんな国家犯罪者を子爵領に住まわせているのですか……!?)

私やルーカスのことを、さんざん常識が足りないと言い、嘆いていた母アリア。

でも、貴女も十分にとんでもないことをしている。もはやグレイ子爵家に、まともな人間はいない。

「アリア殿を責めないでくださいね。アリア殿も、フィリアに脅さ……頼まれて、私を匿っているだけですから」

「フィリア王女殿下に、ですか？」

「そうです。彼女は、生まれながらのプリンセスですから、平気で他人にとんでもないお願いをする女性でした。私もフィリアの最期のお願いを守るために、生き続ける羽目になっています」

「最期のお願い……？」

「フィリアの忘れ形見である、王子殿下の命を守ることです」

あくまでアイク様を王子殿下と呼び続けるルイス先生に、違和感を覚える。

「王子殿下と言っても、先生の息子、なんですよね？」

「息子ですか……。私は抱いたことも、話したことも、まともに顔を見たこともないので、そう思ったことはないですね」

そう言ったルイス先生、いや、元王宮魔法使いブルーノ・ベネットの顔は、どこか寂しげだった。でも、アイク様に対する、言葉にできない情のようなものは何となく感じられた。

「ところで、なぜ王太子殿下を襲ったんですか？　そのせいで、アイク様も私も大変な目に遭ったんですから」

ルイス先生もといブルーノ・ベネットが、アイク様のことを最優先に考えているのなら、良好な関係である王太子殿下を害する必要性はないと思う。

むしろそんなことをしたら、アイク様が王太子になってしまう。アイク様は絶対に嫌がる。

「脅しに行っただけですがね。国王はまだ遠慮していましたが、どうもあの王太子が政務を執るようになってから、王子殿下を戦線に出したり、紛争地帯の領主にしようとしたり、危険なところに送りすぎです。ちょっと死にかければ、危機感が出るかと思いまして」

（それ、アイク様ご自身が望まれたことですが!?）

当たり前のようにさらっと言っているが、それで普通王太子を襲うか？　脅すにしては手法が荒っぽすぎるし、成人した息子に対して過保護すぎない？　この人、冷静な顔して、ちょっと考え方がぶっ飛んでいる。

「さて、お嬢様。まず、王子殿下の状況把握が最優先です。また何か感じたら教えてください。私は少し様子を探ってきますので」

「様子を探るって、まさか王宮に行くつもりですか？　捕まりますよ！」

当たり前だが、王宮の警備は厳重だ。王宮魔法使いによる侵入者対策も、何重にもかけられている。

「少し情報収集だけです。それに王宮魔法使いといっても、筆頭がノーマンで、次席がエドワードでしょう？　私が負ける要素はないですよ」

「……はあ」

魔法使いって、何でこんなに負けず嫌いばっかりなの？

そこを突っ込むと先に進まないので、スルーすることにした。

「とにかく気を付けてください。ルイス先生……いや、ブルーノ様？」

「どちらでも良いですが、犯罪者に『様』を付けるのはどうかと思いますよ」

強い風が吹きつけ、思わず一瞬目を閉じる。開けると既に、ルイス先生はいなかった。

（一瞬で転移した……さすが）

ルイス先生を見送った後、一度、自宅に戻る。ルイス先生の帰りを待ちながら、目を閉じたり、瞑想したり、何とかアイク様の現状を感じられないかと色々と試してみる。が、悲しいことに、何をやっても目の前に映るのは見慣れた自室の壁だった。

（どうすれば見える……？）

これまでの状況を思い返してみる。

昨日は少しうたた寝した時に、アイク様がかなりの修羅場に巻き込まれている様子が見えた。

恐らく、眠ったり気絶したりして、意識を飛ばした時に見えるような気がする。あとはお互いに意識がない時、夢で出会うこともある。いずれにせよ、確実ではない。

（少し寝てみる……？）

しかし、心配やら焦りやら、気持ちが高ぶっている状態だ。全然昼寝ができる気分ではない。

「失礼します」

「うわ!?」

いきなり話しかけられて飛び上がる。

「すみませんね、淑女の部屋に。急いでいるので」

全く申し訳なさそうではない、平然としたルイス先生が堂々と立っている。

直接他人の部屋に転移するのはどうなんだと、心の中で突っ込む。口には出せないけれど。

「いえ、大丈夫ですけど。それで、どうでした？」

「やはり昨日、ツィラード王太子の結婚式で、変事があったようです。反王制派が反乱を起こし、ツィラード王や王族が複数討たれたと。参列していた各国の王族や高官の多くも安否不明だそうです」

「そんなことが……」

起こり得るのか。比較的平和で、王家の支持も高いレイファに暮らしている私には想像もつかない事態に言葉が続かない。絶句した私の様子を見つつ、ルイス先生は続けた。

「王子殿下に随行していた王宮魔法使いから、昨日の時点で緊急魔法通信が入ったようですが、その後、連絡が付かないようで、王宮も混乱状態です」

「では、アイク様は……」

「不明です。お嬢様が聞いたように、監禁されているのでしょうね」

明らかに異常事態だ。唇を噛みしめる。珍しくイライラしたように、ルイス先生が続ける。

「しかし、あれほどの魔法使いが易々と捕まるとは、少し信じられないですね。反王制派と言っても、野蛮な烏合の衆です。何をされるか分かったものじゃありません」

「そんな……」

最悪の事態がアイク様に迫っている。早く助けなければと、何もできないのに気持ちだけが焦る。

アイク様は、私が危険な目に遭いそうになるといつも守ってくださったのに、逆になると私は何の役にも立たない。

「本当に、ラファエルも不用意なことをしてくれたものですねえ。王子殿下に何かあったら、首を飛ばすと言ってあったのに。少し説教に行きますか」

ラファエル？　それは誰ですかと聞きかけて、その名の人物に思い至った。

（我が国の国王陛下の御名じゃん！　呼び捨て⁉）

「国王陛下って……冗談ですよね⁉」

「平和的に訪ねますので大丈夫ですよ。……そうですね、お嬢様も一緒に来ますか？」

「え？　私が⁉」

「今のところ、王子殿下と意思疎通ができる可能性があるのは、お嬢様だけです。王子殿下救出の役に立つと思いますが」

国家犯罪者と一緒にいたら私の首も飛びそうな気がするが、一瞬で決意した。今はアイク様のためになるなら、少しでも行動したい。

それにルイス先生の口振りは、王宮に乗り込んでも、問題なさそうな雰囲気を醸し出している。

「……行きます。連れていってください！」

「では、今すぐに出立しますので、アリア殿に挨拶だけしてきましょう」

「え！」

ルイス先生はスタスタと私の部屋を出て、一階へ降りていく。

リビングで一人洋服の手入れをしていた母は、突然現れたルイス先生に唖然とした。そりゃそうだ。外からじゃなくて、二階から来たんだから。

「突然すみません。少し王都まで行ってきますので、お嬢様をお借りしてもいいですか？」

停止していた母だが、唐突すぎるルイス先生の言葉を聞き、私の顔を見て、何かを察したかのように表情を引き締めた。

「メリッサが望むなら、連れていってください。ただ、きちんとお返しくださいね、ブルーノ様」

「勿論そのつもりです」

「気を付けて、メリッサ」

「はい。少し留守にします、お母様」

私の挨拶が済むなり、ルイス先生は私の手を取った。

「じゃあ行きますよ、お嬢様」

「え？」

「王宮まで転移しますので、絶対に私の手を放さないでくださいね。離したら途中で落としちゃうので」

「え？　え？」

戸惑う間もなく、周りの景色が一気に歪む。竜巻の中に巻き上げられたかのように、上下左右が全く分からなくなるほど、ぐるぐると体を回されるような感覚に襲われる。

（え！　気持ち悪!!）

再び足が地面に付くが、その僅かな時間ですっかり足元が覚束なくなっていた。ふらついた肩を、ルイス先生がサッと支えてくれた。と思った瞬間、喉元にナイフが突きつけられている。

「……はあ!?」

状況が飲み込めない。とにかく、少しでも動けば喉が裂かれそうなので、体の動きを停止する。

「ブ、ブルーノ！」

「メリッサ嬢!?　どうして」

周りで騒然とする声が聞こえる。気が付くと、国王陛下、王太子殿下、宰相閣下が目の前で硬直していた。軍の方や王宮魔法使いの姿も見える。

（ここ、国王陛下の執務室じゃない⁉）

入室したことはないが、雰囲気で察する。いきなり何という場所に転移してくれたのだ。既にスタート地点で犯罪者になってしまったではないか。

当の本人は私にナイフを突きつけたまま、平然と話し出す。

「アイザック王子殿下の御身に何かあったら、皆殺しにすると言っておきましたよね？　どうやらこのままだとそうなりそうなので、予告通りまかり越しました」

（……平和的って言葉の意味、間違っていませんか？）

喉にナイフを突きつけられたまま、私は遠い目をしてそんなことを考えていた。

騒然とする国王執務室の中、宰相閣下が国王陛下を庇うように立つ。

「待てブルーノ。アイザック王子殿下の安否は、今王宮魔法使いたちが確認している。落ち着け」

「私は落ち着いていますが？　……おっとそこの少年、魔法発動はやめておいた方が賢明ですよ」

落ち着き払ったルイス先生は、部屋の隅にいたリオ様を牽制し、リオ様はビクッと硬直する。

執務室内のただならぬ緊張感、近衛騎士や王宮魔法使いたちの強ばった顔と、悠々としているルイス先生の表情の差が、圧倒的な力の差を表しているように感じられた。

「ブルーノ、アイクのことは必ず助け出す。少し待ってくれ。それに、その娘は……」

青ざめた顔の王太子殿下が、それでも前に出て説得を図る。

「これは、以前私が王子殿下の魂を放り込んだ娘でしょう？　どうやら王子殿下との繋がりが残っていそうなので、連れてきました」

「その娘は、アイクが自分で選んだ婚約者だ。傷付けることは、アイクのためにならない」

いつの間に私は婚約者になっていたんだろう？

正式な儀式も挨拶も何一つしていないし、アイク様との口約束だけだと思っていたのに、まさか王家にまで話が通っていたとは、と驚く。

この緊迫した場面、喉元スレスレにナイフがあるというのに、思わず呑気なことを考えてしまった。

「では、少し待つ間、代わりの人質を出してもらいましょうか？」

（いや、無理でしょ）

この部屋で、私より身分の低い人も、私より役に立たない人もいません。というか、私人質だったの？　人質の意味ある？

「わたくしが、代わりになりましょうか？」

涼やかな声がしたかと思うと、水色のドレスに身を包んだ麗人が颯爽と現れた。

「ディアーヌ!?」

「母上!!」

制止しようとする騎士たちをかわし、王妃陛下は私たちのすぐ横にあったソファに腰かけた。

「ここでよろしいかしら？　久しいわね、ブルーノ」

「ご無沙汰しております、ディアーヌ様」

「メリッサも、ここにお座りなさい」

王妃陛下はごく普通に、自らの隣をポンポンと叩く。

(ええ！　王妃陛下の隣はさすがに……)

たじろぐが、ルイス先生に無理矢理背中を押され、王妃陛下の隣に収まる。すると、ルイス先生は私たちが座るソファに、何らかの魔法をかけた。

「さ、わたくしたちがソファごと爆破される前に、早くアイクを助け出してくださいませ。陛下、パトリック」

(待って、爆破されるの⁉)

王妃陛下の爆弾発言に焦る私をよそに、王妃陛下は鋭い目で国王陛下を睨み付ける。どうやら王妃陛下はアイク様を助け出すよう、陛下たちの尻を叩きに来たらしい。ますます青ざめる男性陣、うって変わってルイス先生と団欒を始める王妃陛下。この二人、どうも仲良しの気配が漂っている。

(これは、どういう状況だったっけ……？)

王妃陛下とルイス先生のプレッシャーの中、国王陛下ら上層部の方々は、各地から来る魔法通信を聞き、地図を広げ話し合い、入り乱れる官僚たちの報告を受け、非常に慌ただしい様子だった。

その部屋の片隅で、私は王妃陛下と共に、紅茶と王都で流行する最新のお菓子を頂いていた。ルイス先生もちゃっかりお茶を嗜んでいる。

アイク様が大変な目に遭っているかもしれないのに、こんなことをしていていいのだろうかと、口には出せないが焦る。お茶の味もお菓子の味も、よく分からない。

そんな私の心の中を見透かしたかのように、王妃陛下は静かに呟いた。

「何も分からない状況で、焦ってもどうしようもないわ。まず情報を得て、最善の策を練って、行動に移すのはそれから。特に上に立つものは、表面上は常に泰然としなければならないの。貴女も、これから上級貴族の夫人になるのだからね」

「王妃陛下……ありがとうございます」

「それに、アイクはきっと大丈夫よ。あの子、図太いから」

そう言う王妃陛下も、カップを握る手が、微かに震えておられた。


筆頭王宮魔法使いノーマン様がこの執務室に現れたのは、二時間ほど経った時だった。

「な！　ブルーノ⁉」

言った瞬間、風の弾が飛ぶ。

周りの悲鳴の中、狙われたルイス先生はいとも簡単に風の魔法を打ち消した。

「無理ですよ、ノーマン。貴方、ツィラードから転移してきたんでしょう？　そんな魔力空っぽの状態で私に勝てるとでも？」

「貴様、ここで何をしている⁉　陛下から離れろ！」

「私が王宮に来る理由なんて、一つしかないでしょう？　そんなことも分からないんですか？」

ノーマン様が怒りで真っ赤になっている。一方のルイス先生は冷静に淡々としていて、それが人の神経を逆なでしている気もする。

「あの二人はね、魔法学校でも、王宮魔法使いでも同期だったのよ」

「そうなんですか」

王妃陛下がこっそり耳打ちしてくださった。

「でも、顔を会わせるたびに本気で殺し合っていてね」

懐かしそうに語る王妃陛下。大体の関係性は想像できた。

「ほとんどフィリア殿下が原因だったんだけどね……本人が悪いわけじゃないけど、罪な方だったわ……」

遠い目をする王妃陛下。私の中で、亡き王女殿下のイメージがどんどん変わっていく――悪い方へ。いまや、美しくも自由奔放で周りを翻弄する、魔性の女のイメージが出来上がっている。

「ノーマン、緊急事態ゆえ、今はとりあえず報告を」

国王陛下がおずおずと割って入る。

「早く報告しなさい、ノーマン。ツィラードに行ってきたのでしょう？」

「貴様に命令される筋合いはない！」

ルイス先生に怒鳴った後、ノーマン様は国王陛下の前で報告を始めた。

「やはり、ツィラードの反王制派の反乱のようです。王太子の結婚式を狙い、反王制派と敵対国の間者らが組んで蜂起したようで、被害は甚大です。ツィラードの政府は機能しておりません」

ここまでは第一報の通りだが、状況は相当悪いらしい。王太子殿下が続きを促す。

「それで、我が国の者たちは？」

「第二王子殿下に随行していた王宮魔法使いが、反王制派に捕まっていたのを発見しました。その者の話によると、殿下と王宮魔法使いが捕らえられ、近衛騎士や他の外交官は殺害されたとのこと。殿下は別のところに連れていかれたようで、今のところ発見できておりません」

「なんということだ……」

国王陛下が絶句する。隣の王妃陛下が息を呑む音が聞こえ、私も心拍数が上がっていくのを感じる。

「しかし、あのアイザック殿下がそう易々と捕まるとは、信じがたいのだが。王宮魔法使いは何か言っていなかったか」

宰相の言葉に、ノーマン様が苦々しく答えた。

「それが、神殿内では魔法が発動しなかったと」

「魔法が発動しない？」

「恐らく魔法を無効化する陣が、最初から仕掛けられていたのだと思います」

ルイス先生が以前言っていた、魔法使い相手に戦う方法がそれか、と魔法が分からないなりに想像する。そんなこともできるとは、魔法使いの世界は奥深い。

「魔法使いの一族である、ツィラード王家を狙っているのだから、それくらいは準備するだろうな」

国王陛下の隣にいた軍服の男性が重々しく頷いた。そして、小さな呟きが聞こえた。

「魔法が使えなければ、アイザック殿下の武芸の腕は正直、ごく普通ですからな……」

(だから、「鍛えとけば」とおっしゃっていたのか……)

「また、王子殿下は避難中に子供を助けられていたようで、それで逃げ遅れたとも言っていました」

「あ、子供……」

ノーマン様の言葉に思わず声を出してしまい、部屋中の視線が私に集まる。

「申し訳ございません！　なんでもありません」

慌てて謝罪するが、「何か思いついたのなら言いなさい」とルイス先生から圧力をかけられる。

「いえ、大したことではないのですが……私が見た、アイク様の視界だと思われる光景に、赤髪の女の子を助けようとしているものがありまして、もしかしてそれかな……と」

国の中枢の皆様の前で、話に割り込んでまで大したことのない情報を話してしまった。

申し訳なさに縮こまるが、周囲の反応は少し違った。

「赤毛の女の子……」「ツィラードの王太子の結婚式に参列していたとなると、まさか……」

ただならぬ様子に困惑していると、王太子殿下が静かに教えてくださった。

「赤毛の少女というと、恐らくアルガトル王国の王女だ」

「ええ!?」

「かの国の王族は皆、炎のような赤毛だ。国王と第一王女が参列していたという情報とも一致する」

アルガトルは、レイファの最大の敵国だ。つまり……。

「なるほど。お優しい王子殿下は、わざわざ敵国の姫様を助けて捕まったというわけですね。いったいどれだけお人好しな教育をしてくださったんですか？」

丁寧な口調が、より恐ろしさを感じさせるルイス先生に睨まれ、国王陛下は震え上がった。

「さて、結局ノーマンは、王子殿下の居場所も安否も掴(つか)めなかったと。どうしましょうか、国王陛下」

ルイス先生が、可哀想そうなくらい怯えている国王陛下に追い打ちをかけていく。漏れ出す殺気に、ノーマン様や近衛騎士たちが国王陛下を守る体勢になる。

「だからノーマンでは私には勝てませんよ。どうします？　おとなしく首を差し出しますか？」

「ま、待て！　まだ、エドワードも調べに行っているし、元々ツィラードに忍ばせている影もいる。今しばらく待ってくれ」

「エドワードでは、ツィラードまで直接転移はできないでしょうに。行くだけで魔力を使い切っているでしょうね、ノーマン」

「……確かに」

アイク様、エドワード様に勝ったと得意げでいらしたのに、エドワード様も転移できるようになっていたのか。と、現実逃避をしていると、ルイス先生の矛先が私に向いた。

「ところで、そこのお嬢様はいつまで起きているのですか？」

「え？　私？」

意味の分からない指摘にきょとんとすると、ルイス先生がとても冷たい目で私を見ていた。

「何のために連れてきたと思っているのですか？　何でも良いので、王子殿下の今の様子を見る努力をしなさい」

「それは、そうですが」

雲の上の方々がいる国王執務室の中、隣に王妃陛下が座っている状況で、居眠りのできる人間がいるだろうか。いや、いない。恐らくあと三日は徹夜できるくらい、頭は覚醒している。

そんな私の気持ちを読み取ったか、ルイス先生は、「では手伝って差し上げますので、王子殿下の意識に繋がるように頑張りなさい」と言い放った。

返事をする暇もなく、ルイス先生の指から勢いよく飛び出した光の矢が、私の額に直撃する。

（え、嘘！）

衝撃と共に、意識が遠ざかっていった。

気が付くと、殺風景な白い壁が広がっていた。見覚えのない部屋は、王宮でも、子爵家でもない。

薄暗く、ジメジメとした空間だ。見える範囲には、特に家具も調度品もない。

（もしかして、アイク様の視界……？）

床に座り、壁にもたれている様子だ。視野は斜め上を見たまま、固定され、微動だにしない。

しばらくすると、部屋の外から人の声、足音が聞こえた。

ノックもなく、ズカズカと入って来た二人の男。ゆっくりと、目線がその男たちの方に向く。脂ぎった中年男と、厳(いか)つい顔をした若い男だ。中年男が猫なで声で話しかけてくる。

「レイファの王子殿下、考えていただけましたかな？　私どもも、殿下に手荒な真似はしたくないのですよ」

「嫌だね。クーデターを起こしたんなら、最後まで自分の力でやれ」

間違いなくアイク様の声だ。キッパリ言い切っているが、明らかに声に力がない。

「そのようなことを言われてしまいますと、私どもも困りますなあ。私どもの中にも、王子殿下を弑そうと主張する者や、王子殿下をアルガトルに売り渡そうなどと言う者もおりまして、困っておりましての。王子殿下が協力してくだされば、ご無事にレイファにお返しできるんですがねえ」

この男、自分たちの反乱にアイク様を使おうとしている。中年男の舐めるような口調に、今まで感じたことのない怒りが込み上げてくる。ただ見ていることしかできない自分が歯がゆい。

「……断る」

アイク様がそう言った瞬間、脚に激痛が走った。

「——痛っ!!」

痛みに耐えるように、アイク様が体を折り曲げる。

視線の先にあるアイク様の右足を、もう一人の若い男が思い切り蹴り飛ばしていた。

「おっと、王子殿下、私の部下が申し訳ありません。右足、折れていらっしゃいましたね」

白々しく笑う中年男に、殺意が湧く。私が感じたのは一瞬だったが、気を失いそうな痛みだった。手当てもされず、この痛みを感じ続けるアイク様の苦しみはいかばかりか。

「ではまことに不本意ですが、王子殿下には強制的にご協力いただきます。魔法使いは喉から手が出るほど欲しかったのでね。我らが政権を取った後も、最期まで利用させていただきますのでご安心を」

「所詮レイファはアルガトルがある限り、こちらに直接攻めてくることはできん。断交となっても痛くもかゆくもないわ」

大笑いしながら部屋を出ていく二人の男。

体を丸め荒い呼吸を続けるアイク様の手には、不思議な模様が彫り込まれた手枷がはめられ、ちらりと見えた胸元に、私のペンダントが光るのが見えた。

「……サ、メリッサ！」

目を開けると、心配そうな王妃陛下の顔が目の前にあった。

「大丈夫⁉　酷くうなされていたのよ」

いつの間にか顔は涙でビシャビシャになっていた。夢、いや、アイク様のところで感じた怒り、痛み、哀しみは確かに私の心の中で、激しく渦巻いている。

「アイク様が、反乱軍に捕まり、協力するよう脅されています。……ぼ、暴力も受けておられ、あのままでは……」

きちんと伝えないとと思っているのに、嗚咽が込み上げてきて、言葉が上手く出てこない。

真っ青な顔の王妃陛下に背中を擦っていただき、見たこと、聞いたことを必死に話す。

「本当に人が良い。ツィラードなど、どうなってもよいのだから、適当に協力して帰ってくれば良いものを……」

ルイス先生が深い溜め息をつき、眉間を揉んでいる。

「いや、レイファの王族としてはそういうことは……すみません！」

ルイス先生に睨まれた国王陛下が飛び上がる。

「しかし、メリッサ嬢の話を聞く限り、時間は少ない。身代金を要求してくるならまだ良いが、アルガトルなんぞに引き渡されたら取り返しがつかない」

「アイクはどうなるのですか!?」

王太子殿下の言葉に、王妃陛下の悲鳴のような声が上がる。

「アイザック王子殿下は、アルガトルでは天敵扱いされています。身柄を引き渡されたら、まずお命はないでしょう」

国軍将軍の言葉に、王妃陛下がふらつく。私も心臓が抉られたような思いがする。

「しかし、アイザック殿下が自力で脱出するのは難しいかと。足を骨折されているようですし、恐らく魔法も封じられています」

ノーマン様の言葉に、珍しくルイス先生が同意した。

「魔力を封じられたのは間違いないでしょう。王子殿下の魔力が健在ならば、先程の私の失神魔法は、お嬢様に当たることはないですから」

私の扱いが悪すぎるルイス先生の言葉に若干もやっとしつつも、慌てて腕輪に目を落とす。

そうだ、攻撃魔法からも守ってくれた腕輪なのに、もはや防御の力が発揮されていない。心なしか、魔法石の藍色も暗くなった気がする。

「もはや悠長なことは言ってられない。外交ルート、軍事圧力、全てを使ってアイクの救出を最優先にする！」

国王陛下の言葉に、慌ただしく動く重臣たち。

「軍は出陣可能です」「ツィラードに留まっている外交官に、反乱軍との交渉ルートを探らせます」

「王宮魔法使いによる救出作戦も……」

流れる涙もそのままに、呆然（ぼうぜん）と動きを見つめる私に、ルイス先生はそっと呟いた。

「……間に合いませんね」

「え……」

残酷な言葉に、ルイス先生の顔を見たまま凍りつく。

「ツィラードは遠すぎます。軍を出しても、陸路で一か月。しかも国境を接していない以上、他国を経由しなくてはなりません。いくら友好国でも、すぐに外国の軍を入国させてはくれませんので、実際はもっとかかります。王宮魔法使いにしても、転移を使えるのはノーマンとエドワードだけ。これではどこにいるか分からない王子殿下の救出は、困難です」

ルイス先生が淡々と告げる現実が、鋭く私を突き刺していく。

「なにか……、なにか手はないのですか？　アイク様をこのまま見殺しにするんですか……!?」

「私がそんなこと、するはずがないでしょう」

ルイス先生の怒りを押し殺した声が、地を這（は）うように伝わってくる。

「何があっても助けますよ。ただ、王子殿下の魔力を辿（たど）れない以上、私一人で見つけ出すことも難しいです。お嬢様の協力が必要です」

「……私が？」

私に何ができるのだろう？　魔法もなく、特別な知識もなく、武術やスパイ技術があるわけでもないただの小娘。右往左往するしかできないのに。

「貴女にしかできない方法が一つだけあります。ただ、私もその方法に確信はありませんし、貴女の命を大いに危険に晒します。それでも……」

「やります」

即答した。何をするのかさっぱり分からないが、命懸けでアイク様を救えるのならば、安いものだ。あの方は、私の唯一なのだから。

それに本気で怒っている様子のルイス先生は手段を選ばないし、かなり強引な手を使うが、アイク様を助けるという一点は絶対にぶれない。私も覚悟を決め、涙の止まった目でルイス先生を見つめると、ルイス先生は小さく頷いた。

「それでは行きましょうか、ツィラードに」

「はい？」

ルイス先生がごく当たり前のように言い出した単語を処理できず、思わず聞き返す。

(ツィラード？　って本気で!?)

いや、この状況下で冗談を言っているとは思っていないけれども。

「転移で行きます」

「私も一緒に行けるのですか？」

魔法のことは分からないが、あのノーマン様でさえ、ツィラードを往復したら魔力が尽きかけている。そんな長距離の転移、それも二人なんて、さすがのルイス先生も厳しいのではないか。

しかも行き先は、敵だらけ。

そんな私の疑問は、顔にそのまま書いてあったらしい。

「確かに大変ですけど、近くまで行かないと始まらないので。怖気づきましたか？」

「……いいえ、行きますとも」

ここで退く選択肢はない。『女は度胸』が、我がグレイ子爵家のモットーだ。隣で黙って聞いていた王妃陛下が、静かにルイス先生を見つめた。

「ブルーノ、アイクをお願いします」

「ディアーヌ様にお願いされることではございません。無事レイファに戻します。それが私の役目ですので」

「メリッサのことも、どうか……」

「そちらも、できる限り努力します。アリア殿にきちんと返せと言われていますので」

王妃陛下がルイス先生に深々と頭を下げる。会話は聞こえていないであろう周囲が、その様子を見て騒然となる。そんなことは無視したまま、ルイス先生は私を促す。

「さ、行きますか」

「立っても大丈夫なんですか？」

さっき王妃陛下が、爆発するとか物騒なことをおっしゃっていたこのソファ。離れてもいいのか不安に思ったのだが、当の本人は「何を言ってるんだコイツ」的な顔で私を見ている。

「いや、先程何か魔法をかけておられたので……」

「ああ。あれはソファに座っている人の温度を快適に保っていただけですよ。王妃陛下の狂言です」

なんということだ。唖然とする私にいたずらっぽく首をかしげる王妃陛下。成人した子供がいるとは思えないほど可愛らしいのが、八つ当たりだが、腹立たしい。

ルイス先生はこちらを気にせず、何かブツブツ詠唱している。

「ではジッとしていてくださいね」というや否や、いきなり後ろから私の服の襟首を掴んだ。抗議する間もなく、一気に周囲の景色が歪んだ。

(げ、いきなり転移した!!)

本日二度目の、体ごと上下左右にぐるぐる回される感覚に、歯を食いしばって耐え抜いた。

「大丈夫ですか？　お嬢様」

「……はい、なんとか……」

しばらく立ち上がる気力がでず、石畳に手をついて息を整える。どうやらどこかの街道のようだ。見慣れない形の木や花が、道路脇に植えられている。

既に空は暗くなっていて、遠くの景色は見えない。

「ここは？」

「ツィラード王都郊外です」

どうやら転移は成功したらしい。

ルイス先生の顔を見上げると、暑くもない気候なのに汗が見える。薄暗いので顔色は判別できないが、恐らく相当に消耗している様子が、素人の私から見ても分かった。

「ルイス先生、少し休んだ方が……」

「いえ、時間がありません。すぐに王子殿下を探します。よろしいですか、お嬢様」

「私は何をすれば……？」

「一回死んでいただきます」

……何を言っているの？

返答ができず、文字通りポカンとした。口を開けたまま硬直する私に、ルイス先生は説明を続けた。

「通常なら魔力を探索するところですが、王子殿下は魔力を封じられていますので、魔法では打つ手がありません。そこで、お嬢様と王子殿下の『繋がり』を利用します」

「私とアイク様の、繋がりですか？」

「ええ。魂が同居したことで、お嬢様と王子殿下には、感覚や感情の共有や離れた場所での意思疎通など、魂同士の繋がりができています。王子殿下が魔力を封じられても続いているということは、それは魔法とは無関係です」

「は、はあ……」

分かるような、分からないような。ちょっと危うい私をルイス先生は完全に無視している。

「ということで、今回は前回とは逆で、お嬢様の魂を抜いて王子殿下に放り込みます。その魂の軌跡を辿れば、王子殿下の今の居場所が分かるはずです」

「た、魂を抜いたら、死ぬんですよね？　どこにいるか分からないアイク様に、辿り着けるのですか⁉」

前回はアイク様が魂を抜かれた瞬間、すぐ傍に私がいたから、なぜか巻き込まれる羽目になった。

しかし今回、アイク様は近くにいない、というか、どこにいるか分からない。

体から抜かれた魂は、黄泉の国に引き込まれると聞いた。素人考えでも、アイク様に辿り着く前に、死んでしまう気がする。

「そこはお嬢様と王子殿下の絆の強さ次第です。一度経験しているので、逆になっても、距離があっても、普通の人よりは成功率が高いはずです。頑張ってください」

他人の命がかかっているのに、最終的には根性論になったよ、この魔法使い!!

この人、アイク様のことになると本当にその他の人間なんてどうでもよくなるんだな……。愕然とする私に構わず、街道横の土の地面に、ルイス先生は魔法陣を描き始めた。

「まあ、それほど分の悪い賭けではないと思いますよ」

「……そうですか？」

「お互いの繋がりを強く思い浮かべ、目印にすることです。お互いの想いが強いほど良い。近づけば、王子殿下から引き寄せてくれると思いますし」

「繋がりって言われても……」

「思い出などの実体のないものでも良いですが、それぞれで想いの強さが異なる可能性があります。物があれば一番良いのですが」

「物ですか？」

「一番分かりやすいのは、婚礼の時に交換する宝飾品ですね。まず間違いなくお互いの想いが込められているので、目印になりやすいですから」

（繋がり……目印……）

頭をフル回転させて考える。

思い出はいくつもあり、私にとっては全て大切だが、些細なことも多く、アイク様がどう思っているか——そもそも覚えているか——危うい。

物といっても、私たちは婚約すらしていないので、宝飾品交換はしていない。私はアイク様から腕輪を頂いたが、私からは、ケーキとか食べ物くらいしか……。

「あ、熊除けの御守り……」

「……熊除けの御守りというと、まさか、オプトヴァレー伝統のあの？」

「はい、あのペンダントです」

「……あれを王子殿下に献上するとは、お嬢様も大概ですね」

ルイス先生が完全に呆れ果てている。常識がない者を見つめる目、そう、最近皆がルーカスを見る目で、私を見てくる。

「いや、私から差し上げたわけではありませんよ、アイク様がご所望で。私もいいのかなと思ったんですが、先程も身に着けておられましたし、気に入っておられるのかも……」

ダラダラと言い訳を垂れ流すが、もはやルイス先生は聞いていない。

「ま、それでもいいでしょう」と投げやり気味に言われた。

ルイス先生の記憶に、常識のない姉弟として刻まれた気配を感じつつも、私のプライドよりアイク様の救出が最優先だと自分に言い聞かせ、アイク様との繋がりに思いを馳せる。

それから沈黙のまま、数分が経過した。

「できました。ここに立ってください」

ルイス先生が魔法陣を指さす。

正直怖い。誰もやったことのない魔法だし、失敗すれば私は死ぬかもしれない。だけど、アイク様が死ぬことは、私にとってそれよりも恐ろしい。震え出しそうな自分の体を抑えつけ、無言のまま、魔法陣の中心に立つ。

「……お嬢様、申し訳ありません。どうかよろしくお願いします」

神妙な表情で頭を下げるルイス先生に驚く。正直、国王陛下に頭を下げられるよりビックリした。口調はいつも丁寧だけれどもどこか皮肉っぽく、王族だろうが貴族だろうが平気で無礼な態度をとるルイス先生が、ただただアイク様のことを案じ、頭を下げている。何の裏も感じられないルイス先生の姿に、少し緊張が解れた。ルイス先生のためにも頑張らなければと、新たな気持ちが生まれる。

「お任せください。アイク様のところまで、ちょっと行ってきます！」

自分でも思いもよらず笑顔が零れ、それを見たルイス先生は一瞬瞠目した。

「……それでは行きますよ」

目も眩むような光の束が、私に向かって来る。目の前が真っ白になり、私の意識は飛んだ。

真っ白な濁流に呑まれているかのようだった。

もがいても、もがいても、激しい流れに揉まれながら、後ろに流されていく。

（そっちじゃない！　そっちは、良くない気がする）

なぜだか分からないが、流れに乗っていってはいけない、本能的にそんな感覚がした。

真っ白な空間の中で、時々キラキラとした光が見える。それはガラスが反射したような光で、私が作ったペンダントの色彩によく似ている。そちらの方向に向かいたいのだが、謎の流れは強く、どんどん離されていく。

（助けに行こうとしているところだけど、誰か助けて!!）

声にならない声で叫び、溺れた手を伸ばした時だった。

私の伸ばした手を、誰かが掴んだ気がした。その瞬間、流されていた体がスッと止まる。

（え？）

私の左手首、そこにはまる腕輪を掴んでいるのは、白くほっそりした手。その手の持ち主は前を向いていて、顔は分からない。白銀の長い髪が、美しくそよいでいる。後ろ姿で女性だと分かった。

彼女は私の手を引いて、振り向くことなく前に進んでいく。

流れに逆らっているはずなのに、実に優雅に。

(貴女は、もしかして……)

私の言葉は、口から発せられることはない。

進んだ先で、彼女はいきなり私を前に放り投げた。その仕草は、彼女のたおやかな雰囲気の割に、かなり荒っぽい。

「私と彼の大切な子なの。よろしく頼むわね。死なせたら許さないから」

その高貴な女性は、随分と高飛車な口調で、確かにそう言っていた。

◇◇◇

「ここは……」

気付くとそこは、いつもアイク様と出会う夢の草原だった。アイク様は見当たらない。

(そういえばいつもは、私が眠ってここに来ると、必ず先にアイク様がいた)

今は逆、ということは、成功したということなのか。

判断ができず、一人周辺を彷徨(さまよ)いながらアイク様を待つ。

どれくらい経っただろうか。時間感覚がない中、フッと冷たい風が頬を撫でた気がした。

「……メリッサ？」

呼びかけられた声に、反射的に振り返る。

そこには、アイク様が呆然と立ち尽くしていた。

「アイク様‼」

走って駆け寄ると、アイク様は驚いたように二、三歩後ろに下がった。

「なぜ……、どうしてメリッサが？　もう行かないようにしたはずなのに……」

よく分からないことを口走っているアイク様に強引に近寄る。

「今度は私から来ました。もう少しの辛抱ですよ」

安心させようと思ったのに、なぜかアイク様は酷く辛そうな顔をした。

「この術、ブルーノか……。メリッサをこんな危険なことに巻き込みたくなかった」

「私が望んだんです！　ルイスせ……ブルーノ様も、私も、アイク様を助けるためなら何だってします！」

だから、そんな顔をしないで欲しいと、アイク様の両手を握る。

だが、長い沈黙のあと、アイク様から出てきたのは、拒絶の言葉だった。

「……駄目だ。戻れ」

「そんな‼」

「このままだと、俺の力が悪用される。その前に、自分で決着をつけるつもりだ」

私と目を合わせず、俯いたままのアイク様。自分で決着をつけるの意味するところを察し、込み上げてきたのは、悲しみではなく、猛烈な怒りだった。

「ふざけないでください！　どれだけの人が心配して、貴方を助けようとしていると思っているんですか⁉」

握っていた手を放し、アイク様の胸倉を掴む。

「国王陛下や王妃陛下、王太子殿下がどれだけ必死に動いているか。ブルーノ様がどれだけ魔法を使い続けているか。亡くなったお母様まで貴方を心配しておられるのに、簡単に諦めるんじゃない！　悪用される？　上等ですよ。とにかく生き残れば良いんです。細かいことは、助かってから考えてください！　他人のために動けるのはアイク様の美徳ですが、もっと近くの人のことも考えてください！」

自分でも驚くほど、言葉が次々口から零れ出た。

命は、一人でできたものではない。多くの想いが連なり、重なり、生まれ育まれたものだ。勝手に捨てていいわけがない。涙が流れるのも構わず、感情のまま喚き散らす。

「アイク様に何かあったら、私は生きていけないのに……！」

言葉を絞り出したと同時に、アイク様の手が背中に回され、力一杯引き寄せられた。

高ぶる気持ちのまま、バンバン叩きつけていた腕ごと、アイク様の胸に押し付けられる。

「すまない」

「……謝らないでください。謝るくらいなら、諦めないで」

アイク様の返事はない。痛いほどきつく抱きしめられ、密着した体は温かく、確かな呼吸を感じた。

目の前のアイク様の胸元に、私の作ったペンダントが見える。魔力も何も持たない私だけれど、どうかアイク様を守ってと、ありったけの想いを込めて顔を埋めた。

アイク様がふと力を緩め、体を離す。私の両頬に手を添え、初めて目を合わせてくれた。

「メリッサ、本当に出会えて良かった」

そのまま私の顔に、アイク様の顔が重なり、唇が触れ合う。

ほんの一瞬。それでも私の顔は、あっという間に真っ赤になった。

先程まで泣き喚いていた顔が茹で上がり、恐らくとんでもないことになっているであろう。そんな私の顔を見て、アイク様はフンッといつものように鼻で笑った。

「さあ、もう戻れ。俺の中にいたら、お前も巻き込まれる」

「え、嫌、駄目です」

慌てて縋りつく私を無視して、何やら魔法を詠唱しているアイク様。

「……よし、思った通り、今なら使える。多分戻りは簡単だから」

「そんな、嫌ですって！」

「敵にも魔法使いがいる。危険なんだ」

「だからなんですか⁉　ここまで来て引き返しませんよ！」

バタバタと暴れる私をがっちり押さえ込み、アイク様は標準装備の不愛想なお顔で告げた。

「分かった。できる限り粘る。待っているから、助けに来い」

「……本当ですか？」

「ああ」

「絶対、諦めないでくださいね！」

約束ですよ！　という私の言葉が届いたかどうか。あっという間に私はまた、白い空間に投げ出された。

◇◇◇

瞼(まぶた)を通して光を感じると同時に、跳ね起きる。

「アイク様!?」

「ご苦労様でした、お嬢様」

すぐ傍でルイス先生が、地面に座っている。周りを見回すと、どうやら先程までの場所とは違うようだ。

「成功です。お嬢様の魂の軌跡を追ってここまで来ました。王子殿下はそこの砦(とりで)にいると思われます」

指さした先の丘には、石造りの堅牢(けんろう)な砦がそびえたっている。

「お嬢様をここまで連れてくるのは危険かと思ったのですが、かといって、体を道端に転がしておくのも怒られそうなので、結局連れてきてしまいました」

「当たり前です」

「行きましょうか」と立ち上がったルイス先生が、少しふらつき、咳き込む。月明かりの下でも、顔色が白い。

「せ、先生」

魔法の使いすぎだと、素人の私でも察した。今日一日で、噂でしか聞かないような高度な魔法を何回も使っている。いくら元王宮魔法使いとはいえ、限界を超えているに決まっている。

「ご心配なく。まだ使えますので」

「でも……」

「王子殿下に時間は残されていません。申し訳ありませんが、できる限り自分の身は自分で守ってくださいね」

強く言い切るルイス先生に、言うべき言葉を失う。

(どうかアイク様を、そしてルイス先生、いえブルーノ様をお守りください、……フィリア様)

情けなく無力な私は、二人を最も愛しておられたであろう、天におられる方に祈ることしか思いつかなかった。

砦は近くに寄ってみると、思った以上に大きく、どちらかと言えば城のような雰囲気が漂っている。周辺は敵兵がうろついており、早朝にもかかわらず、砦内も騒々しい様子が外からでも見て取れた。

「この数では、正面突破していくのは、さすがにしんどいですね」

様子を窺っていたルイス先生が言う。

確かにどう見ても万全の状態ではないルイス先生と、ごく普通の女である私の二人では、突入したところですぐに終わりだろう。むしろ、荒事に私は邪魔だ。

「誰か、援軍とか呼べないのでしょうか？」

「呼べるとしたら、ツィラードのどこかにいるエドワードくらいでしょうか？　エドワードは呼ぼうと思えば呼べますが、多分あいつも相当消耗しているでしょうから、すぐに来るかどうか」

苦渋の表情で悩むルイス先生が呟いた。

「せめて、王子殿下の居場所が、ピンポイントで分かればいいのですが……」

ルイス先生の言葉に、私の中で名案が浮かんだ。

「そうですね。では、私が潜入して探します」

「……はあ？」

ルイス先生が驚愕（きょうがく）の眼差（まなざ）しで私を見る。常に冷静な顔しか見ていなかったので、新鮮だ。

「女官か侍女に化けます。私はアイク様の視界で、少しですがいらっしゃる部屋の様子を見ていますから、探せるかもしれません。占拠したばかりの砦なら、ゴタゴタしていて、女官や侍女の顔なんて曖昧（あいまい）だろうし。男性に比べて、女性のほうが警戒されにくいでしょう？」

「……そんな楽観的な。バレたら殺されますよ」

「アイク様を助け出せる可能性が僅かでもあるなら、私は賭けます。剣を取って戦えと言われても私には無理ですが、偵察なら女官としての経験が活かせるかもしれません」

瞳に迷いが浮かんでいるルイス先生に畳みかける。

「時間がないんでしょう？　今、他に打つべき方法はありますか？」

　最後に見たアイク様の表情がよぎる。私の言葉にできる限り待つと言っていたが、あのアイク様は本当の気持ちを言っていない。誤魔化そうとしている時の顔だと、すぐに分かった。

　私はこれ以上、無為（むい）に時間を使うつもりはない。それに、勝算がないわけではなかった。

「分かりました。少し待ってください」

　目の前でパッとルイス先生が消える。

　数分で戻ってきたルイス先生の手には、見慣れない服があった。レイファの物とは異なるが、恐らく比較的身分の低い侍女の物だろう。

「これは？」

「今、裏手で水汲（く）みをしていた侍女の服を拝借してきました。本人は納屋（なや）で寝ているので、丸一日は起きません」

　なかなか凄（すご）いことをするなあ、とは思ったが、それ以上、その見知らぬ侍女のことを心配する気はなかった。

　ツィラードの侍女服は、頭からすっぽりと被るスタイルで、レイファの修道女の服のように露出がほとんどなく、色彩は恐ろしく暗い。厳格な身分制度を取るツィラードでは、着る服の色まで基準があり、身分が高い人ほど華やかな色を着ると聞いたことがあった。やや大きめで、今着ている服の上からそのまま被っても違和感がない。

「それから……」

　ルイス先生が私の左手首の腕輪に触れる。

「王子殿下ほどではありませんが、一応防御魔法は掛け直しておきました。もし王子殿下の居場所が分かったら、すぐにその腕輪の魔法石に触れてください。腕輪の魔力を頼りに転移しますので」

「分かりました」

ルイス先生はそのまま座り込む。疲れが隠せないルイス先生に、あえて自信満々に言い放つ。

「しばらく私に任せて休んでいてください。これでも私は、最年少で東の宮の女官に抜擢された、プロの女官ですから」

ルイス先生が追い剥ぎをした現場と思われる、裏の井戸で水桶を満たし、通用口に向かう。

通用口には兵が立っているが、水桶を両手で抱え、ごく普通の歩みで横を通り抜けた。ペコリと軽く会釈すると、兵はチラッとこちらを見ただけですぐに視線を戻した。

どうやら予想通り、下働きの侍女の顔までいちいち覚えていないようだ。砦から出ていこうとする人や、男性のチェックに忙しそうで、侍女服を着た女への関心は明らかに薄い。咎められることもなく、砦に侵入することができた。

女官や侍女に必要なスキルの一つに、『目立たないこと』がある。

裏方の仕事である女官や侍女は、仕事中、できる限りの貴人の目に触れてはならない。廊下をすれ違う際、端によけた時も、壁と一体化するくらい存在感を消すことが理想とされる。

そして私は、地味に徹することに関しては、割と自信があった。

反王制派が占領して僅か三日。砦の中は兵や騎士、文官、侍女、ならず者のような人間までが入り乱れ、騒然としている。敵味方分からず、疑心暗鬼な雰囲気が漂う中、私は静かに砦の中を進む。侍女に、あえて目を留める者はいない。

とはいえ、手当たり次第に探していたら、あっという間に怪しまれるだろう。

アイク様の視界で見た、部屋の様子を思い返す。薄暗い部屋で、壁は白く殺風景だったが、決して汚れてはいなかった。そして男たちが出入りしていたドアは、比較的物の良いオーク材だった。

（恐らく、あの部屋は牢として使われている部屋ではない。かといって、普段から居住用に使われている雰囲気もなかったし、客間でもないでしょうね）

考えられるのは、物置代わりに使われている部屋か、空き部屋か。いずれにせよ、砦の中に詳しい人物から情報を集めなければならない。

裏通路に回り、行き交う侍女や下働きの者たちにさりげなく目を配る。

やはり、裏方も指揮系統がきちんとできている様子はなく、混乱しているようだ。

厨房や洗濯室を通り過ぎ、リネン室を覗いた時、私は目的の人物を発見した。

「ほら！　軍人がぞろぞろと来ているんだ。ちんたらしていたら罰せられるよ！　あんたは二階の客間にそこのを三枚運んで」

恰幅の良い中年女性が、侍女たちに次々と指示を出している。侍女頭かそれに匹敵するベテランで、反王制派の部下ではなく、元々この砦に勤めている人物。私が探していたタイプだ。

「あの、私は何をすれば良いのでしょうか？」

侍女の一人として、さりげなく話しかける。

「ん？　見ない顔だね」

「私、本日、王都から連れて来られたもので、マリーと申します」

偽名は実家の侍女頭のマリーから拝借した。平民の侍女を装い、ぺこりと軽いお辞儀をする。

「ああ、あの軍の連中が連れてきたのかい？　じゃあ手伝ってもらおうか」

「よろしくお願いします！」

にこやかに頭を下げ、すぐに女性の言った通りに荷物を運ぶ。怪しまれている様子は全くない。

レイファ王宮の厳格なる女官長にも認められた私の才能、「なんだかちょうど良い安心感のある部下」を発揮する時が来た。

レイファ王宮において、王太子殿下の住まう東の宮は、最も女官に人気のある配属先だ。

何せ王太子殿下を筆頭に、高位貴族や側近の官僚が頻繁に出入りする宮だ。優良物件を探す貴族令嬢や野心溢れる平民出身の女官たちが、常に配属希望を出し、泥沼の戦いを繰り広げている。

そんな高倍率の東の宮に、希望すら出していない私が配属されたのは、女官生活三年目の時。

異例の抜擢を訝しがる私に、女官長は配属理由を述べた。

「メリッサ・グレイ、貴女の仕事振りは堅実で問題なく、必要な作法も有しています。東の宮は賓客も来ますので、ある程度垢抜けた容姿も求められますが、一方で、目立ちすぎる容貌で風紀を乱しても困ります。貴女は何と申しますか、とてもちょうどいい具合に地味ですし、野心も見えないので、周りに波風を立てない、安心感のある女官だと判断しました」

全く褒(ほ)められた気がしない評価を頂き、東の宮で働き出したが、女官長の評価通り、浮いた出来事にはご縁がなく、女官同士の派閥争いに巻き込まれることもなかった。黙々と仕事をこなしながら、女官長の人を見る目は正しいのだなと、我ながら感心する日々だった。

砦内部の構造に通じている女性から、最短で情報を聞き出す。地味だがこれが私の戦い方だ。

「二階客間の清掃、完了しました！」

「もうかい？　あんた、手際が良いねえ」

それはそうだ。こっちは急いでいるんだと、心の中で呟く。

それに私は、腐っても元王宮女官。国内貴族大集合のパーティーでは、数百の客間を整えてきたのだ。手際の良さは、そこら辺の侍女には負けない自信がある。

「助かったよ。あんたみたいな出来の良い子が来てくれて」

「とんでもございません。まだここの造りがよく分かっていなくて、迷ってしまうんです」

まだごく僅かだが、見て回った範囲の部屋に、私がアイク様の目を通して見た材質のドアは見当たらない。別の区画で目星をつけなければと、侍女頭から砦の構造を聞き出すことにした。

機嫌よく私を労(ねぎら)う侍女頭からは、私のことを不審に思っている様子は微塵(みじん)も感じられない。

「そうだろうね。ここは、複雑で分かりにくいだろう？」

「はい。少し危なそうな人もうろついているし、間違えて駄目なところに入ってしまいそうで怖いんです」と困り顔で言ってみる。

「そうだね、お偉いさんたちは、南側の二、三階の良い部屋を陣取っているから、そちらは勝手に行かない方が良いかもね」

「そうなんですね」

「あいつらが連れてきた品のない連中は、中央の広間から東側の塔の辺りにうろついてる。ここの領主様や騎士たちは東の塔に連れていかれたから、見張っているんだろう。私の同僚も、あいつらに抵抗した奴らは皆連れていかれた」

「侍女頭様は、大丈夫だったんですか？」

「あたし？　あたしは別に領主様に忠義なんてなかったし、給金くれるなら誰にだって仕えるよ。自分の身が第一だしね」

いっそ清々（すがすが）しいほど、彼女は豪快に笑った。だからこそ、彼女は私の正体に興味がない。働いてくれればそれで良いという考えだからこそ、聞き易い。

「西と北は、入っても大丈夫ですか？」

「西は練兵場だから、侍女が入る必要はないよ。北は、備品を置いている部屋がいくつかあるだけさ」

「備品の部屋？」

「パーティーを開いた時のための、テーブルやソファとか。昔は領主の家族が住んでいたらしいけど、日当たりが悪いから、今じゃ物置と空き部屋だけだよ」

侍女頭のおばさまは実によく話してくれた。自分の住む国でこれほどの大波乱が起きているにもかかわらず、彼女の中では、この砦の麓で鍛治屋をやっている旦那さんの酒癖や、最近結婚した息子さんの夫婦仲の方が、よっぽど重大事のようだ。

そんな話を聞いている暇はないと内心焦るが、無理に切り上げて不審に思われるわけにはいかない。朝食代わりに渡されたパンの切れ端をくわえながら、適度に相槌を打ち、砦内の情報を収集した。

長い世間話がやっと終わった後、箒とバケツを持ち、さりげなく北の区画に向かう。侍女頭の話では、空き部屋と物置部屋しかないはずの区画だが、近づくにつれて身分の高そうな軍人が多くなってきた気がする。それに比例して、下級兵や侍女などの下働きの数が減っており、目立たずに進むのは難しそうな気配が漂う。

(やっぱりこの先、かなり怪しい。だけどこれ以上はさすがに見つかってしまう気がする。一回戻って、他の潜入方法を考えようか……)

そう考え、引き返そうとした時だった。持っていた箒の柄を、いきなり掴まれる。

「えっ？」

振り返ると、大柄な男が二人、ニヤニヤとこちらを見下ろしている。

どちらも反乱軍の兵のようだ。それほど汚い身なりではないが、その下品な表情に、私の中で警報が盛大に鳴る。

「君、侍女でしょ？　ちょっと俺たちの部屋が汚れてて、掃除に来てくれない？」

私の正体がバレたわけではなさそうだが、全く別の危機に見舞われてしまった。男たちの顔は、明らかに掃除を求めていない。

さすがに王宮に勤めていた時は、こんな下劣な人にはお会いしたことがない。

「今、他の仕事を仰せつかっておりますので、掃除は別の者をすぐにお呼びします」

そう言って元の廊下を戻ろうとするが、もう一人の男が、私の行く手に回り込む。

「そう言うなよ。俺たちも暇なんだよ。小遣いはやるぜ」

「見たところ平民だろ？　地味だけどよく見りゃ悪くないな。その見た目じゃ稼げないくらいのカネをくれてやるから」

失礼すぎる言い草に腹が立つが、今は自分の身の安全を図らなければと焦る。大の男二人に囲まれて、私の力で逃げ切るのは難しい。決して人通りのない廊下ではないので、叫び声を上げれば誰か来るだろうが、騒ぎを起こして困るのは私も同じだ。

かといって、今ルイス先生を呼ぶわけにもいかない。

必死に考えている私を見て、抵抗する気がないと思ったのか、「じゃあ行くか」と男が腕を取る。

「っ嫌！」

触れられた瞬間、全身に鳥肌が走る。振り払おうと暴れるが、男の力にはびくともしない。

パニックのまま、声を上げようとした時だった。

「大変だ！　火が出たぞ‼」

北の区画の奥から、怒号が聞こえた。

私の腕を掴んでいた男が、気を取られて力を緩めた隙に、力一杯振りほどき、そのまま思いっきり蹴り上げる――男の弱点を。妙な声を喉の奥から捻りだす男と、一瞬あっけにとられたもう一人の間を全速力で抜け、北の区画に向かってダッシュする。

(オプトヴァレーの山奥で鍛えられた、私の脚力を舐めるな！)

後ろで男たちが何やら叫んでいたようだが、すぐに聞こえなくなった。逃げてくる人で混乱する廊下を、人の流れに逆らって進む。

奥に進むにつれ、焦げ臭いにおいと熱気を感じる。それと同時に、不思議と冷ややかな感覚がした。この冷たい風を意識せずに作ってしまう人を、私は知っている。

(この先に、アイク様がいらっしゃる。間違いない)

廊下の角を曲がると、オーク調のドア。その前には、剣を握った若い男が立っていた。

その男が、アイク様の視界で見た二人組の一人だと気付く。

(ルイス先生を呼ばなきゃ！)

そう思い、一旦物陰に隠れようとした瞬間、男に見つかってしまった。

「おい！　そこで何をしている‼」

「あ、あの、道に迷ってしまいまして……」

慌てて返答するも男は納得する様子を見せない。

「名は？　出身は？　所属は？」

矢継ぎ早に繰り出される質問に追い込まれていく。名や出身地は偽れても、ツィラードの組織名までは分からない。明らかに不審な私の様子を見た男は、手に持った剣を静かに振り上げる。躊躇（ためら）いのないその動きに、咄嗟に腕輪の魔法石に触れた。

（もう無理だ……ルイス先生！）

魔法石に私の指先があたった瞬間、私の顔の前で突然剣が男ごと消えた。派手な音と共に、男が壁に叩き付けられている様子が視界の端に映った。

「お嬢様、大丈夫ですか？」

「叔父（おじ）上、相変わらず手加減ないですね」

「ルイス先生……」

ルイス先生と、王宮魔法使いエドワード様が目の前にいた。ルイス先生が力を込めてくれた腕輪は、ちゃんと機能したようだ。

「どうも、女官殿。いや、元女官殿？　ええっと、名前は確か……」

「メリッサです。エドワード様まで……」

「ツィラードに潜伏していたら、叔父上に呼び出されまして。除籍された人に、ベネット家の通信魔法を使われると、当主としては困るんですけどねえ」

そうか、ルイス先生はエドワード様の叔父だった。並ぶと、髪の色や瞳の色がよく似ている。

エドワード様の文句を完全に無視して、ルイス先生はドアの前に向かう。私もエドワード様の手を借りて後に続く。

「この先にいますね」

「間違いないですね。助かったよ、メリッサちゃん」

ルイス先生に顎で指示されたエドワード様が、ドアを蹴破る。

ひしゃげたドアが吹っ飛び、部屋の中の様子が目に入る。火事の後のように真っ黒に煤けた壁と、所々で燃える火。床には数人の兵士が転がっており、既に息絶えている様子だ。

そして部屋の中央には、大きな魔法陣が描かれていた。

魔法陣の傍らに、奇声を上げてもがき苦しむ軍服の男と、呆然とする中年男。中年男は二人組の片方だとすぐに気づいたが、それに構う余裕はなかった。

部屋の中央に倒れている人しか、見えなかった。

その白銀の髪の人は、両手を拘束されたまま、魔法陣の中央で、微動だにせず横たわっていた。

「何てことを……」

いつも飄々としているエドワード様が、アイク様を見て絶句する。私はあまりのショックに、声も出ない。ルイス先生だけがすぐに駆け寄り、アイク様の上体を抱き起こす。

止まっていた私とエドワード様も、一拍遅れて駆け寄る。

アイク様の顔は白く、瞼は固く閉ざされている。ぐったりとした体は一切の力が入っていないが、近寄ると苦しげな呼吸の音が聞こえた。

「魔力を無理矢理抜いたな……とんでもないことをしてくれる」

「エドワード、この手枷を外せるか？」

「やってみます。メリッサちゃんはアイザック様の外傷を」

「は、はい」

エドワード様とは反対側に回り、アイク様の怪我を確認する。

顔や腕に殴られた形跡があり、複数の痣や切り傷があるが、深いものはない。ただ、骨折したと聞いていた右足を見ると、どす黒く腫れ上がっており、明らかに早く治療する必要があった。

辺りに転がっていた短刀で侍女服を裂き、鞘を添え木代わりに固定する。

一方で、エドワード様がアイク様の両手を拘束する手枷に触れると、それまで魔法陣の横で呻いていた軍服の男が叫んだ。

「やめろ!! それは俺が作った最高傑作だ!!」

顔の半分は火傷で爛れ、もう半分は氷漬けという異様な姿だ。服は焼け焦げ、見える範囲の手足も火傷で無惨な有様だが、目は血走り、殺気立っている。怒鳴り散らすたびに火の粉が飛び散り、その男が魔法使いらしいということは分かった。

「あの火の魔法使いは、確かツィラードの王弟だったな」

エドワード様が、アイク様の手枷を観察しながら吐き捨てた。

「なるほど、王族でありながら反乱軍に加わるとは、腐っていますね」

ルイス先生が、ゆっくりと立ち上がる。

「エドワード、王子殿下を任せます」

「叔父上、その体で大丈夫ですか?」

エドワード様の問いに答えることなく、荒れ狂うツィラードの王弟へ向く。無表情が故に、底知れぬ怒りが感じられる。

「他人の魔力を奪うとは情けない王族ですね。しかも使いこなせず暴走させている。愚かな男だ」

「うるさい！　俺はツィラード家で最も偉大な魔法使いだ。王位を継ぐのは俺だ‼」

「ツィラードの王位なんぞどうでもよろしい。だが、報いは受けてもらいます」

爆風と、目が眩(くら)むほどの光が弾けた。狭い部屋で魔法使い同士の戦いが始まり、壁が吹っ飛び、天井が崩れる。隅で震えていた中年男が、落ちてきた天井板に押し潰されたのが、視界の端に映った。

しかし、私たちの周りには見えない壁があるかのように、欠片(かけら)一つ飛んでこない。

「安心して。防御は張っているから」

アイク様の手枷に何か文字を書き込んでいるエドワード様が、一切周りを見ることなく言った。

「ありがとうございます、アイク様は……？」

「恐らく、この手枷で魔法を封じられた上で、床の魔法陣で魔力を王弟に盗(と)られたんだと思う。まあ肝心の王弟は、アイザック様の魔力が強すぎて暴発させているから、ざまあない。……少し離れて」

私には解読できない古代文字を猛烈なスピードで書いていたエドワード様が、声を張り上げる。

アイク様の手当てをしていた手を放し、数歩下がる。

エドワード様が両手を手枷に添える。一瞬の間を開けて、バキッという衝撃音が響くと、アイク様の手首から枷がバラバラになって落ちた。

「つし、成功。叔父上！」

王弟と交戦中だったルイス先生が、チラッとこちらを見て頷く。

目にも留まらぬ速さで、繰り出される炎を躱(かわ)したルイス先生は、王弟の首を鷲掴(わしづか)みにした。

「な、な、な……」

「返してもらいますよ、我が国の王子殿下の力を」

閃光(せんこう)が走る。その時、後ろから目を塞がれた。

「メリッサちゃんは見ない方が良いよ。叔父上容赦(ようしゃ)ないから」

悲鳴と何かが弾けるような音が響く。以前の野盗に襲われた時の光景が蘇(よみがえ)り、覆(おお)われた手の下で瞼をきつく閉じる。やがて、聞こえるのは、炎がパチパチと弾ける音だけになった。

「終わりましたよ」

「メリッサちゃん、もう大丈夫だよ」

恐る恐る目を開け、すぐにアイク様に目を向ける。一瞬新しい血の海が見えた気がしたが、直視しないよう意識する。相変わらず目を閉じたままのアイク様に変化はない。

大丈夫なのかと縋るようにルイス先生を見ると、ルイス先生はアイク様の傍らに片膝(かたひざ)を抱えて座っていた。

「多少の魔力は戻せました。かなり衰弱しているので、あとは時間をかけて回復させるしかないでしょうけど、とりあえず命は無事です」

「アイザック様は、魔力の生成量だけは馬鹿みたいに多いから、大丈夫だと思うよ」

「良かった……」

ほっとしてアイク様の手を握る。手枷をつけられていた箇所の痣が痛々しい。

足の骨折も酷く、早くきちんとした治療を……と思った時だった。

エドワード様の呑気な声が響いた。

「しかしあの手枷、思った以上に魔法が強力でかなりの魔力を消費してしまいました。アイザック様とメリッサちゃんを連れてレイファに転移するほどの魔力、残っていないんですけど」

「……私も少々厳しいですね」

確かに二人とも落ち着いて話しているが、顔色が青を通り越している。特にルイス先生の声は掠(かす)れ、呼吸をすることも苦しそうに見えた。

「また敵の魔法使いが迫ってきている気配もするし……」

エドワード様の爆弾発言に顔が青ざめていく。ここは敵陣の真(ま)っ只中(ただなか)。早く逃げなければ、すぐに敵に囲まれるだろう。

「ど、どうしましょう。とにかく逃げなければ」

「アイザック様を担いで走って逃げるのは、さすがに無理でしょ。俺は男を背負いたくないし」

「そんなことを言っている場合ですか!?」

「とりあえず迎え撃つか……魔力が持てばいいけど」

私とエドワード様の会話の間、ルイス先生は黙ってアイク様の顔を見つめていた。

「……フィリアに似てますね」

淡々とした声は、哀しそうでもあり、嬉しそうでもあり、複雑で感情の読み取れない声だった。

その目に映っているのは、亡き最愛の女性であったのかもしれない。

「……でも、瞳の色は、ルイス先生と一緒ですよ」

思わず呟いた言葉に、ルイス先生は驚いたように目を丸くした。

私は伝えたかったのだ。アイク様はフィリア王女の忘れ形見でもあるが、貴方の息子でもあると。

「そうですか」

それだけを言い、ルイス先生は何かを決意したように私を見た。

「私の残る魔力を全て王子殿下に渡して、転移させます。貴女も一緒に。恐らくレイファまでは届かないので、救助が来るまで王子殿下をお願いします」

「え!?　お願いって……」

この状況下で私が何の役に立つというのだろうか。ルイス先生やエドワード様が一緒にいた方が、よほどアイク様を守れるだろうに。

焦る私の心を読み取ったように、ルイス先生は真剣な目で訴えかけてきた。

「私はオプトヴァレーでお嬢様を見てきました。お嬢様なら王子殿下を守れるでしょう。王子殿下の身も……そして心も」

言葉に詰まる私に、エドワード様が焦ったように止める。

「叔父上、それは死ぬということですか？　その状態で魔力を失えば、命はありませんよ！」

「このまま、ここにいてもどのみち死ぬと思いますが。エドワード、君の任務は王子殿下を助けることでしょう？」

ルイス先生は聞く耳を持たない。

「それとも、他に王子殿下を逃がす策が？」とルイス先生に畳みかけられ、エドワード様は黙りこくる。

よろよろと覚束ない足で、ルイス先生は立ち上がった。

「そのまま王子殿下を掴んでいてくださいね」

「ちょ、先生！　駄目です！」

私をアイク様に押し付け、ルイス先生は詠唱を始める。掠れた声で、時々耳障りな呼吸音が混じる。咳き込んで押さえた手の隙間から、血が見えた。苦しそうなのに、何かを決意した目に迷いはなく、私の抗議の声にも一切揺らぐ様子はない。力ずくでも止めようと、手を伸ばした瞬間、周囲が光に包まれた。

「お嬢様、ありがとうございました」

ルイス先生の穏やかな声を最後に、私は再び転移の空間に呑み込まれた。

「ルイス先生!!」

叫び声は届かない。胸は張り裂けそうに痛むが、もう私にできることは、転移空間の渦の中で、腕の中のアイク様を必死に抱きしめることだけだった。

ぐるぐると体が上下左右に回される感覚の後、地面に落ちた衝撃で目を開ける。土の地面と、大きな木の根が目に入った。

（森？　山？）

体を起こすと、見渡す限り草木が茂っている。

風が草木を揺らす音と、微かな水音や、鳥や動物の声が聞こえる。かなり深い山奥にいるようだ。人の手が入っている形跡は感じられない。

体を起こし、握り締めていたアイク様を確認する。相変わらず意識は戻っていないが、呼吸をしていることを確認し、ホッとする。

（ここはどの辺だろう？）

さすがに木と岩と空しか見えないので、場所の目安がつかない。

生えている木や植物は、グレイ子爵領では見たことがない種類が目に付いた。

（もしかしたら、レイファではないかも。まだツィラードか、他の国か）

ルイス先生のレイファまで届かないだろうという言葉が蘇る。やはり、途中で力が尽きてしまったのか。考えれば考えるほど涙が込み上げてくる。

（駄目。今は先のことを考えないと……）

アイク様をゆっくりと横たえ、周辺の様子を窺う。私がアイク様を運ぶことは不可能なのだから、救助が来るまで、ここで待たなければならない。

ツィラードの侍女服を脱ぎ、アイク様にそっとかける。一部布を裂き、手に持って水音の方に向かうと、幸いそれほど遠くない岩場で水が湧いていた。自分の喉を潤し、布に水を含ませてアイク様の元に戻る。

アイク様の唇を慎重に水で湿らせ、頬や腕の腫れている場所に、濡れた布を当てて冷やす。痛々しい姿に、我慢していた涙がまた溢れそうになるが、今は泣いている余裕はないと必死に耐える。

(せっかくの山生まれですもの。食料や水の確保も、一般人よりはできる！　絶対に無事にレイファに帰る)

それが、ルイス先生の願いなのだから。

周辺を探り、植物をいくつか収穫する。アイク様の骨折の添え木代わりに使っていた短刀が役に立った。数日ならサバイバルできそうだなと、アイク様の傍らに座り、ぼんやり空を見上げる。

日が傾き、また夜が来ようとしていた。

グレイ子爵領の山ではこれまで何度も野宿したことはあるのに、今は静寂が心細く、時折聞こえるガサガサという音や、動物の声が怖く感じる。

(火がおこせれば良かったんだけどな)などと考えながら、抱えた自分の両膝に顔を埋めていると、静かな声が聞こえた。

「……メリッサ……」

「……アイク様!?」

慌てて顔を上げ、アイク様の顔を覗き込む。うっすらと開けた目は、しっかりと私を捉えていた。

「お気付きになりましたか……」

こらえていた涙が次々と溢れ、言葉が続かない。アイク様は非常に緩慢な動作で上半身を起こすと、左手を私の顔に添えた。力の入っていない指で、私の涙を拭う。

「辛い目に遭わせた……ごめんな……」

言葉が出ないまま、何度も首を横に振り、そのままアイク様の胸に顔を埋めると、アイク様の手がゆっくりと頭を撫でてくれていた。

今日の月明かりは頼りなく、近くにいる互いの顔もよく見えない。

アイク様に引き寄せられ、自然と寄り添い合う。少し冷える夜の空気に、互いの体温だけが暖かく感じた。

アイク様は、意識がなかった間に起きたことも、全て知っていた。私の視界を通じて見えていたらしい。最後まで。

「……ずっと恨んでいたんだ」

アイク様がポツリと呟いた。

「俺の出自は一部の貴族にはバレていたから、小さい頃から、国王陛下や王妃陛下のいないところで色々と言ってくる奴はいた。何でこんな目に遭わないといけないのか、見たこともない親をずっと恨んだ」

王宮で働いていた身として、上位貴族の裏の顔、面白おかしく語るゴシップ、そして上品ぶって刃物より鋭い言葉を放つ様は、よく知っている。

幼い子供が誰にも言えず、どんな思いで言葉の刃（やいば）に耐えてきたのか、どれほど傷ついてきたのか、考えるだけで胸が締め付けられる。

「王妃陛下から本当の話を聞いても、やっぱり許せなかった。本当に王女を愛していたのなら、連れて逃げろよ。それでいて国王陛下を脅したり、王太子殿下を襲ったり、何がしたいんだか……」

少し笑ったような声で話そうとしていたが、次第に語尾は小さくなっていった。

当時のルイス先生の立場が、そんな単純なものではないことくらい、アイク様だって分かっているだろう。

表では皆に傅かれる高貴な地位にありながら、裏では犯罪者の子として蔑まれ、実の父を長年憎み、その一方、父譲りの魔力で身を立て、そしてその父に命懸けで救われる。

複雑すぎるこの方の気持ちを、本当に理解できる人なんていない。

今、彼は、自分の気持ちに整理をつけようと話している。理解も同意も否定も、何か具体的なものを求めているわけではないということは、私にも分かった。

そして、私が確信をもって言えることなんて、一つしかない。

「……貴方は、愛されていたんですよ。お父様にも、お母様にも」

アイク様は何も答えない。ただ、私の背に回されていた腕の力が、強くなった。

長い沈黙の後、震えた声が囁くように呟いた。

「……俺は、どうしたらいいんだろうな……」

いつもの口の悪さが影を潜め、迷子の子供のような、所在なさげな声だった。

「……胸を張って生きていけば良いと思いますよ。全ての人を見返してやるよう、堂々と」

貴方は孤独ではないのですから。

そう伝えると、痛いくらい強く抱き寄せられた。私もアイク様の背に手を回し、ゆっくり背中を擦る。暗闇の中、アイク様の表情は分からない。

ただただ無言で、私達は抱き合っていた。

「メリッサと夜空を見るって、初めてだな」

「え？」

どれほどの時間が経っただろうか。突然のアイク様の呟きに、思わず声の方を向く。暗闇の中で表情はよく窺えないが、声は穏やかになっている。

「普段は昼間しか会えないし、夢の世界はいつも明るいしな」

「確かにそうですね」

同意しながら夜空を見上げると、そこには王都で見るより多くの星が輝いていた。故郷であるオプトヴァレーから見える夜空も美しいと思うが、ここから見る星空も澄み渡っている。

「あまり空を見ようと思ったこともなかったが……綺麗だな」

「ええ。王都の空も、オプトヴァレーの空も、また違った美しさが感じられますよ。必ず戻って、また空を見ましょうね」

「……当然だ」

再びアイク様の腕に包まれる。

いつの間にか眠りにつくまで、私たちは気を紛らわすように話し続けた。

朝日に照らされ、うっすらと目を開ける。

空には雲もなく、どうやら天気は大丈夫そうだとほっとして、慎重にアイク様の腕から抜け出す。

アイク様は眠っていた。顔色は相変わらず青白い。額に脂汗が浮かび、時折小さく呻き声が聞こえる。顔に触れるとかなり熱が上がっているようで、燃えるように熱い。

水を浸した布を額に乗せ、熱を持っている痣を冷やす。治療できないままの右足も痛々しく、不安と焦りが膨らむ。

（誰でもいいから、早く来て……）

顔に流れる汗を拭っていると、アイク様が顔をしかめながら目を開いた。

「アイク様、お体の具合は……？」

「……全然良い」

バレバレの嘘を平然とつく。

「いてぇ」と言いながら、起き上がろうとするのを慌てて止める。

「ちょっと、無理しないでください！」

「問題ない。寝すぎて体が痛いだけだ。少し休めばすぐに治る」

全く言うことを聞かないな、こいつ。

押さえつけようとしても、余計に抵抗して体力を消耗するだけだと気付き、やむを得ず、背中を支えて体を起こさせることにした。それだけの動きでも息を乱しているアイク様は、森を見渡してぼそっと呟いた。

「……しかし、ここはどこなんだ？」

「分かりません」

それは私が一番知りたい。

「なんか、シリルの山脈地帯の雰囲気に近い気がするんだよなあ……」

「シリル地方ですか？」

レイファとアルガトルの国境線、シリルはアイク様にとって思い入れのある地だ。

「シリルならいいけど、アルガトル側だったら不味いな……レイファから迎えが来ない」

「えぇ……」

不吉なことを言い、アイク様は深い溜め息をついた。

ふと私の顔を見たかと思うと、頬に指を添わせた。頬に横に一本、切り傷が入っていたことに気付く。ツィラードの砦で暴れているうちに切ったのか、この森の木か葉っぱで切ったのか、自分でも思い出せないくらい浅い傷だ。

「治癒してやりたいが、魔力が安定していない……すまん」

アイク様が辛そうに俯く。

「だから、謝らないでください。ご自分の方が重傷のくせに、何言っているんですか」

またネガティブモードに入った彼を励まそうと、思わず背中を叩く。

「痛っ！」

しまった、力が強すぎた。涙目で睨んでくるアイク様に必死に謝罪した。


「少し休んだら何とかする」と言ったアイク様は、近くの木に寄りかかり、ウトウトとしている。

アイク様本人は「大丈夫」としか言わないが、熱は高いままだし、怪我の状態も思わしくない。一度魔力を奪われたことも、体に何らかの悪影響を与えているだろう。少し休んだくらいで回復するとは思えないが、アイク様のことだ。絶対無理しても私を助けようとするだろう。

（今のところ救助が来る気配もない……私が早く何とかしないと）

ここがアルガトルかもしれないという最悪の事態も想定しなければならない。食用になる木の実の殻を剥きながら、私は決断した。

（明るいうちに少しでも下山できる道を探そう）

山で生まれ育った力を活かすしかない。遭難した時の心得もある。

服を裂いて何本か布ひもを作り、今いる場所に戻って来れるように目印として木の枝に結びながら、様々な方向に進んでみることにした。まずは人の手が入った道や、辺りを見渡せる稜線を探すところからだ。

休んでいるアイク様の傍に水や食用の実を置くと、すぐに起きてしまったアイク様と目が合った。

「少し周りの様子を偵察しに行ってきます！」

「はあ⁉　待て、俺が……」

自力で立ち上がることもできないのに、すぐに無理をしようとする。

「山には慣れているのでご心配なく。それほど遠くには行かずに戻りますので、ここでジッとしていてください。動いたら駄目ですよ！」

アイク様に有無を言わせない勢いで強引に言い切り、出発した。


切り開かれていない茂みをかき分けたり斜面をよじ登ったりと、いくつかの方向に進んでみたが、人の手が入っている様子も下山できるコースのヒントも得られないうちに、また日が傾こうとしていた。

（これ以上は無理か。一旦戻ろう）

アイク様の元に引き返そうと目印の布を頼りに進み、あと数十メートルほどになった時だった。

「……えっ？」

私が布を結んだ太い木の枝の横。そこに人が立っている。

「レイファの者だな？　やっと見つけた」

一瞬レイファからの救助かと思ったが、すぐに違うと直感した。その男は漆黒に赤の紋章の入った軍服を着用しているが、私が知るレイファの軍服は紺色だ。紋章も明らかに違う。

「貴方はいったい……？」

「レイファの王子はどこにいる？　この辺りにいるはずだが」

男は私の問いには答えない。冷たいその表情に危機感が募る。そもそも突然こんな山奥に現れた人間だ。ただ者ではない。無意識のうちに後ずさると、背後からも人の気配を感じた。振り返ると、同じ軍服の男が更に五～六人、私を取り囲むように立っていた。

（い、いつの間に!?　囲まれている!!）

パニックになりそうだったが、相手の目的がアイク様である以上、下手な言動をしてはいけないということだけは、不思議と冷静に判断していた。最初に現れた男を無言で見据え、痛いほど張り詰めた空気の中、突然大声が響いた。

「メリッサ!!」

同時に氷柱が勢いよく飛んできた。その方向を見ると、鬼気迫る表情をしたアイク様が這いずるようにこちらに向かってきている。私の状況に気付き、遠くから攻撃魔法を放ってくれたのだろう。その姿に、焦りと共に微かに喜びが湧き上がる。

だが、満身創痍のアイク様の魔法は、これまで見てきたものに比べ明らかに威力が弱い。氷の攻撃魔法を、男は容易く躱した。

「手間が省けた」

ボソッと呟いた男がサッと合図をすると、私を取り囲んでいた人たちが一斉に魔法の詠唱を始めた。と、同時に、地面が消え、体が空中に浮かんだような感触に襲われる。

（こ、この感覚って……）

この感覚は以前も体験したことがある。ノーマン様が王宮で私を無理矢理転移させた時と同じだ。

何が起きたのか分からないまま、私はどこかへ強制的に移動させられた。


ジメっとした土の感触と共に、視界が戻って来た。いつの間にか私は川岸にいた。

目の前には対岸まで数百メートルはあるだろう大きな川が流れている。困惑する間もなく、すぐ傍にアイク様が現れた。

「メリッサ、大丈夫か!?」

「わ、私は何ともありません。アイク様は？」

「ああ。……貴様、アルガトルの魔法部隊長だな？」

アイク様が鋭い目を向ける先には、いつの間にか先程指示を出していた男が立っていた。

「ええ。アルガトル魔法部隊長、ジェフと申します、レイファの魔王殿下」

男は酷く落ち着いた様子で私たちを見下ろしている。小さく舌打ちし、立ち上がろうとするアイク様の体を慌てて支えた。明らかに戦おうとするアイク様を、男――ジェフは冷静に制した。

「待たれよ。その衰弱した体で魔法を使うのはいかがかと思う。それに我らは今は貴殿と戦うつもりはない。助けに来た」

「はあ？　何を言っている？」

アイク様は油断なくジェフを睨みつけてる。アルガトルとレイファは戦争が絶えない敵国。そのアルガトルの魔法部隊長がレイファの王子を助けることなど、考えにくい。呑気な私ですら素直に受け入れられない。

「我が主君より、レイファの王子を見逃すよう命令があった。王女の恩人だからと」

「王女？　恩人？　何のことだ？」

ジェフの言葉に、アイク様は怪訝な顔をする。その言葉に私の方が先にピンときた。

「もしかして、アイク様がツィラードの神殿で助けた、アルガトルの王女殿下のことでは？」

「……あれ、王女だったのか」

ツィラードの内乱に巻き込まれた際、アイク様が助けていた赤毛の少女。どうやらアイク様は、相手のことを全く考えず助けていたらしい。

「我が国の護衛たちだけだったら、王女殿下は亡くなっていたか、ツィラードの反乱軍に利用されていただろう。王妃陛下はいたく感謝されており、アルガトル国内に落ちたレイファの者を国境まで送り届けるようにと命ぜられた」

そう言うとジェフは川の方に目を向けた。

「ここはアルガトルとレイファの国境、サイブラッド川だ。川を渡って対岸はシリルになる。我が方の国境警備隊にも手出しせぬよう命じてあるゆえ、今のうちに国へ帰られよ」

話しぶりは冷たいが、その言葉に偽りは感じ取れない。言いたいことだけ言ったジェフは、そのまま踵を返す。去ろうとする彼の背に、アイク様は短く声をかけた。

「……感謝する」

予想外の言葉だったのか、ジェフは驚いたように振り返った。しばらく逡巡したように目線を彷徨わせると、突然姿勢を正した。

「……こちらこそ、我が国の王女殿下をお救いいただき感謝しております。ですが次に戦場でお会いした時は、必ず討ち取らせていただきます」

「望むところだ」

今度こそアルガトルの魔法部隊長は去っていった。

人の気配が一切ない中、私はアイク様を支え、川に足を踏み入れた。サイブラッド川は幸い水量が少なかったが、それでも膝下くらいまでは完全に浸かる深さがあった。アイク様は勿論、さすがの私も、足元がフラフラして覚束ない。片足が全く動かず、体に力が入らないアイク様を支え、一歩ずつ慎重に川を進む。

「……悪いな、メリッサ」

「いえいえ。あと一息ですよ！」

川底で幾度となく足を滑らせ、頭まで水に浸かり、びしょ濡れになりながら、気の遠くなる時間をかけて対岸に辿り着く。陸地に着いた瞬間、力が抜けてそのまま二人で倒れ込んだ。アイク様はうつぶせで倒れたまま、動かない。

「アイク様!?」

這いずるようにアイク様に近づき声をかけるが、返事がない。先程まで荒かった呼吸が、嘘のように静かになっている。血の気のない顔は、もはや生者のものとは思えない。

「アイク様！　しっかりしてください!!」

呼びかけても、目は固く閉じられ、長い睫毛もピクリとも動かない。

「どこですか!?」「こちらの方で声が！」「魔力は感じられるか!?」

微かに複数人の声が聞こえた。それが敵か味方か、もう考える余裕なんてなかった。

声は掠れていたが、張り裂けてもいいくらいの気持ちであらん限りの声を出し、叫ぶ。

「ここにいます！　誰か助けて!!」

草をかき分け、走ってくる靴音が近づいてくる。すぐに背の高い草の間から、男の顔が覗いた。

「いらっしゃったぞ！　殿下だ」

男が声を上げ、すぐに多くの軍人が集まってくる。

（濃紺にシルバーのライン……レイファ国軍だ……）

「早くお運びせよ！　魔法使い様は呼んであるか？」「既に要塞に待機していただいております」

複数の男たちにより、手際よくアイク様が抱え上げられる。座り込んだまま呆然と見ている私に、
最初に見つけてくれた男が声をかけてくる。

「もう大丈夫です。ご安心ください」

「アイク様……、アイク様を助けてください」

泣きながら縋り付く私に、男は優しく、はっきりと言い切った。

「勿論です。我らシリルの者は、殿下に多大なご恩があります。絶対にお助けします」

頼もしい声を聞き、張り詰めた緊張の糸が、プツリと切れた気がした。

(アイク様の傍についていかないと……)と思ったのを最後に、私の意識も完全に途切れた。

「よお、メリッサ」

「……人の気も知らず、呑気ですね」

アイク様が、座ったまま手を振ってくる。花が咲き乱れるのどかな草原はすっかりお馴染みの光景だ。すぐ隣に腰かける。

「ここで会っているということは、生きているみたいだな、お互い」

どうやら普通の眠りではない、異常事態によって意識を失った時にだけ、この夢の世界は現れるようだ。勿論魂が黄泉の国に逝ってしまっていたら会えないだろうから、私たちは生き延びることができたのだろう。

「私は生きた心地がしませんでしたけどね」

心配を通り越して、もはや苛立ちの心境に至ってしまった。自然と口調がツンケンしてしまう。

プイッとソッポを向くと、横で吹き出す声が聞こえた。

「ちょっと！　私は真剣に怒っているんですよ！」

「悪い。なんか可愛くて」

「なっ!!」

一瞬で顔が真っ赤になったのが分かった。不意打ちすぎて言葉に詰まる私を、アイク様はそのまま引き寄せる。アイク様の胸板に顔が押し付けられ、両腕で包み込まれた。

「ありがとう」

「はい？」

「……正直俺は、多分生きてレイファには帰れないなと覚悟していた」

「相変わらず、時々すごくマイナス思考になりますね」

「いや、どう客観的に考えても、助かる方が難しかったと思う」

冷静に突っ込まれた。私がポジティブ馬鹿みたいじゃないかと、少し複雑な気持ちになる。

「でも、メリッサに怒られて初めて死にたくないと思った。もう一度メリッサに会いたい、レイファに帰りたい。……メリッサと未来を生きたいと、本気で思った」

「アイク様……」

真っすぐな言葉に、涙が滲んでくる。

「ありがとうメリッサ。お前のおかげで、俺は生きる意味を見つけた」

大袈裟すぎる言葉がなんだか気恥ずかしいが、アイク様は決して冗談で言っているわけではないと分かっている。私もアイク様の背に手を回し、力一杯抱きしめた。

「私の方こそ、ありがとうございます。出会ってくれて」

夢の中だけど、お互いの体温が心地よい。私たちは誰にも邪魔されない中、時間を気にせず寄り添い続けた。

「……早く起きてくださいね、アイク様」

「ああ。待っていろ」

少し気を失っていただけのつもりが、目覚めると、私たちが保護されて二日経っていた。

私たちは、レイファ王国シリルにある、国軍東方第三師団の駐屯地に運び込まれていたらしい。目覚めてすぐに、アイク様が休まれている部屋に案内された。

手当てを施されたアイク様は清潔なベッドで静かに眠っていた。所々包帯やガーゼが見えるが、その寝顔には僅かに血色が戻っており、ほっとする。

「アイザック様は医師や王宮魔法使い様に見ていただき、一通りの手当ては受けられています。あとは体力と魔力が回復して、目覚められるのを待つだけとのことです」

「良かった……」

副師団長のプレストン様が丁寧に説明してくださった。東方国境を守護している第三師団の団長はアイク様だそうで、プレストン様は直属の部下にあたる。

プレストン様は四十代くらいの筋骨隆々な大男で、顔に大きな傷があり、その迫力に初めて見た時はちょっとびっくりしたが、明るく裏表の感じられない気持ちのよい方だ。

「右足は元に戻るまで少し時間がかかりそうですが、命に関わる外傷はないそうです」

「そうですか……」

プレストン様の言葉に、少し涙ぐみそうになる。

「魔力のことは、俺には分かりませんが……」

「魔力は、どうやら一度根こそぎ奪われた上、回復しかけた段階で無理に使ったようだから、ズタズタだ。また魔法が使えるようになるまで相当時間がかかる。数日は意識も戻らないだろう」

……ん？　プレストン様に続いて、別人の声がした。この果てしなく不機嫌な声、聞き覚えがある。

「……ノ、ノーマン様、いらっしゃったんですね」

「貴様が来る前からこの部屋にいた」

「も、申し訳ございません」

筆頭王宮魔法使いノーマン様は、憮然とした表情としか言いようがない顔で仁王立ちしていた。

凄い存在感なのに、アイク様にばかり気を取られていて全然気付かなかった。

「さて、ツィラードに行った後のこと、何がどうなってアルガトルから帰国したのか、貴様しか説明できるものがいない。説明しろ。陛下からのご指示だ」

「か、かしこまりました」

プレストン様は退室し、圧迫面接が始まった。が、相槌一つない相手に話をするのは、物凄くやりにくい。何度か心が折れかけたが、一応私が見たことは全て説明できたと思う。

私の話が終わると、長い沈黙が訪れた。

「……なるほど。では陛下に報告をする」

「お、お待ちください！」

それだけ言い残して去ろうとするノーマン様を、思わず引き止める。無言でこちらを振り返ったノーマン様の目が怖い。

「ル……ブルーノ様とエドワード様は、ご無事なのでしょうか？」

無視されることも覚悟の上だったが、意外にもノーマン様から返答があった。

「あいつらは帰ってきていない」

「そんな……」

（ルイス先生……。エドワード様も、ご無事なのかしら……）

俯いた私に、ノーマン様はイライラとした様子で言い放った。

「……エドワードの魔力量では、ツィラードとレイファを一回で転移はできない。回復しながら休み休み飛べば、数日かかることは十分に考えられる。ただ、ブルーノは、聞く限り相当な魔法を使っている上、力の全てを第二王子に渡している。まず死んでいるな」

あっさり言い放たれた言葉が重い。覚悟していたこととはいえ、唇を噛みしめる。

「……あの男が素直に死ぬとも思えないが……」

「え？」

ノーマン様はボソリと呟くと、そのまま転移していった。

しばらく落ち込んだ気持ちのままその場に立ち竦んでいると、遠慮がちなノックの音が聞こえた。

（そうだ、プレストン様が外で待っているんだった）

慌てて返事をすると、プレストン様……と揃いも揃って大柄な男たちがぞろぞろと現れた。

「え？」

「突然申し訳ありません。彼らはアイザック様の部下、第三師団の主だった小隊長たちです。ご無礼だとは承知しつつも、皆一目アイザック様の姿を見たいと……」

プレストン様が説明する後ろで、「団長！」と呼びかける声が聞こえる。強面な男の集団が目頭を押さえたり、鼻をすすったりする姿はかなり迫力がある。

「しかし、アイザック様がアルガトルに落ちたようだと王都から連絡がきた時は、生きた心地がしませんでしたが、こうしてお戻りくださり感無量です」

プレストン様の言葉に、遂に声を上げて泣き始める男も現れた。

「しかし、アイザック様をこんな目に遭わせるとは……ツィラードの奴らを、我らの手で滅ぼせないのが残念極まりない！」

先程まで泣いていた人たちが、今度は怒号を上げて怒りを露わにしている。大男の集団の感情の振り幅に、私は目を白黒させるばかりだ。

「しかし、早くもグレイ子爵家のご令嬢にお会いできるとは、やはり我らとアイザック様には固い絆があるようですな」

「わ、私ですか？」

突然登場した自分に、戸惑う。

「おお！」「そうだな！」今度は皆同意の声を上げ、ニコニコし始めた。

情緒不安定ではないか？　と不安になるくらい喜怒哀楽が激しい。

「アイザック様がこの地の辺境伯となられた暁には、グレイ子爵令嬢が嫁いでこられると聞いておりましたから、どんなご令嬢だろうと皆噂していたところでして！」

「え！　どこでそんな話を!?」

「半年ほど前に軍本部から聞きましたぞ」「俺は親類の男爵から聞いたな」「私は王宮で働く姉から」

知らぬは山奥に住む当事者だけで、もはや国中に知れ渡っていたらしい。しかも割と前から。

「さすがアイザック様の選んだ方、お姿の美しさだけではなく、これほど心の強い女性だとは。我らも誇らしいですぞ！　我らが主の奥方に相応しい！」

沸き立つ大男の群れに、私はただあんぐりと口を開けるしかなかった。

「美しい」と言われたことが、ちょっと嬉しかったことは、私の心に留めておくことにする。


それから数日、私はアイク様の枕元で看病を続けていた。

王都では様々な動きが起きているらしく、アルガトルがツィラードへ軍事侵攻を始めたとか、我が国も軍を出しているとか、物騒な記事が新聞に躍っているが、私はあまり興味を持てなかった。

アイク様は相変わらず眠り続けている。でも、不思議と私に不安や焦りはなかった。

なぜなら――。

「おはよう、メリッサ」

「おはようじゃありません。私は今おやすみしたばかりです」

毎夜、私が眠りにつくたびに、アイク様と会えているからだ。

「いったいいつになったらお目覚めになるんですか？」

「大分魔力は戻ってきているから、あと二日くらいだな」

本人から体調を聞くことができるので、私はそれを信じて待っているだけだ。

この数日、アイク様とはたわいのない話をしたり、シリルの情報を教えてもらったり、穏やかな時間を過ごしている。

──ツィラードでのことや、その後のことについての話題は、避けている様子が見えたので、私からは触れていない。

「シリルはどうだ？　不便はないか？」

「皆さん親切ですよ。プレストン副師団長もすごく気を使ってくださいますし。歓迎されすぎて申し訳ないくらいです」

「そうか。あいつらはこれからも俺の部下になる。メリッサと上手くやってもらえれば、後が楽だ」

アイク様の話によると、今シリルにいる第三師団を軸に、新たに国軍から独立した辺境伯軍が構成される予定らしい。私の印象だと、プレストン様も他の方々も、新辺境伯に仕えることを心底楽しみにしているように見える。

（まさか、アイク様を慕ってくれる部下がいたなんて……）

アイザック第二王子殿下と言えば、側近らしきものも友人らしきものもなく、護衛すら鬱陶しがって単独行動をする不愛想な一匹狼として知られていた。アイク様と信頼関係を築いた臣下は、恐らく王都にはいない。アイク様の言葉の端々から、プレストン様や部下の方々に対する信頼が感じられ、大変失礼な言い方だが、私は心底感動していた。

「皆様の期待に応えられるような辺境伯様になってくださいね。頑張ってください」

「いや、辺境伯夫人はお前だぞ。他人事みたいな言い方するな」

「私には荷が重……」

「逃げんなよ」

私の言葉にアイク様が笑いながらツッコミを入れる。アイク様と一緒ならシリルでもどこでも付いていく——私の気持ちは勿論とっくに決まっている。そしてアイク様も分かっているからこそ、冗談を言い合い、子供のように大きな声で笑うことができる。立場上、現実では難しいことを、誰の目も気にせず、のびのびとできる時間だった。

そして予告通り二日後、アイク様は目覚めた。

「どうですか？　体の具合は？」

「全く問題ない」

いつ聞いても同じ回答になるので、軽く聞き流しつつ、コップに水を注ぐ。

ベッドの上で上半身を起こしながら私の動きを見ているアイク様は、確かに顔色も良くなっているし、目に見えて体調が回復している。傍で感極まり、涙をこらえている様子なのは、プレストン様だ。

「本当に良かったです。師団長にもしものことがあったら、我ら一同、ツィラードだろうがアルガトルだろうが突撃し、玉砕するつもりでした！」

「やめろ」

アイク様は嫌そうに顔をしかめているが、プレストン様はごく当たり前のような顔をしている。

「アイク様、皆様に大切にされていますね」

「そういうことではない」

「当然のことです。我らシリルの者達は、師団長に返しきれぬ御恩があるのです」

「恩ですか？」

私の問いかけに、プレストン様は真面目(まじめ)な表情で話し始めた。

「はい、十年前……」

「やめろ」

プレストン様の昔語りを、しかめ面のまま遮るアイク様。思わず笑ってしまった時だった。

ノックの音が響き、聞き覚えのあるプレストン様の部下の方の声がした。

「失礼します。王宮魔法使い、エドワード・ベネット侯爵がお越しです」

「エドワード様!?」

アイク様が許可を出すと、すぐにエドワード様が現れた。

「アイザック様、思ったよりお元気そうで何よりです」

「エドワード、面倒をかけた」

「アイザック様の殊勝なお言葉、初めて聞きました」

エドワード様は、いつもと同じ飄々とした様子だ。からかうような言い方に、アイク様があからさまにムッとしている。

(完全に面白がっているな、エドワード様……)

エドワード様をじっくり見るが、怪我をしている様子もなく、とりあえずほっとする。

「メリッサちゃんも、ご無事で何より。助けに行けなくてごめんね」

「ありがとうございます。何とか無事に帰って来られました」

当たり障りなく対応したはずだが、視界の端に映るアイク様が、ますます機嫌の悪い表情になっていく。

「……『ちゃん』?」

何かアイク様がボソッと呟いた気がしたけれど、私のところまでは聞こえなかった。聞き返すこともできず困惑したまま立ち尽くしていると、なぜか笑いを噛み殺しているエドワード様に退室を促される。

「申し訳ないけど、少しアイザック様と機密の話をするから」

「かしこまりました」

不機嫌なアイク様とご機嫌なエドワード様を残し、プレストン様と一緒に部屋を出る。並んで歩いていると、プレストン様が話しかけてきた。

「先程の話ですが……」

「先程……？」

なんだっただろうかと考え、アイク様とシリルの関係を聞こうとしていたことを思い出す。

「あ、でも別に無理に聞こうとは……」

「いえ！　ぜひ奥方様に聞いておいていただきたいのです」

急にプレストン様の瞳が爛爛と輝いた。これは少しマズい話題だったかも……と後悔したが、吟遊詩人のように情緒たっぷりに語り始めた彼を、もはや止める術はなかった。

そもそも、奥方様じゃないんだけど……という訂正を挟む隙もない。

「このシリル国境線は、以前は小規模な衝突が時々起きる程度の地でしたが、十年前、アルガトルが突如大規模侵攻を開始しました。レイファにとっては完全な不意打ちで、当時のシリルの守備軍では、到底太刀打ちできない規模でした」

そのことは私も覚えている。山奥のグレイ子爵領にまで緊急連絡が来るほどの一大事だった。

「俺はまだ小隊長に過ぎませんでしたが、最前線で戦いました。しかし、いかんせん多勢に無勢。逃げ遅れた住民と共に小砦に追い詰められ、もはやこれまでと諦めた時、王都から助けに来てくださったのがアイザック第二王子殿下です！」

「アイク様、御自らが？」

「そうです！　まだあの時は十三、いや十四歳？　とにかく成人前でいらっしゃったにもかかわらず、僅かな手勢で颯爽と現れ、サイブラッド川の水を溢れさせ、砦を囲むアルガトル軍を根こそぎ排除してくださったのです!! 我らにとって天の助け！ シリルの者にとって、アイザック様は大恩人であり、大英雄なのです！」

高揚感が伝わってくるような熱い話しっぷりに、聞いているこちらまで胸が熱くなってくる。

プレストン様は、退役しても話術で生きていける気がする。

「その後も、アイザック様にはシリルに随分気を配っていただき、何度も助けていただきました。王族の男性は成人されると軍の役職を持たれますが、アイザック様は何の旨みもないこの東方第三師団を自ら志願され、今度は公爵位を得られるお立場にもかかわらず、間違いなく苦労するであろうこの地を希望されている。我らが忠誠を尽くすのに、これ以上の御方はいません！」

堅く拳を握り、高々と突き上げるプレストン様の真っすぐな思いに、なぜか涙腺が緩みそうになる。

突然、プレストン様の口調が、熱意溢れるものから真剣なものに変わった。

「アイザック様は我々にとって大切な主君です。我らは命を懸けてお支えするつもりですが、アイザック様は決して弱みを見せることなく、常に気高く振舞ってこられました。王子殿下というお立場上、やむを得ないことかもしれませんが、我らはそこが心配でした。無理をされているのではないか、いつか折れてしまわれるのではないか、と」

プレストン様の懸念はとてもよく分かった。私も女官として遠くから見ていた時は、強く傍若無人な王子殿下だと思っていたが、親しくなって初めて、アイク様の内面がとても繊細だと知ったから。

「でも、奥方様といる時のアイザック様は違います。アイザック様は、奥方様には素直な感情を出している、そう感じました。……どうかお願いします、あの方を支えてください」

深々と頭を下げるプレストン様。真摯な口調に、私も心から真剣に応じる。

「勿論です。アイザック様と、アイザック様が大切にしているシリルのため、私は生涯尽くすつもりです」

プレストン様より深くお辞儀をする。質素な部屋で、一人の軍人の前にもかかわらず、神殿で大神官様に誓約をしたかのような身の引き締まるような感覚がした。

（政治のことや、軍事のことは分からない。でも、望んでアイク様のお傍にいると決めたのだから、言い訳せずに頑張ろう！）

元々覚悟はできていたが、あらためて心の中で、前向きに決意表明した。


エドワード様とアイク様の話が終わると、今度はエドワード様に応接間に呼ばれた。珍しくエドワード様は真面目な顔をしている。

「このたびの件、メリッサ・グレイ子爵令嬢の働きに、陛下はいたく喜ばれている。褒美については追って伝えるとのことです」

「まことにもったいないお言葉。陛下のご厚情に感謝いたします」

陛下の言葉を伝えるエドワード様と定型文のやり取りを交わし終わると、その間だけは、国王陛下の側近としての顔をしていたエドワード様の雰囲気が一気に緩む。

「いやあ、さすがに死ぬかと思ったよ」

「あの状況から、よくご無事で……」

「まあ、逃げ道はいくつも用意しているから。自分が脱出するくらいの力は残していたし、所詮下っ端なんて金でどうにかできるし」

どんな魔法で逃げたのかと思ったら、まさかの買収。さすが名門家のご当主。

しかし、私が本当に聞きたいことは他にある。どのように言い出そうか逡巡する私に、察しがついたであろうエドワード様が先に切り出す。

「叔父上のことを知りたいんだろう？」

「……はい」

聞いてしまうことが怖い。怖いが、聞かなければならない。

「ブルーノ・ベネットは死んだよ」

ひどくあっさりエドワード様は告げた。その表情はあまりにもいつも通りで、何も読み取れない。

「一応砦を脱出するところまでは連れていったけどね、魔力を全て失ったブルーノはそれ以上もたなかった。……まあブルーノは犯罪者だ。生きていればアイザック様の今後に影を落とす。本人もそのことは重々分かっていただろう」

「……はい」

覚悟はしていた。しかしあらためて告げられると、ショックで言葉が出ず、絞り出すような返事しかできなかった。私が落ち着くまで、少々時間が経った後、エドワード様は、私の今後の身の振り方について希望を聞いてきた。

アイク様は体調が安定次第、王宮に戻ることになる。王宮でしばらく静養の後、半年後を目途に、臣籍降下に伴う叙爵式を行うそうだ。

「その際、婚約も一緒に発表するので、グレイ子爵家には王家より、近日中に正式な使者を派遣するとの陛下からの言伝です」

「は、はあ……」

また私がいないところで大きな話が動いたようだ。王家にはどうも、事前に承諾を取るという概念がないらしい。別に構いませんが。

「で、メリッサちゃんはどうする？　アイザック様と一緒に王宮に来て、そのまま花嫁修業しながら傍に仕えても構わないと、王妃陛下はおっしゃっているけど……」

それは大変魅力的な提案だ。アイク様と離れたくないという気持ちは強い。しかし、私は今、別にやらなければならないことがある。

「……アイク様が王宮にお戻りになるタイミングで、私は一度グレイ子爵領に帰ります。家族に話をしなければなりませんし、色々準備もありますし……」

エドワード様は、人の考えを見透かしているような顔をしていたが、それ以上突っ込んでは来なかった。

「そうだね。その方が良いかも。アイザック様はまた機嫌が悪くなるだろうけど」

暗い表情の私に対し、エドワード様は何やら面白そうな顔をしていた。

エドワード様の予想に反し、私がグレイ子爵領に帰ると伝えても、アイク様の機嫌はそれほど変わらなかった。元々機嫌悪めではあったけれど。

「色々とんでもないことに巻き込んだからな。一度実家でゆっくりした方が良いだろう」

アイク様とは思えない至極まともな意見に、大変失礼ながらちょっと驚く。

「今失礼なこと考えてないか？」

「とんでもございません」

女官モードのシレッとした顔で受け流す。

「まあ、王宮に戻って静養する頃には、オプトヴァレーに転移できるくらいの魔力は溜まるだろう」

「静養の意味知っています？　おとなしく休んでいてくださいませ」

あ、不貞腐(ふてくさ)れた顔になった。やっぱりアイク様は、世間で知られている冷静冷酷な魔王などではなく、怒りも笑いもする、感情豊かな普通の方だ。

一度死にかけたのだから、体を大事にして欲しい。魔力をたくさん使うらしい転移魔法を、回復早々大した用もなく使われては、こちらが心配になるのだから。

「お許しを頂ければ、私の方から王宮に出向きますので」

「分かった。他人ごと転移できるのは今はノーマンだけだから、あいつを迎えにやらせる」

「それだけはやめてください！　私は歩いて行きますので!!」

三週間後、アイク様はまだ杖（つえ）や補助なしでは歩けないものの、移動に耐えられる体力は回復したとの医師のお墨付きが出たため、王宮に戻られることになった。

同時に私もシリルを発ち、故郷のグレイ子爵領オプトヴァレーに帰る。

出立にあたり、王都から騎士団やら、豪華絢爛（けんらん）な馬車やら、大行列がシリルにやってきた。

勿論私のお供……ではない。時の人で英雄たる、アイザック第二王子殿下のお迎えである。

実は、他国で災禍に見舞われながらも奇跡的に帰国を果たした第二王子殿下の話は、大変な話題になっているらしい。しかも民の間では、命懸けの冒険譚（たん）や、身分違いの恋話などの尾ひれが付いていると聞き、アイク様と二人、頭を抱えることになった。

「俺、もう王都に帰りたくねえよ……恥ずかしすぎるだろ」

「私だって、どういう顔して王都に行けばいいんですか……」

なにせ、プレストン様が嬉々（きき）として持ってきた紙面には連日、第二王子殿下の素晴らしい人となり（盛られている）、輝かしい実績（事実）、女官との身分違いの恋（妄想）、そして、危機に陥（おちい）った王子を命を懸けて助けに行く美しく勇敢な女官（大嘘）の物語が、大々的に連載されていた。

初めて見た時は、絶句した後、アイク様と顔を見合わせ、そして悲鳴を上げた。

記事は八割盛られているが、所々事情に詳しい者から聞いたとしか思えない記述がある。

「出版を差し止めさせる！」と顔を真っ赤にしていたアイク様だが、記事の情報提供者に国王陛下と王妃陛下がいるらしいと聞いて、完全に燃え尽きたのは数日前の話。

『王家のイメージ戦略に利用されるのも王子としての務めだ』と書かれた、王太子殿下からの書状を粉々に破いていたアイク様の背には、哀愁が漂っていた。

「もう諦めた。……まあメリッサとのことだから良い」

「ええ、そんな……」

「メリッサの素晴らしさや美しさが世間に知られてしまうのは、癪だがな」

思いもよらないアイク様のセリフに、顔に血が上る。真っ赤になった私の顔を見てフッと笑ったアイク様は、私の髪を撫でた。

「じゃあ、王都で待っている」

「はい。お気を付けて」

こうしてたくさんのお供に囲まれながら、贅を凝らした馬車でアイク様は王都へ帰っていった。

「さて、私も行きますか」

私は歩いて帰ると言ったものの、周囲の猛反対で、馬車と護衛を付けていただくことになった。

勿論、ごくごく普通の馬車で。

そして私は約一か月振りに、オプトヴァレーに帰郷した。

たった一か月なのに、濃密なことがありすぎて、もう何年も帰っていなかったような感覚がする。

街の入り口から伸びる道の両脇にはそれなりに商店が並び、街の人や行商人で賑わっている……が、私に気付いた瞬間、全員が私を見たまま硬直した。

(えっ……な、なに⁉)

そんなとんでもない姿をしていただろうかと、自分の服を見下ろすが、ごく普通の格好だと思う。

後ろにいる護衛の方たちも、異様な空気に困惑している雰囲気が漂う。凍り付いた空気を変えたのは、薬草屋のユラちゃんの無邪気な声だった。

「わあ！　お帰りなさいお嬢！　お母さん、『癒しの姫』だよ！」

(ん⁉　何か耳慣れない単語が……)

ユラちゃんの声で、硬直していた街の人たちが一気に我に返ったように、動き出した。

「お嬢！　お帰り！」「心配したよ」「まさかお嬢がそんなに凄い人だったとは」「癒しの姫だもんな」「でも、絶世の美女ってのは……」「シッ！」

ワイワイと私を取り巻く街の人たちは、とても温かく迎えてくれる。話の断片を聞くに、どうやらこの山奥にも、あの物語は伝わってしまったらしい。

(でも、『癒しの姫』って何？)

唖然としている私に、一人の住民が最新の新聞を渡してくれた。

あの連載の最新話が掲載されていた。タイトルは『孤高の王子殿下を癒した、心優しき子爵令嬢』。

「な、なんじゃこれ‼」

思わず絶叫してしまった。詳しい記事は読めない。もはや恥ずかしすぎて読みたくない。

「こんなところにまで取材が来たんですよ！　楽しみすぎて、速達で送ってもらいました」

「まさかあの魔法使い様が王子殿下だったなんてなあ。お嬢と殿下の仲良しっぷりを話しちゃいました」

「勿論、良いことしか言っておりませんので、安心してください」

新聞取材が来るなんて、この山奥ではかつてない大事件だ。街の人たちが喜んで喋り倒している姿が目に浮かぶ。眩暈がするが、良かれと思っている彼らを責めることはできない。

「ルーカス様も、随分喜んで話してましたぜ」

（ルーカス、ぶっ飛ばす！）

私は肩を怒らせ、自宅に向かった。しかし、門の前に立つ母の姿を見て、高ぶっていた気持ちが一気に吹き飛んだ。

「お帰り、メリッサ」

「……ただいま、お母様」

涙目で私を抱きしめてくれる母の姿を見ると、記事の恥ずかしさやルーカスへの怒りはどうでも良くなった。これまで我慢していた感情が、再び込み上げてくる。

「姉さま、ご無事で良かったです！」

母の後ろではしゃぐルーカスは無視した。やっぱり、あとでゆっくり説教をすることにする。

「お母様……、ルイス先生が……」

そう、私はこのことを伝えるために、帰ってきたのだ。

正体はどうであれ、ルイス先生はこの子爵領で長く街の人たちを助けてくれた、大切な方だ。私たちを守ってくださった方を、このまま闇に葬るわけにはいかない。言い出してすぐに言葉に詰まり、しゃくりあげ始めた私の背を、母は優しく擦ってくれた。

「大丈夫。メリッサ、分かっているわ。貴女が責任を感じることではないわ」

「でも、お母様……」

「あの方が自分で選んだことだもの。魔法は失っても、お命はあるのだから何とでもなるわ」

「……はい？」

どうも母と会話が噛み合っていない気がする。

「えっと、お母様。ルイス先生は……」

「十日くらい前に診療所に戻られているわよ。大分お怪我が酷かったけど、本人は薬を買いに行く途中、熊に襲われたって街の人たちに言っているみたい」

ええっと、つまり……。

「……生きていらっしゃるの？」

「え？　ええ」

不思議そうに首をかしげる母の顔を、たっぷり十秒以上は見つめる。

(……エドワード様、騙したな‼)

エドワード様のほくそ笑んだような顔が目に浮かび、殴りたい衝動に駆られる。どうやら、『癒しの姫』は、私には無理そうだ。

自宅で一息つくよりも先に、慌てて駆け込んだ診療所で、その人はいつも通り私を迎えてくれた。

「これは、お嬢様。ご無事のお戻り、何よりです」

思いっきり文句を言ってやろうと思ってきたのに、頭から顔半分は包帯でぐるぐる巻き、右手は三角巾で吊っている傷だらけの姿に、一気に気持ちが収まる。逆に、涙がボロボロと零れ落ちる。

「い、生きてた……」

「はい、なんとか」

ルイス先生はニコニコと笑っている。

人の気も知らないで……という文句は口から出て来ず、しばらく、ただただ子供のように泣いた。

私が落ち着くまで静かに待っていたルイス先生は、あの後のことを話してくれた。

案の定、ルイス先生を助けたのはエドワード様だった。

あの場を脱出したエドワード様は、瀕死の状態のルイス先生を、ツィラードの一般人の家に金の力で押し付けていたらしい。そして長い時間を経て、ようやく動ける程度まで回復し、帰国したと。

「エドワードは甘いんですよね。国王側近としても、侯爵家当主としても、完全に間違った判断です」

ルイス先生は渋い顔をしているが、私の中でエドワード様の評価はぐんぐん上がった。

「魔法は使えなくなったのですか？」

「ええ。魔法は使えないようエドワードに封じられました。死んだことになった以上、ベネット家の魔力がどこかで感知されたら、あいつの立場もないですから」

プラプラと振ったルイス先生の左手の甲には、不思議な模様の刺青（いれずみ）のようなものが入っている。どうやらそれが、魔法を使えないようにしているらしい。

「まあ、その気になれば破れますけど」

その言葉に、思わず笑みが零れてしまう。不穏な発言をしている割に、ルイス先生はどこか清々しい表情をしており、重荷から解放されたように見えた。

恐らく、エドワード様を困らせることはしないだろうな、と何となく感じた。

「これからも、オプトヴァレーの街医者として生きていきますけど、よろしいでしょうか？」

「勿論です！　もし私がシリルに行ったら、遊びに来てくださいね」

「それは少し考えておきます」

親子揃って素直じゃないなあ……と苦笑した。

複雑に拗（こじ）れていて、一朝一夕（いっちょういっせき）にどうにかなる関係ではないだろうけれど、これから時間はある。

そう、生きてさえいれば、可能性はいくらでも生まれる。

「しかし、魔法が使えないのは不便ですね。ここに帰る途中、熊に襲われてこの様（ざま）です。たまたまカイさんが通りかからなければ、家を目前に、グレイ子爵領内で死んでいましたよ」

「熊に襲われたのは本当だったんですか⁉」

「外傷はほとんど熊によるものです」

大工のカイさん、ありがとう。貴方のおかげで、親子関係改善の可能性が繋がりました。


それから数日後、王宮からの使者がグレイ子爵家を訪れた。

ちょうど、『アイザック第二王子殿下、王都にご帰還！』という華々しい記事が、オプトヴァレーに遅れて届いたのと同じタイミングだった。

王家の使者を当家の狭い応接室の上座にご案内し、ルーカス、母、私で深々と頭を下げたまま、国王陛下からの書状の中身を拝聴する。

「メリッサ・グレイ子爵令嬢と、次期シリル辺境伯、アイザック第二王子殿下とのご婚約について、グレイ子爵のご承諾をいただきたい」

「いいですよ！」

ルーカスの軽い返事に、膝から崩れ落ちそうになる。昨日、正式な作法と文言をあれだけ母が教えていたというのに……と母を見ると、こちらは頭を下げたまま、怒りで顔を真っ赤にしていた。

（ああ、私嫁いでしまって大丈夫なのかしら……）

実家の先行き不安に、婚約の喜びはどこかへ霧散してしまった。

ともあれ、私とアイク様の婚約は内定した。正式な婚約式は、アイク様の叙爵式が行われる三か月後。そして、その更に三か月後に、シリル辺境伯領にて、こじんまりとした結婚式を挙げることになった。

　ぜひ王都で盛大な挙式を！　という両陛下のご意向を、アイク様が断固拒否したとのことで、心底ほっとした。だって、王都でやったら絶対に見世物になる。

『噂の美人子爵令嬢とは私のことよ！』と皆様の前に出る勇気は、私にはない。恐らくこの件に関して、私とアイク様の心は一つだったと思う。

　アイク様からの手紙には『もっと早く結婚したかったのに、これ以上短縮できなかった』と不満が実に達筆な字で書かれていたが、貴族の婚姻としては異例のスピードだ。

　手紙のやり取りをしながら、急ピッチで婚約式の準備をしているうちに、三か月はあっという間に過ぎた。


「では、行きましょう！　母さま、姉さま」

「……お願いだからルーカス、王宮ではおとなしくしてね」

「大丈夫大丈夫！　いつも外では完璧にやってますから」

　婚約式へ出立する日が来てしまった。今回ばかりは馬車を手配し、子爵家総出で王都に向かう。

「お嬢！　お元気で!!」

「魔法使い様とまた来てくださいね！」

「お幸せに！」

街の人たちからの温かい言葉に目が潤む。

そう、婚約式の後、私はそのまま王都に留まり、アイク様と一緒に辺境伯領に出立する。

貴族令嬢は、嫁いだら実家に戻ることはほとんどない。今日が生まれ育ったオプトヴァレーとの別れかもしれないと思うと、今までの思い出が蘇り、感極まりそうになる。

屋敷に残るジムとマリーが、目頭を押さえている姿も見える。

「皆さん、ありがとう……お世話になりました」

馬車から街の人たちに手を振る。涙で前が見えない。母も隣で鼻をすすっている。

「山道を馬車で下るってどうなんですかね？　お尻痛くなりそう」

ルーカス、ちょっと黙れ。

終章　子爵令嬢は未来へ向かう

王都に到着すると、私たちグレイ子爵家一行は、ベネット侯爵家の本邸に案内された。

以前、ルーカスが成人の際もお世話になったが、今回も侯爵家に滞在するよう、王家から直々(じきじき)の命令が下った。押し付けられているエドワード様には本当に申し訳ないが、私たちから断ることはできない。

王宮かと思うほど豪華で広大な侯爵家の屋敷に、ルーカスに続いて、母と恐る恐る入る。

「遠路はるばるようこそ。グレイ子爵」

グレイ子爵家の屋敷がすっぽり収まるほど広いエントランスで、侯爵家当主のエドワード様が直々に迎えてくださった。いつもの王宮魔法使いの制服のままだが、両側に多数の侍女や執事を従えている姿は、さすがは名門貴族の当主という雰囲気が漂っていた。

「このたびはお世話になります、ベネット侯爵閣下」

ルーカスが挨拶を行う。ごくごく普通の挨拶しかしていないのに、物凄(ものすご)く安心してしまう私と母は、大分ルーカスの言動がトラウマになっているのだと思う。

「ではごゆっくり。俺は仕事なので、何かあったらそこの執事長に」

それだけ言って、どんどん出かけようとするエドワード様を、私の立場で呼び止めることはできないが、思わず見つめると、目が合った。面白そうに目を細めたエドワード様は、横を通り過ぎる時、私にしか聞こえないくらいの声で、一言呟いた。

「内緒だよ」

オプトヴァレーに戻った私がルイス先生に再会したことは、当然エドワード様も分かっているのだろう。勿論誰かに話すなんてあり得ない。エドワード様には騙されたが、ルイス先生を助けてくれたこと、心の中でお礼を呟くことにした。

エドワード様の背を見送っていると、屋敷の中から落ち着いた女性の声が聞こえた。

「ルーカス様、お待ちしておりました」

「エイミー！　久しぶり」

清楚なドレスを身にまとった上品な女性が現れた。私より少し年下と思われるが、美しく落ち着いた仕草で、一目見ただけで非常に真面目そうな印象を受けるご令嬢だ。

ルーカスはいつもの子供っぽい仕草で、嬉しそうに手を振っている。

彼女はルーカスに嬉しそうに微笑んだ後、私と母に向かって完璧なお辞儀を見せた。

「お初にお目にかかります。カイラス子爵家次女、エイミーと申します」

（こ、この方が、ルーカスがエスコートして、いつも文通しているご令嬢!?　思っていたのと違う！）

ハッキリ言って、山奥の貧乏子爵で、明らかに頭のネジが抜けているルーカスだ。姉から見ても、見た目くらいしか評価すべき点はない。一方、カイラス子爵家は同じ子爵家といっても、ベネット侯爵家に繋(つな)がる旧家で、経済状況もグレイ家とは比べ物にならないほど豊かな家だ。もっと良い縁談はいくらでもあるはずなのに、それでもルーカスに付き合ってくれるなんて、もしかしたらルーカスと同じく少し頭の弱い……、失礼、天然系の女性なのかもしれないと勝手に想像していた。

ところがこのエイミー様は、所作はどう見ても完璧、切れ者と評判のカイラス子爵に似て非常に頭が良さそうであり、まさに才色兼備ではないか。

（まさか、王家やベネット侯爵家からの圧力で、生贄(いけにえ)にされているのでは⁉）

「ルーカスの母で、アリアと申します。まさかエイミー様のような素晴らしい方が、ルーカスと仲良くしてくださっているなんて……」

母も、恐らく同じことを考えているのであろう。申し訳なさそうな雰囲気が、言葉の端々から漂っている。

「とんでもございません。ルーカス様のようにお美しくてお優しく、博識な方が、わたくしのような者を気にかけていただいて、本当に感謝しております」

「は、博識……？　ルーカスが？」

「はい。わたくし、本の話題でこれほど話が合った殿方は、ルーカス様が初めてです」

少し頬を染めて、嬉しそうに話すエイミー様は、お世辞を言っているようには見えない。確かに、体が弱くて寝込んでばかりだったルーカスは、本だけはよく読んでいた。

（こ、これは、最初で最後のチャンスでは？）

これだけしっかりしている女性ならば、ルーカスの手綱(たづな)を取ってくれるかもしれない。私の実家が没落するか否かは、この方に託されていると、この時直感した。同じく、自分の老後が路頭に迷うか否かがこの方に託されていると察知した母と、無言でタッグを組んだ。

「どうか、これからもルーカスをよろしくお願いします！」

こんな素晴らしい方に、ルーカスという名の不良債権を押し付けようとしている私たちは、酷い姑、小姑だ。地獄に落ちるかもしれないと思うくらいの罪悪感があったが、私たちは必死だった。

懇願する私たちに、エイミー様は天使のような微笑みを浮かべて、頷いてくださった。


王都をデートしてくるというルーカスとエイミー様を見送り、私はベネット侯爵家の侍女の手を借りて、婚約式で着るドレスの調整を行い、その後、一人で式の手順の確認をしていた。

明後日の午前中に、アイク様の臣籍降下とそれに伴う叙爵式が行われ、午後、婚約式が王宮内の教会で執り行われることになっている。

さすがの私も、緊張で落ち着かない。ここまできてもまだ、不安が湧き上がってくる。そわそわと書面をめくっていると、窓がガタガタと音を立てた。風の音にしては妙だ。

不思議に思い、窓にかかったレースを除け、口から漏れかかった悲鳴を、慌てて手で押さえる。

「……アイク様？」

「よお。ちょっとここ開けてくれ」

そこにいたのは、紛れもなく我が国の王子殿下だった。

（ここ三階ですけど！）というツッコミは後回しにして、慌てて窓を開ける。窓枠にぶら下がる王子殿下なんて、誰かに見つかったら大変不味い。

「ちょっと……」

窓から軽やかに入ってきたアイク様は、そのまま私を抱きしめた。質問の言葉が途中で途切れる。

「……久しぶり。会いたかった」

「私もです」

やけにストレートなアイク様の様子に、ひとまずその背に手を回す。アイク様の動きに違和感はなく、右足も普通に歩いている様子に、ほっとする。

「なにかあったんですか？」

しかし、こんな登場をするなんて、ただ事ではない。嫌な想像が、次から次へと頭に浮かぶ。緊張した面持ちの私を見て、今度はアイク様が不思議そうな顔をした。

「別に何もないが？」

「え？」

「早くメリッサに会いたかった。ずっと会いに行きたかったのに、臣籍降下に伴う手続きが多すぎて時間は取れないし、王宮に滞在させようとしたのに、兄上には止められるし」

それは当たり前だ。王太子殿下が常識人で本当に助かった。

不貞腐れたアイク様の顔を見て、思わず笑いが込み上げてくる。それにつられたように、アイク様の顔も緩む。

顔を見合わせてひとしきり笑い合った後、アイク様の顔が真剣になる。左手は私を抱きしめたまま、右手が私の頬に添えられた。じっと私の目を見るアイク様の瞳に宿る熱と、寄せられる顔に、私もフッと目を閉じた……時だった。

「……アイザック様。俺の家に不法侵入するとは、良い度胸ですね」

「チッ、バレたか」

慌ててアイク様の腕の中から脱出する。開きっぱなしの窓から入ってきたのは、この屋敷の主、エドワード様だった。

(いや、貴方は家主なんだから、窓から来なくても……)

「王宮に戻りますよ。アイザック様の護衛が、気の毒なくらい慌てていました」

「分かったから！　襟首を掴むな！　……メリッサ！　あと三日だからな!!」

アイク様は叫びながら、エドワード様と転移して消えていった。

こらえきれず、声を上げて笑ってしまった。先程までの不安は、いつの間にか消えていた。

いよいよあと一日。

最終の確認をしていた時、今度はきちんとドアからノックの音がした。入ってきたのは、侯爵家の侍女だ。

「失礼いたします。メリッサ様に、王宮から使者が来ております」

「王宮から？」

「はい。王妃陛下がお呼びのため、至急登城するように、とのことです」

「ええ！　王妃陛下が⁉」

いったい何事かと、大至急ドレスに着替え王宮に向かう。既に話は通っていたらしく、スムーズに王妃陛下の私室に通された。

「王妃陛下、大変ご無沙汰しております」

「もう、メリッサったら。そんなかしこまらないで。わたくしたち、親子になるんだから！」

「お、畏れ多いことでございます」

華やかな笑みで王妃陛下は私を迎えてくれた。縮こまる私に、王妃陛下は優しい声で話し始めた。

「急に呼び出してごめんなさいね。明日のアイクの叙爵式のことなんだけど」

「はい」

「メリッサも、見たくない？」

「え⁉」

王子殿下の叙爵式の参列者は、伯爵位以上の高位貴族と定められているため、私は参列できない。

「勿論拝見したいですが、これればかりは……」

アイク様の晴れ舞台を見られないのは残念だが、これはレイファの伝統だ。私の我が儘で変えることなんてできないし、するつもりもない。

「あら、当然、慣例を変えるつもりはないわよ。でもね、堂々と式を見る方法はあるわ」

王妃陛下は、何か企んでいる悪い笑顔を浮かべている。その顔は不思議なことに、実にアイク様に似ていた。ジワジワと私に近寄ってくる王妃陛下に、少し恐怖を感じてたじろぐ。

「メリッサ、女官に戻ってみない？」

王妃陛下の提案に、瞠目した。

（何を言っているの？　このお方は？）という私の心の声は、恐らくそのまま顔に出ていたのだろう。

王妃陛下は、得意げに計画の説明を始め、私はなす術なく、押し切られることになった。

（ほ、本当に大丈夫かしら……）

叙爵式の朝、私は懐かしい女官服に身を包んでいた。

女官は各種式典の間、教会の最後列に控え、不測の事態に備えることになっている。その女官に交ざり、式典を見ていきなさい、というのが、王妃陛下の提案だった。

「アイクには内緒よ」

いたずらっぽく笑う王妃陛下は、続けてとんでもないことを言い出した。

「アイクが気付くかどうか、みんなで賭けをしているから」

「賭けですか!?」

「そう。国王陛下でしょ、わたくしでしょ、パトリックも宰相も将軍たちも、国の上層部は皆参加しているの。公爵家とか、上級貴族の参加者も多いわ。なかなかの金額が動いているわよ」

ホホホホホと高笑いする王妃陛下。

唖然とする私に、女官長は、いつもの冷静な表情を一切崩さず、淡々と言った。

「わたくしも参加しています。メリッサさん、貴女とアイザック殿下の絆に期待していますわ」

（じ、冗談の通じないことで有名な女官長まで……。ああ、レイファは平和で良い国ね……）

もはや、現実逃避をするしかなかった。

王宮内の教会には、伯爵位以上の爵位を持つ貴族とその夫人など、百人以上が集結した。厳かな式典のため、ドレスの色は控え目にする慣例があるが、やはり上流貴族の方々がこれだけ集まると、華やかで壮観だ。

私は女官長が選抜した敏腕女官の方々に交じり、教会の後方にひっそりと立つ。裏では、面白がったり、祝福の言葉を言ってくれたりしていた女官たちも、表に出た途端ピタッと表情が固まり、動きが止まる。

完全に空気と一体化し、教会の壁となり、一切の物音や存在感を出さないことが女官には求められる。私もブランクはあるが、自然と昔の感覚を思い出す。

景色の一部と化した女官に目を留める高貴な方など、全くいない。まして、これだけの人がいる。壇上からはかなり距離があり、アイク様が気付くわけがないだろう。

（女官長、申し訳ないけど、賭けは負けると思います）

落ち着いた気持ちで前を向いていると、いよいよ儀式開始の合図がなされた。ざわついていた教会内が一気に静まる。鐘が鳴り、王族――国王ご夫妻、王太子ご夫妻、アイク様――が入場した。

遠目では豆粒くらいの大きさにしか見えないが、アイク様はどうやら儀式用の軍服に身を包み、正装している。

いつもとひと味違うアイク様の姿に、表情には出さないよう、心の中で悶える。

（か、格好いい……）

「第二王子、アイザック・リウェルス・レイファ、前へ」

「はっ！」

壇上に立つ国王陛下の前に、アイク様が跪く。

静寂に包まれる教会内に、アイク様の経歴や実績を読み上げる儀礼官の声だけが響く。

儀礼官の読み上げが終わると、国王陛下がアイク様に語りかける。

「アイザックよ。長きに渡り、よく王に仕え、国に仕え、民に仕えてくれた。今後も、その生涯に渡り、国と王家に忠誠を尽くすと誓うか？」

「はい、誓います」

「では、その忠義に報いるため、アイザック・リウェルス・レイファをシリル辺境伯の地位に叙し、剣を授ける」

陛下が差し出した剣を、跪いたまま、アイク様は両手で受け、捧げたまま、誓約の言葉を告げる。

「ありがたくお受けいたします。この命尽きるまで、陛下と国家に尽くします」

教会中に、大きな喝采と拍手が満ちた。

神話の一節のような神々しさに、涙が零れそうになるが、必死に無表情を装う。

立ち上がったアイク様が、参列している貴族の方を向き、一礼をする。

（おめでとうございます、アイク様……）

涙をこらえながら、心の中で祝福を送る。

静かに顔を上げたアイク様は、僅かに顔を動かし、教会内を見渡す。そしてその顔は、確実に私のいる女官集団で止まった。かなりの距離があるにもかかわらず、ばっちり目が合った気がする。一瞬大きく目が見開かれたが、すぐに表情を戻したのは、さすがは王子殿下だと思う。

しかし、壇上の国王陛下の方が問題だった。みるみる目を見開き、あからさまな驚愕の表情に変わっている。傍らに控える王妃陛下が、小さくガッツポーズをしているのを、私は見逃さなかった。

他の上座の方々の間にも、ざわめきが起きた気がする。どうやら王妃陛下が言っていた通り、相当な人数が賭けに参加していたようだ。

神聖な儀式で何をしているのかという呆れはありつつも、王族を離れ、辺境伯となったアイク様を見る貴族たちの目は決して冷たくない。これはアイク様が王子として、好意的ではない環境下でも、ひたむきに積み上げてきた実績によるものだ。

アイザック第二王子殿下改めアイザック・シリル辺境伯が、陛下方に続いて退場していく姿を、潤む目で温かく見送った。

叙爵式の余韻に浸る暇もなく、私は午後の婚約式に向け、すぐに準備を開始しなければならない。

王宮内に用意された控室にすぐ向かおうとしたところ、王太子殿下付きの近衛騎士に呼び止められた。

「メリッサ・グレイ嬢。シリル辺境伯がお呼びです」

「アイク様が？」

一体何事かと、促されるまま、近衛騎士の後に続く。

辿り着いたのは東の宮前の庭園。そこに正装のまま一人立っているのは、間違いなくアイク様だった。近くで見ると、ますます凛々しい。

近衛騎士が下がって二人だけになると、アイク様が話し出した。

「まさかいるとは思わなかった」

「……申し訳ありませんでした。やっぱり駄目でしたよね……」

「え？　全く。むしろ、いてくれて嬉しかった」

知っていたら、もっと格好良くやったんだがと、アイク様は照れ臭そうに顔を背ける。

「覚えているか？　俺たちが初めて会ったのはここだったな」

「勿論覚えていますとも。おかげで、とんでもないことに巻き込まれました」

私が冗談めかして言うと、アイク様も苦笑した。

「でも、俺にとってはこの上ない幸運だった。こんなところで、生涯の女性に会えるとは思っていなかった」

「そんな、大袈裟な」

笑う私に、真剣な顔になったアイク様は、おもむろに私の手をとると跪く。慌てる私の目をじっと見つめ、ゆっくりと話し始める。

「メリッサ・グレイ嬢。貴女を心から愛している。どうか、俺と生涯を共にしてくれないだろうか」

「え、今？　こんな格好なのに!?」

最上級の正装に身を包んだ容姿端麗な王子様と、女官服を着た地味な女。どう見てもちぐはぐだ。しかしアイク様は、動揺する私に真剣に話し始めた。

「今がいい。紙に署名するだけの婚約式じゃ伝わらない。そもそも、俺が惚れた時のメリッサはその格好だった。どんな姿でも、メリッサが好きだ」

私の目を真っすぐに見つめるアイク様に、パニックだった心が不思議と落ち着き、温かなものが満ちてきた。

そうだ、私はこういうアイク様だからこそ、好きになったのだ。不器用だが素直で、自分のことよりも他人のことを思いやれる優しい心に。王子だとか女官だとか、身分のことを忘れてしまうほど惹かれるその人柄に。

自然と想いが溢れ出す。

「私も、アイク様のことを、心から愛しております。どうか、私を貴方と共に歩ませてください」

私だって同じ。どんな立場でも、どんな場所でも、どんな姿でも、アイク様のことを愛するだろう。

これからの辺境伯夫人としての生活は、恐らく想像以上の困難がある。でもこの方と一緒なら、どんなことでも乗り越えられる、なんとかなるという不思議な確信があった。

「メリッサ、苦労をかけると思う。だけど、必ず幸せにする」

「私も貴方を幸せにします。お任せください！」

自信満々に言い切り、胸を張る私を見て、アイク様が吹き出す。私もこらえきれず声を上げて笑ってしまった。

笑い声が響く庭園で、固く繋いだ手は温かい。

私はここから、最愛の方と未来へ踏み出す。

シリル辺境伯は、度重なる戦争で疲弊しきったレイファ王国東方地域を、繁栄に導いた祖として知られる。

隣国アルガトル王国との紛争はその治世でも幾度か発生したが、そのたびに軍の先頭に立ち、これを退けた。また、父王、代替わり後の兄王との強いパイプにより税の軽減を勝ち取り、東方地域の財政立て直しを果たした。

兄王の弱みを多数握っていたから、という噂(うわさ)もまことしやかに囁(ささや)かれたが、真実は定かではない。

私生活においては、身分違いの恋を乗り越えて娶った夫人を生涯大切にしていたという。

下級貴族出身の夫人は全く偉ぶることなく、常に民と交流し、先頭に立って荒れた地を耕し、シリルの地に様々な名産品を生みだした。

夫婦仲はすこぶる良く、一男二女を儲け、厳しい環境下でも笑顔の絶えない家庭を作った賢妻として知られる。

さて、仲の良さで知られた辺境伯夫妻には、側近にも分からない不思議がいくつかあったという。

その一つは、辺境伯が不在の時だけ現れる謎の男性である。

夫人の出身地の領民だという品の良いその男は、フラッと現れては、辺境伯の子供たちと交流し、魔法を教え、いつの間にか消えている。子供たちは、その男を「おじい様」と呼び、懐いていたという。

帰ってきた辺境伯は、男の訪問を知ると必ず嫌そうな顔をするが、決して出入りを禁止しない。その様子に夫人が呆れたように苦笑する、という光景は、辺境伯家で頻繁に見られたという。

もう一つは、辺境伯夫妻の見えない繋がりである。

しばしば戦場に出た辺境伯であるが、時に窮地に陥ることもあった。それを遠く屋敷にいる夫人が誰よりも早く察知し、素早く援軍を送り、戦況を好転させるということが幾度もあったという。

「どのような魔法を使っているのか？」と多くの者が尋ねたが、辺境伯夫妻は曖昧に笑うだけで、誰もその秘密は分からなかったという。

いつしか辺境伯夫妻は、「魂で繋がっている」と言われるようになり、おしどり夫婦の代名詞として、後世まで語り継がれることとなる。

あとがき

この度は拙作「王子と女官の同居生活　意識を失ったら魔王が夢に居座るようになりました」をお読みいただきましてありがとうございました。

書き始めた当初からハッピーエンドを第一に、メリッサとアイクの関係は勿論、親子、家族、友（というより同僚？）、様々な関係性が穏やかに丸く納まる、そんな作品を目指しました。読んでくださった方が、少しでもほっこりとした気持ちになれる作品になっていたならば、これ以上の喜びはありません。

さて、この作品の原型を書いたのは数年前になります。

当時、少々遠い職場に通っていた私は、毎日約二時間を電車で過ごしていました。当初はその時間を読書に投入していましたが、なにせ私は紙の本派。あっという間に給料の三割が本に消え、これは不味いと新たな時間潰しを考えた結果、読む方ではなく書く方を始めました。書いているうちに、「このキャラクターをもっと幸せにしたい」や「もっと人間味ある姿を出したい」など様々な想いを抱くようになり、気付けばこのような話になっていました。

しばらくして「小説家になろう」というサイトを知り、ひっそりと投稿を始め、長編が完結したことから、更にひっそりとコンテストのタグを付け……ありがたいことに今に至ります。

あれほど嫌でたまらなかった通勤がこのような結果に繋がるとは、人生とは分からないものですね。

これもすべて、私の作品を読み応援してくださった読者の皆様のおかげです。

そして、初めての書籍化で右も左もわからない私に丁寧なアドバイスをくださった出版社の担当様、「王子と女官」の世界に素晴らしいイラストで命を吹き込んでくださった白谷ゆう先生、そしてこの本に携わってくださったすべての方にこの場を借りて御礼申し上げます。

『指輪の選んだ婚約者』

著：茉雪ゆえ　イラスト：鳥飼やすゆき

恋愛に興味がなく、刺繍が大好きな伯爵令嬢アウローラ。彼女は、今日も夜会で壁の花になっていた。そこにぶつかってきたのはひとつの指輪。そして、“氷の貴公子”と名高い美貌の近衛騎士・クラヴィス次期侯爵による「私は指輪が選んだこの人を妻にする！」というとんでもない宣言で……⁉
恋愛には興味ナシ！な刺繍大好き伯爵令嬢と、絶世の美青年だけれど社交に少々問題アリ⁉な近衛騎士が繰り広げる、婚約ラブファンタジー♥

『虫かぶり姫』

著：由唯　イラスト：椎名咲月

クリストファー王子の名ばかりの婚約者として過ごしてきた本好きの侯爵令嬢エリアーナ。彼女はある日、最近王子との仲が噂されている令嬢と王子が楽しげにしているところを目撃してしまった！　ついに王子に愛する女性が現れたのだと知ったエリアーナは、王子との婚約が解消されると思っていたけれど……。事態は思わぬ方向へと突き進み!?　本好き令嬢の勘違いラブファンタジーが、WEB掲載作品を大幅加筆修正＆書き下ろし中編を収録して書籍化!!

『捨てられ男爵令嬢は黒騎士様のお気に入り』

著：水野沙彰　イラスト：宵 マチ

「お前は私の側で暮らせば良い」
誰もが有するはずの魔力が無い令嬢ソフィア。両親亡きあと叔父家族から不遇な扱いを受けていたが、ついに従妹に婚約者を奪われ、屋敷からも追い出されてしまう。行くあてもなく途方にくれていた森の中、強大な魔力と冷徹さで“黒騎士”と恐れられている侯爵ギルバートに拾われて……？　黒騎士様と捨てられ令嬢の溺愛ラブファンタジー、甘い書き下ろし番外編も収録して書籍化‼

IRIS NEO

『マリエル・クララックの婚約』

著：桃 春花　イラスト：まろ

地味で目立たない子爵家令嬢マリエルに持ち込まれた縁談の相手は、令嬢たちの憧れの的である近衛騎士団副団長のシメオンだった!?　名門伯爵家嫡男で出世株の筆頭、文武両道の完璧美青年が、なぜ平凡令嬢の婚約者に？　ねたみと嘲笑を浴びせる世間をよそに、マリエルは幸せ満喫中。「腹黒系眼鏡美形とか‼　大好物ですありがとう！」婚約者とその周りにひそかに萌える令嬢の物語。WEB掲載作を加筆修正＆書き下ろしを加え書籍化‼

王子と女官の同居生活
意識を失ったら魔王が夢に居座るようになりました

2023年4月5日　初版発行

初出……「王子と女官の同居生活　意識を失ったら魔王が夢に居座るようになりました」
小説投稿サイト「小説家になろう」で掲載

著者　駿木 優

イラスト　白谷ゆう

発行者　野内雅宏

発行所　株式会社一迅社
〒160-0022 東京都新宿区新宿3-1-13 京王新宿追分ビル5F
電話　03-5312-7432（編集）
電話　03-5312-6150（販売）
発売元：株式会社講談社（講談社・一迅社）

印刷所・製本　大日本印刷株式会社
ＤＴＰ　株式会社三協美術

装幀　AFTERGLOW

ISBN978-4-7580-9541-9

Printed in JAPAN

おたよりの宛て先
〒160-0022 東京都新宿区新宿3-1-13 京王新宿追分ビル5F
株式会社一迅社　ノベル編集部
駿木 優 先生・白谷ゆう 先生